KB238360

바엘의 집

바엘의 집

이다모 장편소설

아프로스미디어

일러두기

※　이 소설은 '시흥 악귀 살인 사건'을 모티브로 했지만, 실제 사건과는 전혀 다른 허구임을 밝힙니다.

차례

근신하여 깨어라 너희 대적 마귀가 우는 사자같이 두루 다니며 삼킬 자를 찾나니
베드로전서 5:8

프롤로그

돌출창 너머, 너도밤나무의 가느다란 줄기와 잎사귀가 사락사락 흔들리고 있었다. 그 움직임을 따라 너울너울 춤추는 그림자가 천장을 뒤덮었다.

오늘로 끝이다.

그렇게 생각하니 한껏 후련해서 잠이 오질 않았다. 어쩌면 다시 집으로 돌아가고 싶지 않아 그랬는지도 모른다.

입시 특강 캠프 학교와 기숙사는 지방의 산간에 자리해 있어서 밤낮 구분 없이 무척이나 조용했다. 다만, 오늘 저녁은 바람이 강해 조금 소름 끼치는 비명이 고스란히 귓가에 전해지고 있다. 어쩐지 이른 날짜에 귀가한 룸메이트의 침대를 바라보았다.

휑뎅그렁한 침대를 멍하니 바라보다가 조용히 의자에서 일어났
다.

 스탠드를 끄고, 겉옷을 챙겼다. 산책이 하고 싶어졌다. 아무리
단기 캠프라지만, 오늘은 마지막 날인 만큼 다수의 학생과 선생
님이 운동장에 모여 캠프파이어를 즐기고 있었다. 필참은 아니
었기에 참여하지 않았다. 애당초 입시 특강 캠프에서 캠프파이
어를 왜 하고 있는지도 잘 모르겠다. 스트레스를 받을 대로 받았
을 텐데 겨우 그런 걸로 위로가 되기나 할까?

 복도를 걸었다. 형광등의 푸른빛이 통로를 휘감고 있었다. 기
척이 없는 걸로 보아하니 전부 캠프파이어를 즐기고 있는 모양
이었다. 복도의 냉랭한 색감 때문인지 그다지 춥지 않은 날씨에
도 어쩐지 으스스했다.

 어둑한 바깥으로 나왔을 때, 운동장 곳곳에 불꽃이 일렁이고
있었다. 그 불꽃을 가운데에 두고 모두 도란도란 모여 있었다.
작은 술렁임이 끈적한 바람을 타고 날려와 고막에 닿았다.

 나는 운동장 가장자리를 걸었다. 눈에 띄고 싶지 않았다. 어느
덧 교문 앞에 다다랐다. 다행히 닫혀 있지 않았다. 교문 밖으로
나가 산길을 걸었다. 울창한 나무가 양옆으로 가득했다. 조금 걸
었을 뿐인데도 곧 저광이 사라져 아무것도 보이지 않게 되었다.

 휴대용 손전등을 켰다. 휴대폰이 있으면 좋겠지만 이미 선생
님들께서 걷어가 버려 내일 아침에나 되돌려 받을 수 있다.

끝 간 데 없이 줄지은 나무의 행렬을 따라 형성된 길목은 어느 순간 툭 끊겼다. 끊기는 지점 위에 우뚝 선 채로 주변을 두리번거렸다. 나무 사이사이로 불빛을 연신 쏘았다.

그러다 문득 반대편에서 빛이 넘어오는 것 같다는 착각에 휩싸였다. 그리고 그 방향을 따라 실제로 길이 얕게 나 있는 듯 보여 그곳을 향해 나아갔다. 걸음걸음마다 음습한 기운이 불어닥쳤다. 잎사귀의 술렁거림이 누군가가 비웃어 대는 것처럼 들렸다.

나뭇가지가 우둑, 우둑 부러진다.

분명히 빛이 넘어오고 있다. 내 손전등 빛이 거울에 반사되고 있는 것처럼.

꺼림칙한 기분이 들었지만, 걸음을 멈추지 않았다.

계속.

계속.

나아간다.

우거진 수풀을 발길질로 밀어냈다.

계속.

계속.

나아간다.

어딘가로.

어느 정도 깊숙이 들어왔다는 생각이 들었을 때였다.

돌연 손전등 불빛이 꺼졌다.

당황한 것도 잠시, 몇 번 때리자 금세 빛이 돌아왔다. 빛이 나아가는 방향을 따라 시선을 옮겼다.

그런데…….

저 멀리 나무 사이로 무언가가 보였다.

이질적인 뭔가가…….

숲에는 있으면 안 될 무언가가…….

저…… 멀리에.

묘한 축조물이 넝쿨에 휘감긴 채, 우두커니 서 있었다.

제 1 장 침식 - 어느 가족의 이야기

1

　요 며칠간 불면에 시달렸다. 그럴 때마다 서현은 새벽의 제방 산책로를 자주 걸었다. 평소, 한껏 시린 공기가 폐부를 훑을 때면 뭐라 형언할 수 없는 감정이 몸의 말단까지 퍼져 나가는데, 오늘은 시린 기색 없이 바깥 공기가 몹시 텁텁했다. 여름이기 때문만은 아니다. 뭐라 해야 할까. 공기의 자그마한 입자 사이 사이에 찐득한 점성 액체가 잔뜩 끼어 있는 것 같다고 해야 할까. 그리고 그 액체가 비강을 뚫고 흘러들어와 폐에 농밀이 눌어붙어 호흡을 멋대로 저지하는 듯하다.

연유를 알 수 없는 공기의 현격한 변화에 서현이 곧장 집으로 돌아가려는 찰나였다. 아스라한 곳에서부터 두꺼비의 울음소리가 들려왔다. 다만, 신경을 거슬리게 할 정도의 울음 다발은 아니었다. 오히려 다른 의미로 신경에 거슬리는 점이 있었는데, 그것은 두꺼비의 울음소리가 오직 하나라는 것이었다.

두꺼비의 울음소리를 쫓을 생각은 전혀 없었으나, 서현이 정신을 차려 보니 얕은 하천 앞에 서 있었다. 그것을 괴이하게 여기기도 전에 두꺼비의 울음소리가 고막을 찢을 정도로 크게 들려온 탓에 서현은 화들짝 놀라고 말았다. 바로 다음 순간, 뭔가가 좌악 하고 사정없이 찢어지는 소리가 들리더니 이윽고 물속으로 풍덩풍덩 빠지는 소리가 연신 들려왔다.

자기도 모르게 홀린 듯 제방의 비탈길을 내려온 듯한데 그녀가 그것을 깨달았을 무렵, 두꺼비의 울음소리는 이미 사라진 상태였다. 주변은 칠흑으로 가라앉아 아무것도 보이지 않았다. 서현은 스마트폰 플래시로 주위를 밝혔다. 좌측으로는 작은 교량이, 우측으로는 길게 뻗은 하천이 보였다. 정면은 반대편 제방비탈길이 자리 잡고 있었다. 쭈그려 앉아 수면을 비추었다. 느릿한 유속만이 시선을 휘감을 뿐, 별다른 특이점은 없었다.

그때였다. 돌연 전화벨 소리가 울리는 바람에 서현은 자리에서 펄쩍 뛰어오를 뻔했다. 분명 진동으로 설정해 두었을 텐데. 발신인은 언니였다.

“여보세요?”

[밖이야?]

“응, 이제 들어가려고. 아직 안 자?”

[응. 커피 마셔서 그런가, 별로 잠이 안 오네……. 야식 먹고 싶은데, 올 때 컵라면 좀 사 와 줄래? 돈은 보내 줄게.]

“나도 캠프 다녀온 뒤로 잠 잘 안 오던데. 일단 알았어. 나도 먹을래. 같이 먹자.”

통화를 종료하고 나서 서현은 뒤로 돌아 제방의 비탈을 올랐다. 다시 산책로에 발을 디뎠을 때였다. 등줄기에 소름이 돋았다. 바로 옆 하천으로부터 셀 수 없이 많은 두꺼비의 울음소리가 살인적인 기세로 달려들었다.

곧 그녀는 발걸음을 옮기며 이런 사소한 것에 두려움을 느끼고 마는 스스로를 비웃었지만, 어쩐지 발걸음은 점진적으로 빨라지고 있었다. 그렇게 그녀는 측면에서 들려오는 엄청난 울음소리에 휩싸인 채로 서둘러 산책로를 내달렸다.

다음 날 점심, 서현은 새벽녘에 겪었던 기이한 경험을 언니 유현에게 말했다. 그러나 유현은 장난스럽게 웃으며 “잠을 못 자서 그래. 나도 수험생 때 자주 환청 듣고 그랬어.”라고 답했다.

“그런가?”

서현은 사뭇 진지한 표정으로 고개를 갸우뚱했다. 그러거나 말거나 언니는 아무렇지 않은 듯 소파에 벌러덩 누워 버렸다. 서현은 냉장고에서 두유를 꺼낸 뒤 언니를 따라 소파 가장자리에 착석했다.

조용히 두유를 마시던 서현은 문득 궁금한 게 생겼는지 입을 열었다.

"언니, 레지던트…… 맞나?"

"응, 왜?"

"어때? 할 만해?"

서현의 물음에 유현은 한숨을 푹 내쉬더니 몸을 뒤집어 엎드렸다.

"진짜 싫어. 내일 당직이야. 나 출근 안 할래."

유현은 소파에 얼굴을 파묻었다.

"일요일은 거의 다 쉬는 날인데. 물론 나도 학원 가야 하지만."

서현이 키득키득 웃으면서 언니를 놀렸다.

"놀려라, 놀려. 너도 곧 수능 볼 텐데. 지금이라도 맘껏 놀려라."

해탈한 표정으로 유현은 동생을 쳐다보았다. 곧 유현은 운동 가야 한다며 자리에서 일어나 화장실로 갔다. 서현은 언니가 부지런하다고 생각했다. 그것도 잠시, 저녁에 과외가 있다는 사실을 깨달은 그녀는 복습을 해 두기 위해 방으로 향했다.

노란 커튼이 햇볕에 은은히 젖어 있어 방 전체가 빛바랜 듯 누렇게 물들어 있었다. 아늑한 느낌이 들면서도 다소 묘한 분위기가 있는 풍경이었다. 몽환적이라 바꿔 말할 수도 있겠다. 아침엔 불을 잘 켜지 않고 스탠드 조명만 켜 둬서 서현에게는 일상적인 풍경이었다.

서현은 방문을 닫고 의자에 앉았다. 태블릿 전원을 켜고, 과외 선생님이 보내 준 영상을 틀었다. 거치대 위에 태블릿을 올린 다음, 시야각에 맞게 각도를 조절했다. 선반에서 꺼낸 개념서를 펼쳤을 때였다. 온몸의 털이 쭈뼛 섰다. 뭔가가 목덜미를 쑤욱 훑었다. 서현은 고개를 돌려 주변을 확인했다.

'아무도 없는데.'

조금 전 느꼈던 감각을 곱씹었다. 이후, 미상의 감각이 꽤 분명했다는 것을 인식하자마자 소름이 끼쳤다. 서둘러 두 다리를 양반다리 자세로 의자 위에 올렸다. 그러곤 태블릿에 연결한 이어폰을 양쪽 귀에 꽂고 공부를 시작했다.

시간이 얼마나 흘렀는지 모른다.

드르륵, 드르륵, 드르륵.

이어폰 너머로 기묘한 소리가 들려오고 있다는 것을 인지했을 때는 강의 영상이 끝난 뒤였다. 이건 선풍기 소리가 아니다. 그렇게 생각하자, 재빨리 한쪽 귀에서 이어폰을 빼고 귀를 기울였다.

그러나…… 아무런 소리도 들리지 않았다.

'뭐야?'

서현이 방문을 열고 소심하게 내뱉었다.

"언니……?"

돌아오는 대답이 없는 걸로 보아 언니는 이미 외출한 듯했다. 서현은 어쩐지 불길한 예감에 넓은 집을 쭉 돌았다. 집 안 전체가 침전물 쌓이듯 누런빛으로 가라앉아 있었다.

본래 겁이 많은 편이 아닌데도 계속해서 온몸이 부르르 떨렸다. 자꾸만 누군가가 쳐다보는 것 같은 감각에 휩싸였다. 확신할 수는 없었지만, 그녀의 몸은 본능적인 신호를 계속해서 드러내고 있었다.

베란다까지 전부 확인하고 난 다음 방으로 돌아왔다.

"뭔 냄새야?"

미묘한 내음이 코를 훑고 지나간 바람에 자기도 모르게 입술 사이로 새어 나온 말이었다. 공기 중을 부유하는 습한 여름의 비린내라기보다는 몹시 오래되어 썩어 버린 물이 풍겨 대는 냄새처럼 괴괴하기 짝이 없는 악취에 가까웠다. 다만, 아주 잠시 바람결에 흩날린 듯한 느낌이었으므로 다시금 악취를 맡을 수는 없었다.

서현은 다시 책상 앞에 앉아 복습을 시작했다. 그럼에도 뭔가가 마음에 걸리는지 불안한 표정으로 수시로 주변을 두리번거린다.

방 안에 뭔가가 있다.

서현의 머릿속에서 기포 다발이 떠올랐다.

아주 징그럽게 뭉친 여러 개의 기포.

겉 푸른 배경을 두고, 기포는 끝없이 증식한다.

생각을 멈출 수 없었다.

왜 이런 광경이 떠오르는지 알 수 없었다.

부글부글 끓어오른다.

서현은 문득 책상 거울을 바라보았다. 곧 그녀는 소리 내어 기겁했다. 뇌리를 지배하던 기포 덩어리들이 자신의 안면에 두드러기처럼 올라와 있었기 때문이었다. 재빨리 거울을 들려다가 거울을 바닥에 떨어뜨리고 말았다.

천천히 손을 뻗었다. 거울을 주워 다시 얼굴을 확인했을 때, 기포는 사라진 상태였다.

2

음울한 공기가 끈적하게 부엌 식탁 주위를 에워쌌다. 창백한 조명이 식탁을 비추고 있었고, 그 바깥은 칠흑으로 가라앉아 있었다.

"밥이 넘어가니?"

어머니의 물음에 서현은 젓가락을 살며시 내려 두었다. 그러곤 어머니를 쳐다보았다.

"왜……?"

“왜?”

어머니는 굳은 표정으로 앵무새처럼 서현의 말을 따라 했다. 이윽고 작은 소금 통을 잽싸게 쥐어 딸아이에게 던졌다.

“앗!”

서현의 이마 왼쪽 가장자리를 강타한 소금 통은 바닥으로 떨어져 데굴데굴 굴렀다. 서현은 타격 부위에 손을 얹은 채 고개를 숙이고 있었다. 어머니는 눈을 부릅뜨고 그런 서현을 노려보았다.

“왜 그래, 여보.”

아버지는 귀찮은 표정으로 밥알을 씹어 넘겼다. 그제야 어머니는 표정을 풀며 한탄하듯 말을 토해 냈다.

“속상해서 그래, 속상해서. 모의 테스트 평균 또 2등급이라잖아. 과외 쌤이 의대는 역시 힘들 것 같다고…….”

어머니는 말끝을 흐리다가 다시 무서운 표정으로 서현을 노려보았다. 서현은 여전히 고개를 숙이고 있었다. 단발머리가 안면을 가리고 있었다. 이내 어머니는 한숨을 쉬면서 서현의 머리를 손바닥으로 크게 한 번 휘갈겼다. 구타 음이 사위스러운 기색으로 주변을 물들였다. 얼마나 강하게 맞았는지 국그릇 속에 머리카락 끝이 빠질 정도였다.

“야, 너는 어떻게 된 게, 1등급 대로 가 본 적이 없니? 네가 엄마 마음을 알기나 해? 공부는 못하면서 엄마가 용돈도 줘, 옷도 사 줘, 밥도 줘, 엄마는 모든 걸 다 해 주는데. 넌 어떻게 효도 한 번을 못 하니? 응?"

어머니의 찢어지는 목소리가 육중한 불호령으로 둔갑해 서현의 어깨를 짓눌렀다. 아버지는 상황을 잠시 지켜보다가 다시 밥을 먹기 시작했다.

"대답을 해. 대답을 하라고! 응?"

몰아붙이는 기색에 패색으로 물든 서현은 풀이 죽었다. 그래서 더더욱 고개를 들 수 없었다. 그러다 이윽고 그녀는 힘겹게 한마디를 내뱉는다.

"미안해……."

그 말을 들은 어머니는 기가 차다는 표정으로 콧방귀를 한번 뀌더니 말을 잇는다.

"미안한 것도 아는 년이 이러니까 더 기가 차네. 기껏 캠프 보내 줬더니 가서 뭘 배웠길래 이딴 식이야?"

어머니의 말끝이 공중에서 분해되자마자 서현은 억울함에 눈물을 흘렸다. 원래 서현은 캠프에 가고 싶지 않다고 했으나, 어머니가 강제로 신청해 버린 탓에 어쩔 수 없이 간 것이었다.

"처울지 말고, 들어가서 공부나 해."

돌연 어머니는 자리에서 벌떡 일어났다. 그러곤 쌀밥이 절반가량 남은 서현의 밥그릇과 국그릇을 몽땅 빼앗아 싱크대에 툭툭 던져 버렸다. 그뿐만 아니라 다시 먹을 수 없게 그릇을 완전히 엎어 두었다.

어머니가 서현에게 다가갔다.

"흐이그."

다음 순간, 검지를 쫑긋 세워 딸아이의 머리를 강하게 밀치곤 화장실로 향했다.

식탁에 남은 서현과 아버지. 정적이 흐르는가 했지만, 서현의 귓가로 아버지가 나물을 맛있게 씹어먹는 소리가 들려왔다. 서현은 눈물을 뚝뚝 흘리면서 고개를 들었다. 손등으로 눈물을 닦았다. 붉게 달아오른 눈시울이 아버지에게로 향했다.

아버지가 안경을 치켜올리면서 딸을 쳐다보았다. 다음 순간, 서현은 엄청난 절망감을 느꼈다.

"언니 좀 본받아라."

헛기침 뒤에 튀어나온 아버지의 무뚝뚝한 어조였다. 아버지는 식사를 끝마친 듯 태연히 그릇을 들고 싱크대로 향했다.

서현은 자리에서 힘없이 일어났다. 방으로 향하던 도중, 화장실에서 나온 어머니와 마주쳤다. 서현은 어머니와 눈을 마주칠 자신이 없어 맨바닥을 보았다.

"과외 숙제 오늘 안에 다 끝내. 끝내면 방으로 가져와! 알았어?"

어머니의 강압적인 말투에 서현은 깨갱거리듯 고개를 끄덕였다. 방 안으로 들어오자마자 문에 등을 기대었다. 곧 문 뒤에서 어렴풋이 어머니의 목소리가 들려왔다.

"미친년……, 지한테 쏟은 돈이 얼만데. 하여간 언……."

어머니의 말소리가 멀어졌다. 서현의 등은 문에서 그대로 미끄러져 내려갔다. 그녀는 얼굴을 무릎에 파묻고 3분 정도를 더 소리 없이 흐느꼈다.

일주일 치 숙제를 단 몇 시간 만에 끝낸다는 건 불가능한 일이다. 결국 서현은 새벽까지 잠들 수 없었다. 어머니는 아침에 확인하겠다며 숙제를 끝내면 방문 앞에 문제집을 두고 자라고 일러두었다.

서현은 졸린 눈을 비비며 글자의 연쇄를 바라보았다. 그때, 누군가가 방문을 똑똑 두드렸다. 조심스러운 기색이 엿보였다. 어머니라면 방문을 두드리지 않을 테다. 서현은 문 뒤의 대상이 언니라고 확신했다.

예상대로 문을 열자 언니가 나타났다. 은은한 향수 향기가 날아들었다. 기다란 기장의 머리칼, 조화로운 이목구비는 한없이 선한 인상으로 비침과 동시에 야광충처럼 밝게 빛나고 있었다.

언니 유현은 늦은 시간에 퇴근해 이제 막 집으로 들어온 모양이었다. 잠깐 졸아 버린 탓에 현관문 소리를 듣지 못했나 보다. 유현이 부드럽게 웃으며 손에 든 비닐봉지를 조용히 흔들어 보였다.

"뭐야?"

서현도 따라 웃으면서 물었다. 이에 유현은 자그마한 목소리로 "과자 사 왔어."라고 답했다. 유현은 부모의 방문 근처를 주시하다가 슬그머니 서현의 방 안으로 들어갔다.

"아직도 안 자고 있었어?"

유현이 서현의 침대에 걸터앉았다. 서현은 방문을 닫고 의자를 침대 방향으로 돌린 다음 착석했다.

"엄마가 숙제 다 끝내고 자라고 해서……."

서현의 목소리가 크게 한 번 떨렸다. 의지하던 언니가 눈앞에 나타나서 그런지, 급작스럽게 눈시울이 붉어졌다. 다만, 방 안은 스탠드의 조명 빛만이 잔재해 있던 터라 서현의 얼굴은 어스름으로 뭉개져 있었다. 따라서 유현은 얼굴 위로 드러난 서현의 슬픔을 알아차릴 수 없었다.

"그 인간, 아직도 그래?"

유현이 몹시 지겨워 견딜 수 없다는 표정으로 물었다. 이윽고 그녀가 비닐봉지에서 서현이 좋아하는 감자칩을 꺼내어 건넸다.

"응. 있잖아……."

서현이 감자칩 봉지를 책상에 올려 두면서 말끝을 흐린다.

"응?"

두 사람의 머리 위로 쏟아지는 정적. 곧 서현이 말을 이었다.

"……언니는 왜 나한테 잘해 줘?"

"응? 그게 무슨 말이야?"

유현이 헛웃음을 쳤다. 그러곤 "동생이잖아."라고 덧붙이고 동생을 귀여워하듯 살갑게 웃었다. 잠시 뒤, 비닐봉지에서 라무네 사이다를 꺼내 서현의 책상 위에 올려 둔다. 이윽고 뭔가가 생각났다는 듯 배시시 웃으며 유현이 주머니에서 꺼낸 무언가를 서현에게 건넸다.

"맞다. 이거…… 선물이야."

"응? 이게 뭐야?"

"반지야."

"헐, 진짜? 고마워."

서현이 반지를 마음에 들어 하자, 유현은 자신의 손가락을 펼쳐 보였다.

"나처럼 왼손 검지에 끼면 돼."

"왼손 검지? 왼손 검지에 끼면 무슨 의미야?"

"더없이 가까운 사이래. 가족끼리는 왼손 검지에 많이 낀다고 그러더라구."

"치수는 어떻게 알았어?"

"중학교 때 서현이가 친구랑 맞춰 꼈던 반지 있잖아. 그거 치수대로 샀지."

유현은 반지를 껴 보는 서현의 머리를 두어 번 쓰다듬었다. 바쁜 일정 때문에 동생을 자주 만나지 못하는 게 마음에 걸렸고, 심히 미안했다. 어쩐지 미안해하는 티를 낼 수는 없어서 간단히 반지를 선물하는 것으로 동생과 좋은 관계를 유지하고 싶었고,

좋은 언니가 되고 싶었다.

"난 이제 씻으러 가야겠다. 파이팅!"

유현이 온화하게 미소 지었다. 그녀는 동생이 흐뭇하게 웃으며 고개를 끄덕이는 것을 본 뒤에야 방을 나섰다.

또다시 혼자 남은 서현의 마음속에서 외로움이 한껏 피어올랐다. 그러곤 기괴한 모양으로 팽창하기 시작했다. 표정이 급속도로 어두워졌다.

호젓한 분위기 속에서 감자칩 봉지를 열었다. 달콤한 향기가 코를 감쌌다. 봉지 안으로 손을 집어넣는 순간이었다. 또다시 방문이 똑똑 울렸다. 본인도 모르게 입가에 미소가 번졌다. 봉지를 내려 두고 재빨리 방문 앞으로 걸어갔다. 서현은 장난스러운 표정으로 방문을 열어젖히면서 입술을 벌렸다.

"언니, 이러다 부모님 깨겠……."

그러나 문 뒤엔 아무도 없었다.

"응? 언니?"

머리를 빼꼼 내밀어 거실과 언니 방을 바라보았다. 어둠으로 잠긴 거실에서 스산한 바람이 불어온다. 정적의 바람결을 타고 기묘한 비린내가 풍겨 왔다.

무언가가 칠흑 속에서 요동치고 있었다. 꺼림칙한 형체로 뭉친 무언가가…… 어둠 속에 우두커니 서 있는 것 같았다. 육안으로는 전혀 확인이 불가했지만, 서현은 직감으로 느끼고 있었다.

어쩐지 불안한 마음에 서현은 손가락에 끼워 둔 반지를 만지작거렸다.

3

일요일 오후 1시. 바깥은 뜨거운 공기와 애매미의 울음소리로 가득했다. 끈적한 기류가 알 수 없는 곳, 이를테면 해양 같은 곳에서 날려오는 건지, 습기를 잔뜩 머금고 있었다. 덕분에 서현의 반팔 티는 금세 땀으로 젖고 말았다.

학원에 가는 길이 무척이나 고되어서 도착하고 나면 진이 빠져 있을 테다. 잠시 지하철 내의 에어컨 바람으로 숨 좀 돌리는가 하지만, 여러 승객의 체취에 자못 편히 쉴 순 없는 노릇이었다.

서현은 좌석에 앉아 영어 단어를 외웠다. Prohibition, Aviation, Legislate…… 등 여러 단어가 시선을 휩쓸었다. 왜인지 한국어 뜻은 눈에 들어오지 않았다.

문득 두통이 일어 두 눈을 질끈 감았다. 영이 몸으로부터 분리되어 멀어지는 듯한 감각을 잠시 맛보았다. 머릿속 혈관이 두근두근 울렸다.

잠을 못 잔 탓일까.

곡선 구간에 돌입하자 신경을 긁어 댈 정도로 큰 지하철의 마찰 굉음이 귓가에서 점진적으로 메아리쳤다. 그 소리에 번쩍 눈을 뜨며 넌더리를 내면서도 왜인지 몹시 두렵게 느껴졌다. 그것을 방증하듯 심장 박동이 빨라졌다.

왜 이럴까.

앞으로 메고 있던 가방을 열었다. 단어장을 집어넣고, 닫았다. 이 상태로는 도저히 단어를 외울 수 없을 것 같았다.

옆자리에 새로운 승객이 앉았다. 잠시 뒤, 그에게서 묘한 냄새가 날려왔다. 바다 비린내였다. 서현은 인상을 찡그렸다. 마음 깊은 곳에서부터 역겹다는 감정이 피어올랐다. 구역질이 나올 것 같았다.

평소라면 그다지 거슬리지 않았을 테지만, 머리가 아픈 탓인지 바다 비린내가 배설물처럼 역하고 혐오스럽게 느껴졌다. 해산물, 예컨대 개불, 멍게, 생선 등의 생물이 뇌리를 가득 채웠다. 어쩐지 상상 이상으로 징그럽다고 느껴져서 곧바로 자리에서 일어났다.

다음 칸으로 이동했을 때도 비린내는 사라지지 않았다. 서현은 놀랍게도 서현은 비린내가 자신의 몸속에서 피어오르고 있다는 것을 깨달았다. 그러나 곧 그러한 감각은 자취를 감추었다. 그 어딘가에서도 비린내를 맡을 수 없게 되었다.

벽에 기대어 휴대폰을 보았다. SNS 메신저는 텅텅 비어 있었다. 동네 친구랑 마지막으로 놀았던 것도 언제였는지 잘 기억나지 않는다. 언제부턴가 공부가 인생의 전부가 되어 버렸다. 물론 그것의 가치를 결정한 것은 어머니와 아버지였다.

서현의 어머니는 대기업 고위 간부이며 아버지는 유능한 변호사다. 언니는 대학병원 레지던트로 1년째 일하고 있다. 내력이 두터운, 그러니까 있는 집안에서 태어난 탓에 서현은 주변인의 부러움을 한 몸에 받아 왔다. 특히 어머니와 아버지는 사회적으로 평판이 아주 좋은 축에 속했는데, 그런 만큼 딸아이였던 서현에 대한 기대감도 나날이 증폭되어 가고 있었다.

이런저런 무거운 상념을 거듭하던 중, 웬 중년 남성이 말을 걸어 왔다.

“저기…… 학생.”

“네?”

서현이 고개를 들어 남성을 쳐다보았다. 사뭇 걱정스러운 표정의 남성이 손가락으로 자신의 코를 가리켰다.

“코피 나요.”

“네?”

서현은 당황하여 어쩔 줄 몰라 했다. 인중에 손가락 끝을 가져다 댔다. 피가 묻어 나왔다. 재빨리 가방을 뒤적거렸다. 휴지를 꺼내 인중과 코를 꾹 눌렀다.

곧 목적 역에 도착하자 서현은 중년 남성에게 꾸벅 인사를 했다. 그리고 서둘러 역사 내 화장실로 향했다. 물로 피를 닦아 냈다. 다행히 더 이상 피가 흐르지는 않았다. 서현은 한숨을 내쉬면서 세면대 거울을 바라보았다. 피부가 창백했다. 화장실 불빛이 푸른빛이기 때문일까.

이럴 시간이 없다.

수업에 늦을지도 모른다.

그녀가 학원에 도착했을 무렵, 몸 상태는 더욱 안 좋아져서 입술까지 파랗게 질리고 말았다.

1부 수업이 끝난 뒤 쉬는 시간. 서현은 식은땀으로 젖은 이마를 닦아 내면서 많은 수강생을 피해 윤 강사의 강사실로 향했다. 윤 강사는 젊은 남자였는데, 단박에 서현의 상태를 파악했다.

"어디 아프니?"

"몸이 조금 안 좋은 것 같아요…….."

서현의 목소리가 여러 갈래로 갈라졌다.

"안색이 많이 안 좋아 보이는데, 복도에 잠깐 앉아 있을래?"

"네…….."

윤 강사는 서현이 강사실을 나가자마자 그녀의 어머니에게 연락을 취하기 시작했다.

복도 의자에 앉아 있던 서현은 뭐가 그리 걱정되는지 새파란 얼굴로 엄지손톱을 물어뜯고 있었다. 그 무렵, 다른 강의실은 모두 수업에 돌입해 복도는 적요로 얼룩져 있었다.

서현은 회백색의 복도를 바라보았다. 그때 손바닥에 간지러운 감각이 나타났다. 물어뜯던 손톱을 입술에서 떼고 손바닥을 확인했다. 손바닥의 주름 사이사이로 피가 고여 있었다. 얼마나 깊게 살갗을 물어뜯은 것인지 엄지 끝에서 피가 흐르고 있었다. 손가락의 굴곡을 타고 흐른 혈액이 손바닥까지 물들인 것이었다.

부르튼 입술을 혀로 핥았다. 쇠 맛이 입안을 가득 메웠다. 손을 닦을 힘도 없었다. 머리가 부서질 것 같았다. 서현은 벽에 머리를 기댄 채 눈을 감았다. 그때 윤 강사가 복도로 나왔다.

"서현아, 어머니가 데리러 오신다고 하셨거든? 여기서 조금만 기다릴래? 나는 이제 수업 들어가 봐야 해서."

종이 다발을 들고 있던 윤 강사가 사람 좋아 보이는 목소리로 말했다.

"네, 기다릴게요."

서현은 있는 힘껏 힘을 쥐어짜 내 미소를 지었다.

"그리고 이건 오늘 2부 수업 때 나눠 주려고 했던 문제지인데, 몸 조금 괜찮아지면 풀어 봐."

윤 강사가 두꺼워 보이는 종이 다발을 서현에게 건넸다. 서현은 소매로 피 묻은 손을 가린 뒤 양손으로 문제지를 받았다.

"네, 감사합니다."

서현은 지금 이 상황이 문득 기괴하다고 느끼면서도 순응할 수밖에 없었다. 멀어져 가는 윤 강사의 뒷모습에서 뭔지 모를 괴리감이 뿜어져 나오고 있었다.

약 30분 뒤, 복도 끝에서 익숙한 실루엣이 나타났다. 어머니였다. 가쁜 숨을 몰아쉬던 서현은 두 눈을 질끈 감았다. 어머니가 서현의 곁에 다다랐을 때, 윤 강사가 강의실에서 잠시 복도로 나왔다. 그런 탓에 두 사람은 우연히 마주쳤다.

"아이구, 서현 어머님?"

윤 강사가 어머니에게 잰걸음으로 다가갔다.

"안녕하세요, 윤 강사님."

어머니는 윤 강사에게 정중히 인사했다. 이윽고 걱정스러운 표정으로 서현을 바라보았다.

"아무래도 딸애 좀 데리고 병원에 가 봐야 할 것 같아요. 놀라서 일하다 급하게 오느라……."

"충분히 이해합니다. 아끼는 딸이 아프면 어쩔 수 없죠. 얼른 가세요. 보강은 따로 일정 잡겠습니다."

윤 강사는 사려 깊은 표정으로 웃었다. 서현은 숨이 막혀 왔다. 어머니는 서현을 일으켜 세웠다.

지하 주차장. 서현을 조수석에 태우고 난 뒤, 어머니는 운전석에 탑승했다. 그 즉시 서현에게 날아든 것은 어머니의 명품 백이었다.

"이제는 꾀병까지 부리니? 응?"

어머니는 아랫입술을 깨물면서 서현의 머리를 손바닥으로 몇 번이고 때렸다.

"응? 응? 응? 응?"

계속.

계속.

서현이 필사적으로 고개를 돌려 안면을 창가로 향하게 하자 이번에는 옆통수를 사정없이 때려 댔다.

"응? 응? 응? 응?"

계속.

계속.

헝클어진 머리칼이 식은땀을 만나 서현의 얼굴에 덕지덕지 들러붙었다.

잠시 뒤, 조금 진정이 되었는지 어머니는 시동을 켜고 액셀을 밟았다. 지상으로 올라간 차량. 음울한 하늘의 색이, 머리 받침대에 머리를 기댄 채 힘없이 창밖을 응시하고 있는 서현의 동공에 비쳤다. 그녀는 얼굴에 달라붙은 머리칼을 떼지 않았다. 그럴 힘이 없었다. 그저 멍하니 잿빛 하늘을 바라볼 뿐이었다.

곧 비가 내리기 시작했다. 무수한 물방울이 차창을 뒤덮는다.

"강사님이 전화를 걸면 내가 안 갈 수가 없잖아. 딸이 아프다는데 안 가면 내가 미친년이 될 거 아니야아아! 바빠 죽겠는데!"

어머니는 고래고래 소리를 지르던 분을 못 이겨 운전대를 두어 번 쿵쿵 내리쳤다. 서현의 눈이 공포로 물들었다.

"공부가 하기 싫으면 말을 해. 때려치우고 집을 나가든가. 어디서 꾀병은 꾀병이야. 엄마 친구 아들딸들은 다 네 또래인데 밥 먹듯이 1등급 맞는다더라. 응? 너처럼 영어에서 3등급 맞는 애는 아무도 없어. 알아? 내가 친구들 만나면 쪽팔려서 고개를 들 수가 없어, 들 수가. 걔네가 자기 새끼들 성적 자랑할 때면 확 죽여 버리고 싶을 지경이라고. 니 언니는 한 번도 그런 성적을 받은 적이 없었는데, 너는 도대체 왜 그러냐? 에휴, 말을 말자. 마지막 기회 준다. 집 들어가서 못 끝낸 과외 숙제 마저 끝내 놔."

부아를 간신히 참아 내는 듯한 어조였다. 서현은 말없이 고개를 끄덕였다.

"좋은 말로 할 때 대답해라. 알았어, 몰랐어?"

어머니는 전방을 주시하면서 입술을 꽉 깨물었다.

"다 해 둘게……."

대답하는 서현의 목소리가 또다시 갈라졌다.

잠시 뒤, 차량은 독립 주택 앞에서 멈춰 섰다. 서현이 차에서 내리자마자 차량은 급하게 주택지에서 달아났다. 불길한 기운이 스멀스멀 땅속에서 피어올라 왔다. 이윽고 땅거미가 짙게 깔린 고요한 부지에 탁한 빗물이 사납게 쏟아지기 시작했다.

근처의 융기나 오르막길에서 모인 어두컴컴한 물의 군집이 거친 속도로 부촌 부지로 내려와 바닥의 모든 것을 쓸어 하수구 깊숙한 곳으로 데려간다. 낡은 전신주에선 작은 스파크가 일고 그

여파로 주변의 신호등은 연신 깜빡거린다. 서현은 아스팔트 길 위에 멍하니 서 있었다. 이윽고 그녀의 턱과 머리칼 끝에서 빗물이 뚝뚝 떨어졌다.

곧 하늘엔 악의를 눌러 담은 듯 시꺼멓고 기이한 형태의 구름이 연줄 나타난다. 그 속에서 섬광이 뒤틀린다. 이내 그 힘을 감당치 못했는지 일부를 바깥으로 뿜어낸다. 터져 나온 섬광 직후, 그 음습하고 적막한 분위기가 고급스러운 독채에 서서히 내려앉았다.

소름 끼치도록 습하고.

신경을 곤두세우는 찜찜함이.

빗물과 함께 서현의 전신을 감싸 쥐었다.

기묘한 감각이 일었다.

마치 끝이 보이지 않는 그런 어두운 하수도 속에서, 혈관처럼 늘어선 수많은 배관의 작은 틈새로부터 뚝뚝 떨어지는 하수의 울림소리를 들으며, 꺼림칙한 오물 속으로 서서히 가라앉는 듯한 감각이.

4

늦은 퇴근 후, 집에 도착한 유현은 여동생의 방문을 조심히 열었다. 서현은 스탠드를 켜 둔 채 침대에서 곤히 자고 있었다.

유현은 어렸을 때부터 줄곧 동생을 귀여워했다. 열한 살 터울이었기에 더더욱 그랬는지도 모른다. 그녀는 동생이 깰까 싶어 사 온 간식을 책상 위에 조심히 올려 두고 나왔다. 그러고 나서 어두운 거실을 지나는데…… 문득 묘한 기척이 느껴졌다.

"언니."

아니나 다를까, 서현의 목소리가 나타났다. 유현은 화들짝 놀라 어깨를 들썩였다. 재빨리 소리가 난 쪽으로 몸을 돌렸다. 저 멀리 서현이 방문을 등지고 서 있었다.

"일어났어?"

공기가 가득한 유현의 아주 작은 목소리가 주변을 울렸다. 서현이 대답하려는 듯 천천히 다가온다. 유현 또한 발걸음을 옮겼다. 그때 휴대폰 진동이 울렸다.

"서현아, 잠시만."

유현은 그렇게 말하고 자리에 멈춰 서서 휴대폰을 확인했다. 휴대폰의 밝은 빛이 눈을 휘갈겼다. 밝기를 낮추고 게슴츠레 뜬 눈으로 문자 메시지를 확인한 다음, 휴대폰 화면을 껐다. 이후 고개를 들며 입을 열었다.

"내가 깨웠…….."

말문이 막혔다. 짓고 있던 미안한 표정이 당혹감으로 물들었다. 서현이 사라졌기 때문이었다.

“서현아……?”

유현은 동생을 부르며 앞으로 걸어 나갔다. 잠시 화장실에 가기라도 한 걸까? 유현은 화장실 문을 열었다. 칠흑으로 가라앉은 화장실엔 아무도 없었다. 그리고 누군가가 금방 그곳을 드나든 흔적도 없었다.

그녀는 동생 방의 문을 열었다. 서현은 여전히 침대 위에서 편안한 표정으로 눈을 감고 있었다. 소름이 등줄기를 타고 올라왔다.

잘못 본 걸까?

어두운 곳이라면 눈은 착각을 느끼기 쉽다. 어두운 곳에선 주변 환경의 불확실성이 커지기 때문에 뇌는 위험을 예측하려고 한다. 그런 작용은 환각이나 시각 정보의 왜곡으로 이어지기도 한다. 그렇게 생각하며 방문을 닫는 찰나, 유현은 또다시 머리칼이 쭈뼛 섰다.

형체뿐만이 아니다. 분명 목소리를 들었다. “언니.”라고 자신을 부르는, 저 멀리 깊은 땅속에 가라앉아 있는 듯한 동생의 목소리를. 청각적 정보는 어두움과 전혀 관계가 없다. 그러니 환청이 아닐 테다. 틀림없이…… 들었다.

천천히 문고리를 놓았다.

유현의 동공이 흔들렸다. 그녀는 재빨리 문에 귀를 가져다 댔다. 고요함이 주변에 떠다녔다. 유현 자신의 숨소리만이 무거운 공기를 밀어내고 있었다.

쾅!

별안간 엄청난 굉음이 고막을 때려서 심장이 덜컥 내려앉았다. 두꺼운 책을 던지기라도 한 듯 문이 크게 한 번 흔들렸다.

유현이 거친 숨을 몰아쉬면서 방문을 열었다. 그리고 그녀는 생전 맛보지 못한 엄청난 양의 소름을 한꺼번에 받아들이고 말았다. 순식간에 온몸에서 다량의 경고 반응이 일었다.

동생은…….

몇 분 전에 보았던 자세와 똑같은 자세로, 여전히 침대 위에 누워 있었다. 문을 더 활짝 열었다. 바닥엔 책은 고사하고 아무런 물건도 떨어져 있지 않았다. 분명 뭔가를 던진 것 같았는데. 그게 아니라면 동생이 침대에서 일어나 문을 세게 때린 뒤 다시 침대로 돌아갔다는 이야기가 된다. 하지만 발소리는 전혀 들리지 않았다. 맨발이기 때문에 못 들었는지도 모르지만.

만약 그것도 아니라면…… 도대체…….

유현은 꺼림칙한 기분이 들어 방문을 닫고 쏜살같이 자신의 방으로 향했다. 그러던 와중에 그녀의 머릿속에선 방문을 쿵 내려치는 어떠한 존재가 그려지고 있었다.

5

압박감이 가슴을 옥죄어 온다. 꺼림칙한 기운이 정신을 좀먹는다.

기포가…….

기포가 생겨난다.

몸속 어딘가에서 자글자글한 기포가…….

부글부글.

혈액이 들끓어 오른다.

온몸이 익어 버릴 만큼 뜨겁게.

검은 배경에 떠오른 붉은 천.

붉은 천으로 누군가의 머리를 감싼다.

이윽고 힘껏 으깬다.

콰직.

서현은 번쩍 눈을 떴다. 학교에서 악몽을 꾼 것은 이번이 처음이었다. 아니, 그로테스크한 장면으로 가득 찬 정체 모를 꿈을 마주한 것 자체가 처음이었다.

고개를 돌려 창문을 바라보았다. 오전 시간인데도 하늘은 어슴새벽을 연상케 할 정도로 어두침침하다. 먹구름 때문이겠지만 그 외에도 모종의 이유가 도사리고 있는 듯한 느낌이 들었다. 둥그런 물방울 여럿이 창문을 뒤덮고 있는 모습이 얼핏 징그러웠다. 저기압의 영향으로 며칠간 비가 계속 내릴 예정이라 하였다.

개학 날임에도 교실은 조용했다. 푸른빛으로 팽창한 교실 속에서 모두 공부에 열중하고 있었다. 자습 시간을 허투루 사용하지 않는 모양이다. 반면 서현은 펼쳐 둔 문제집을 물끄러미 쳐다볼 뿐이었다. 문득 '종교'라는 글자가 눈에 들어왔다.

어머니와 아버지는 무신론자였다. 그러다 서현이 중학교 3학년이 되었을 무렵, 신흥 종교인 선신(先神)교에 관심을 가지기 시작했다. 노방 전도로 인해 알게 된 것도 아니었고, 지인의 소개로 접하게 된 종교였기 때문에 큰 의심을 갖지 않은 모양이었다.

당시에 어머니는 만성 골반통을 앓고 있었는데, 지인을 따라 선신교의 종교 기관인 H 교회에 가 반신반의하는 마음으로 기도를 드린 이후부터 통증에 시달리지 않게 되었다. 처음 어머니는 그것이 기도로 인한 것이라 확신하진 않았지만, 시간이 지날수록 선신교에 빠져들게 되었다. 그뿐만이 아니라 아버지 또한 암에 걸린 모친을 위해 기도를 올린 이후 모친의 상태가 급격히 호전되는 것을 두 눈으로 똑똑히 보았다. 아버지는 그것을 '기적'이라 일컬었다.

고등학교 1학년 때 서현은 부모를 따라 H 교회에 갔지만, 도저히 이해할 수 없는 교리와 설교에 싫은 기색을 내비쳤다. 그럼에도 부모는 토요일만 되면 서현을 교회에 데려가 예배를 드리도록 강제했다. 물론 서현은 필사적으로 세뇌를 막아냈고, 겉으로는 교리에 귀의하는 척을 했다.

서현의 언니는 시간상 레지던트 일에 방해가 될 것이라며 교회에 안 가겠다고 부모에게 단단히 일러둔 다음 한 번도 H 교회에 가지 않았다. 어머니와 아버지는 유현의 으름장에 마음대로 하라는 어쩐지 유한 반응을 보였다. 그리하여 유현은 동생과는 달리 부모의 신앙 압박에서 자연스레 벗어날 수 있었다.

갑작스럽게 반 아이 몇몇이 술렁였다. 번개가 번쩍였기 때문이었다. 곧 천둥의 굉음이 천지를 울렸다.

서현은 마뜩잖은 표정으로 펜을 들었다. 문제집 페이지를 넘기다가 실수로 지우개를 떨어뜨리고 말았다. 곧바로 몸을 숙였다. 그때였다. 괴상한 것이 시야에 들어왔다. 책상 아래, 바닥에 물이 고여 있었다. 일단 지우개를 줍고, 슬리퍼 끝으로 물을 툭툭 건드렸다.

'응?'

천천히 발끝을 들어 올렸다. 액체는 슬리퍼 끝부분에 달라붙어 쩍 늘어났다.

이건…….

물이 아니다.

더러운 감촉에 인상을 찌푸렸다. 재빨리 책상 다리에 슬리퍼를 문질렀다. 가방에서 물티슈를 꺼내고, 다시 몸을 숙였다.

이게 도대체 뭘까?

처음엔 책상 하단부에서 떨어진 액체인 줄 알았으나, 아니었다. 어디서 나타난 건지도 모르겠다. 물티슈 두 장을 겹쳐 점성 액체를 닦아 냈다. 꺼림칙한 촉감에 몸이 부르르 떨렸다.

다시 몸을 일으켰을 때, 서현은 소스라치게 놀랐다. 공기 중에 미세한 기포가 두둥실 떠다니고 있었다. 잘못 본 것이 아니었다. 눈앞 학생의 등 뒤로 거품 같은 것 여럿이 너풀너풀 움직이고 있었다. 거의 비슷한 순간에 악취가 코로 달려들었다.

분명 뭔가가 아까까지 자신의 앞에 서 있던 것 같다는 느낌을 받았다. 그건…… 직감이었다. 곧 그것이 사실임을 입증하듯이 기포와 악취가 사라졌다.

내가 점성 액체를 닦아 내는 모습을 지켜보고 있었나?

서현은 생각에 잠겼다. 생각의 뿌리가 무참히 잘려 나간 것은 급우의 목소리 여럿이 근처에서 들려왔기 때문이었다.

"야, 뭐 해. 창문 좀 닫아."

"응?"

서현이 정신을 차렸을 때, 반 학생 모두가 그녀를 쳐다보고 있었다.

"뭐 하냐고."

한 남학생이 도통 이해할 수 없다는 표정을 지었다. 서현은 시선을 아래로 내렸다. 문제집이 완전히 물에 젖어 있었다. 그뿐만이 아니다. 책상도 필통도, 서현의 자리 전체가 물에 뒤덮여 있었다.

그 물의 정체는 빗물이었다. 바로 옆, 열린 창문에서 비가 세차게 쏟아져 들어오고 있었다. 서현은 이해를 도모할 틈도 없이 다급하게 창문을 닫았다. 그제야 학생들은 다시금 공부에 집중하기 시작했다.

‘내가 연 거야?’

서현은 붉어진 얼굴로 빗물을 닦아 냈다.

잠시 생각하고 있었을 뿐인데, 도대체 언제 창문이 열린 걸까? 아니, 창문이 열린 것도 열린 거지만, 내가 연 걸까?

여러 방면으로 정답을 찾아내려 애썼지만, 서현은 도무지 기억할 수 없었다. 잠깐 넋이 나가거나 홀려 버린 것처럼 기억 자체가 없었다. 그러나 자신이 아니면 창문을 열 사람이 없다는 것을 인지한 뒤부터는 빗물을 닦아 내는 것에만 집중했다.

하굣길, 서현은 집 근처 역에서 내렸다. 역사를 빠져나오자마자 빗물이 달려들었다. 우산을 펼친 뒤 터벅터벅 걸어 나갔다. 투명 우산에 하늘의 풍경이 비쳤다. 우산을 힘껏 때리는 빗소리가 무섭게 들려온다.

인기척이 없다. 서현의 옆을 지나치는 건, 도로에 파인 틈으로 응집한 물웅덩이를 세차게 밀어내는 자동차들뿐이다. 비가 얼마나 기묘하게 내리는지 교복은 이미 젖어 버린 지 오래였다.

평소엔 노점상의 소란스러움과 소임을 다하는 환한 불빛이 엿보이는 낡은 가게의 온기가 서현이 걷고 있는 길을 축복해 주지만, 지금은 이유를 알 수 없는 사위스러운 분위기만이 길가에 내려앉아 있다. 비가 오기 때문에 장사를 일찍 접었다는 것쯤은 당연히 알고 있었다. 중요한 건 그게 아니었다. 요컨대 피부 위로 느껴지는 길가의 무서운 분위기가 단지 인적의 부재만으로 형성되었기 때문은 아니리라.

적막감이 내린 장소, 이곳을 빨리 벗어나고 싶었다. 기분 탓인지도 모르지만 누군가가 자꾸 이쪽을 쳐다보는 것 같은 느낌이 들었다. 그러나 누군가의 시선이 느껴지는 뒤쪽을 홧김에 돌아볼 용기 따위는 서현에게 없었다.

허름한 가게를 지나칠 때마다 따가운 시선이 따라온다. 가게와 집이 합쳐진 특수한 경우가 아니라면 그 시선의 주인이 달가운 가게 아주머니나 아저씨일 수는 없다. 그런 점에서 괴상한 시선의 주인이 누구인지 확인해 보고 싶단 욕망이 치솟았다. 그러나 그런 욕구가 금세 식어 버린 건, 그것을 뛰어넘는 공포가 있었기 때문은 아닐까?

어느덧 그녀의 발걸음이 고급 주택지에 다다랐다. 여전히 인기척은 없었다.

"아!"

갑자기 서현이 외마디 비명을 짧게 내질렀다. 그리고 기겁하면서 뒤로 물러났다. 길바닥에 뭔가가 처참한 몰골로 눌어붙어 있었다.

차바퀴에 짓밟힌 두꺼비였다. 다만, 몸통 부위 위로만 바퀴가 지나간 듯 머리는 여전히 입체감을 소유하고 있었다. 두꺼비는 입으로 몸 안에 잠들어 있던 모든 것을 토해 냈는데, 그럼에도 두 눈을 끔뻑끔뻑하고 있었다. 그뿐만 아니라 갈퀴 달린 발 한쪽이 미세하게 떨렸다. 머리를 잃어버린 몸통과 몸통을 잃어버린 머리 사이에서 반사적 충돌이 일어난 것이었다.

숨이 붙어 있을 리 만무한 두꺼비는 곧 눈 깜빡임을 멈추었다.

6

선신(先神)교의 교리에 의하면 선신, 즉, 하나님은 그리스도와 동일시될 수 없으며 성삼위를 부정해야 함과 동시에 신자들은 영생을 누리기 위해 끊임없이 영혼을 정화시켜야 한다. 특히 선신교에선 마르칼이라는 개념을 주력으로 교리를 설파하는데, 마르칼이란 선신의 세계로 그것의 현현은 성화(聖火)수라는 성스러운 물을 통해 이루어진다. 다시 말해 성화수를 마시는 행위를 통해 내면의 영을 선신의 세계로 이끌어 정화를 이룩한다는 것인데, 인간은 자기도 모르는 사이 죄를 지으므로 매주 한 번 이상 성화수를 마셔 회개해야 하느니라고 강조했다.

마르칼로 향하는 일종의 징검다리인 성화수를 접하기 위해 신자는 예배에 참석해야 하는 게 필수조건이었다. 물론 예배 참석은 성화수 구매에 대한 기회가 주어지는 첫 단계에 불과하고, 최종적으로 성화수를 얻기 위해서는 성화 헌금을 내야 했다. 물론 교회가 받아들인 봉헌금은 종교 시설 운영을 위해 필요한 자금으로 사용한다고 한다.

정신이 아득해질 정도로 뜨거운 햇빛이 내리비치는 토요일. 서현과 어머니, 아버지는 아침 10시, H 교회로 향했다.

"성화 헌금 챙겼어?"

조수석에 앉아 있는 어머니가 아버지에게 물었다.

"응. 잠시만……."

때마침 신호등이 빨갛게 물들었고, 아버지는 주머니에서 오만 원권 지폐를 주섬주섬 꺼내 어머니에게 건넸다. 그러곤 룸미러로 뒷좌석의 서현을 흘깃 쳐다보았다. 서현은 아무런 표정도 짓지 않고 멍하니 창밖을 내다보고 있었다. 그녀의 머릿속에선 집 냉장고를 가득 메운 성화수 페트병이 이런저런 모양으로 떠오르고 있었다.

그녀는 기억을 더듬었다. 성화수라고 해서 가정집의 식수와 특별히 다른 맛이 나는 건 아니었다. 처음엔 그저 생수를 구매한 다음 신자들을 속여 생수를 그대로 되파는 것은 아닐까, 하고 의심했었다. 그러나 페트병의 뚜껑은 누군가가 한 번 이상 여닫은 흔적이 고스란히 남아 있었다. H 교회 목사의 말에 의하면 성화수를 페트병 안에 직접 담은 뒤 봉송했기 때문이라고 한다.

잠시 뒤, 세 사람은 차량에서 내렸다. 땅바닥에서 아지랑이처럼 피어오른 열기가 세 사람을 맹렬히 덮쳐 왔다. 무더위는 끝나지 않을 것처럼 정수리를 지분거렸다. 그러나 건물 안으로 들어서자마자 더위는 급속히 땅바닥으로 가라앉았다. 망양히 늘어선 대리석 타일을 따라 교회당으로 이동했다.

교회당은 고요했다. 저 멀리 강단 위로 떠오른 은빛 십자가만이 창으로 들어오는 엷은 볕을 받아 번들거리고 있었다. 조명은 켜져 있지 않았다. 그렇기에 이곳저곳이 어스름으로 가득했다. 서현의 양친은 그 누구보다도 일찍 교회에 도착하는 것을 선호했다. 그것이 선신을 위해 갖춰야 할 예의라고 생각하는 모양이었다.

세 사람은 매주 같은 자리에 앉았다. 가림대 바로 뒤, 그러니까 강단으로부터 가장 가까운 오른쪽 끝자리였다. 장의자는 20열로 배치되어 있었고, 가림대의 개수에 따라 총 4구역으로 나뉘어 있었는데, 그리하여 장의자로 수용할 수 있는 교회당 인원은 대략 400명에 육박했다.

대개 통로 쪽엔 아버지가 앉았고, 그의 오른편으로 어머니와 서현이 차례대로 앉는 식이었다. 서현이 안쪽으로 먼저 들어가 착석했다. 뒤따라 어머니와 아버지가 착석한다. 서현은 피곤한 얼굴로 십자가를 바라보았다. 곧 어머니가 서현을 한번 바라보더니 싫증이 난 듯 입을 열었다.

"성경이라도 읽지?"

순간, 서현의 심장이 덜컥 내려앉았다. 아니, 꼭 그렇다기보단 마음 깊은 곳이 급속히 팽창해 버린 것처럼 격한 울림이 있었다고나 해야 할까. 어머니의 말에 서현은 대답 없이 고개를 끄덕였다. 어쩐지 숨이 막혀 왔다.

겉표지가 검은 성경을 펼쳤다. 글자의 소용돌이에 금세 눈은 더 피로해지고 말았다. 눈은 뇌로 들어오는 정보 대부분을 담는 기관이기에 많이 사용할수록 뇌에 많은 자극을 주게 된다. 따라서 눈을 자주 사용하는 것은 뇌의 과부하로 이어지고, 이윽고 전신 피로로 번질 수 있는 지름길이 되기도 한다.

눈꺼풀이 그 무엇보다도 무거워진다. 어느새 서현의 머리는 앞으로 숙여졌다 올라가기를 반복하고 있다. 딸이 꾸벅꾸벅 조는 것이 거슬리는 모양새로 다가왔는지 어머니는 딸의 허벅지를 세게 꼬집었다. 서현은 갑작스러운 고통에 화들짝 놀라며 고개를 들었다. 정신이 번쩍 났다.

"졸리면 가서 세수하고 오든지."

어머니가 말했다. 서현은 시원찮게 고개를 끄덕이고, 자리에서 일어나 화장실로 향했다.

H 교회의 여자 화장실은 그다지 크다고 볼 수 없는 규모였다. 신도가 꽤 많은데도 변기 칸은 세 칸뿐이라 예배가 끝나고 나면

화장실 문 앞으로 행렬이 이어져 있는 것은 일상적인 풍경이었다. 다만, 어디까지나 그것은 예배가 끝난 직후의 풍경이고, 지금은 고요만이 화장실을 가득 채우고 있을 뿐이었다.

화장실의 전등이 켜진 상태였는데도 어쩐지 어둑어둑한 느낌이 들었다. 왜 그럴까 싶어 창밖을 내다보았더니 어느새 먹구름이 몰려와 하늘을 뒤덮고 있는 것이 아니겠는가? 물론 비가 내릴 것이라는 예보를 엊저녁에 보았기에 그다지 놀랍지는 않았으나, 약 20분 만에 화창했던 하늘이 저렇게 어둡고 음침하게 둔갑했다는 것은 조금 믿기지 않았다.

끝 칸에서 볼일을 보고 있는데 문득 화장실의 불투명한 유리문이 열리는 소리가 어렴풋이 들렸다. 지금이라면 신도들이 슬슬 오기 시작할 시간이니 놀랄 것도 없다. 서현은 휴대폰을 꺼냈다. 그러곤 아무 생각 없이 SNS를 보던 순간이었다.

똑, 똑.

누군가가 서현의 변기 칸 문을 노크했다. 휴대폰 화면에서 눈을 떼고 문을 바라보았다. 서현은 사람이 있다는 것을 알리려는 듯 바지를 매만져 부스럭거리는 소리를 일부러 내었다.

그런데…….

똑, 똑.

"사람 있어요."

서현은 재빨리 목소리를 던졌다. 분명 옆 칸이 열려 있을 텐데……. 나머지 칸의 변기가 고장 나기라도 한 걸까? 서현은 이 런저런 생각을 하며 빠르게 자리에서 일어났다.

똑, 똑.

"잠시만요. 금방 나가요."

변기 물을 내린다.

똑, 똑.

"잠시만요."

그때였다. 온몸이 굳고 말았다.

똑, 똑.

조금 전 들린 노크 소리는 바로 옆 칸막이를 노크한 소리다.

왜?

똑, 똑.

이번에도다. 이번에도 바로 옆 칸막이를 노크한다.

"무슨 일 있으세요?"

서현이 바로 옆 칸을 향해 말을 던졌다. 잠시 생각을 거듭하다 가 휴지걸이에서 두루마리 휴지를 빼냈다. 이윽고 몸을 낮추더 니 칸막이 하단의 빈틈으로 손을 집어넣어 휴지를 건넨다.

"혹시…… 휴지 필요하신 거예요?"

서현의 작은 목소리가 음습한 화장실에서 울렸다. 빈틈에 손 을 넣은 채 가만히 응답을 기다린다. 다음 순간, 서현은 온몸의 털이 쭈뼛 서는 듯한 감각에 휩싸였다.

똑, 똑.

머리 뒤, 그러니까 변기를 두드리는 소리가 귓가로 달려들었다. 그 말인즉, 등 뒤에 누군가가 서 있다는 것이다.

서현은 고개를 돌리고 싶었다. 그러나 목이 뻣뻣이 굳는 바람에 아주 느린 속도로 고개가 돌아갔다. 목의 회전은 뭔가가 턱턱 걸리듯이 끊기기를 반복했다. 마침내 서현이 고개를 완전히 돌렸을 때, 그곳엔…… 아무것도 없었다. 서현은 가슴을 쓸어내리며 자리에서 일어났다. 그 순간, 심장이 쿵 내려앉았다.

주위에 기시감 가득한 비린내가 두둥실 떠다니고 있었다.

7

오후 7시, 자택 안.

"의사."

어머니의 입술이 애벌레처럼 움직인다. 언제의 기억인지는 모른다. 머릿속에 박힌 영사기가 그 광경을 멋대로 눈앞에 영사해 대고 있었다.

서현은 그 기억 때문에 몇 번이고 토를 해 댔다. 변기 앞에 주저앉은 채로. 역하게 비린 그 기억이 마치 지네가 살갗을 타고 스멀스멀 기어오르는 듯 소름 끼치고 징그럽게 느껴졌다. 거부할 수 없는 반응이 몸에서 일어나고 있는 것이었다.

본능이 외치고 있었다. 가지고 있는 기억을 토해 내라고. 그 기억은 피부를 뒤집어 까 놓아 드러난 진피처럼 징그러운 것이라고. 그 기억은 수백 마리의 구더기가 한데 모여 들끓고 있는 것처럼 혐오스러운 것이라고.

얼마나 구역질을 해 댔는지 결국 노란 담즙까지 토해 내고 말았다. 치밀어오르는 구역감 때문에 호흡이 힘들었다. 몹시 고통스러워 눈물이 샘솟았다.

그때였다. 침샘 자체에서 비릿한 뭔가가 분비되었다. 점액질의 액체가 무색의 형태로 질질 흘러내렸다. 곧 변기 물은 다량의 기포로 뒤덮였다. 그곳에서 조개나 굴 같은 어패류가 뿜어내는 비리고도 고약한 향기가 살인적인 기세로 피어올랐다.

"우욱."

그 냄새를 맡자마자 또다시 헛구역질이 나왔다.

고통스럽다.

싫어…….

고통스럽다.

얇은 신음이 입술 사이로 흘러나왔다. 뺨은 이미 눈물에 완전히 젖고 말았다.

고통스럽다.

싫어…….

재빨리 변기 물을 내렸다.

"싫어……."

수십 번을 더 변기에 머리를 처박은 뒤에야 구역감이 사라졌다. 서현은 숨을 몰아쉬었다. 이대로 잠들고 싶다는 생각이 들었다. 그러나 곧 어머니가 올 시간이다. 그러니 책상 앞에 앉아 있기라도 해야 한다.

입 주변을 닦으면서 화장실 바깥으로 나오자마자 아버지와 마주쳤다. 그는 동태 같은 눈으로 딸을 내려보았다.

"물이라도 틀어 놓고 하지. 아빠 비위 안 좋은 거 알면서……."

아버지는 벌레 씹은 표정을 지었다. 거실의 TV 음량이 대단히 컸다. 아마 딸의 구토 소리를 듣고 싶지 않아 음량을 키운 모양이다.

"환풍기는 틀었니?"

아버지의 물음에 서현은 고개를 내저었다.

"틀어, 그럼. 안 틀고 뭐 해."

"알았어……."

서현이 환풍기 스위치를 눌렀다. 이윽고 그녀가 방 안으로 들어가자마자 아버지는 탈취제를 화장실에 뿌려 댔다. 이 무렵에도 그는 여전히 미간을 찌푸리고 있었다.

저녁 시간, 꾸밈새 있는 음식가지가 식탁 위를 장식했다. 어머니와 아버지는 식전 기도를 올린 뒤 밥을 먹기 시작했다. 그러나 서현은 밥을 먹지 않았다. 입맛이 없었기 때문이었다.

"왜 안 먹어?"

아버지가 물었다. 그제야 어머니의 시야에 서현이 들어왔다. 그것도 심히 거슬리는 모양새로.

"먹기 싫으면 앉지나 말지. 밥 괜히 펐네. 들어가서 공부나 해."

서현은 곧바로 자리에서 일어났다. 그 순간, 식탁 위의 전등이 천천히 깜빡거리기 시작했다.

"어머, 왜 이래?"

어머니가 위를 올려다보았다. 서현이 방문을 닫았을 때, 전등 빛은 언제 그랬냐는 듯 식탁을 환하게 비추었다.

아버지는 식사를 끝마친 후에 외출했다. 고향 친구가 일 때문에 잠시 근처에 왔다는 소식을 전한 것이다. 짧게나마 술잔을 기울이기 위해 약속 장소인 술집으로 향했다.

여름이 거의 끝나 간다고 해도 바깥은 여전히 더웠다. 뜨뜻한 공기가 팔뚝에 찰싹 달라붙었다. 해가 떨어졌는데도 이 정도라니, 그는 고개를 절레절레 내저었다.

온화한 분위기의 술집은 하천 근처에 있었는데, 집에서 시작하여 도보로 약 15분 정도 걸리는 거리에 위치해 있었다. 따라서 술집에 도착했을 때 옷은 이미 땀으로 흠뻑 젖어 있었다. 다행히 술집 안은 무척이나 시원했다. 반가운 얼굴, A는 구석 자리에 먼저 착석해 있었다.

"이야, 근데 우리 몇 년 만이냐?"

술기운이 무르익을 무렵, 문득 A가 말했다.

"5년 정도 됐지, 아마?"

아버지는 얼굴이 새빨개져 있었지만 그다지 취하지는 않은 듯 또박또박 대답했다.

"5년이라……."

A는 고개를 끄덕거리며 골뱅이를 입안에 집어넣었다.

"그럼, 너 내 아들도 못 봤겠네?"

A가 아버지를 쳐다보았다. 아버지는 "그렇지?"라고 답하고는 맥주를 들이켰다. 그러자 A는 신난 표정으로 지갑에서 아들 사진을 꺼내 아버지에게 건넸다. 아버지는 사진을 보았다. 사진 안엔 유치원생으로 보이는 아이가 활짝 웃고 있었다. 아버지가 사진을 돌려주며 입을 열었다.

"몇 살?"

"가만있어 봐……, 이제…… 어, 그래, 다섯 살이지."

술에 취한 탓에 A의 두뇌 회전 속도가 느려졌다. 아버지는 고개를 끄덕이고는 다른 질문 없이 안주를 먹었다.

"너도 딸 둘 있잖아. 큰애는 의사라며?"

이번에도 A가 물었다. 그럼에도 아버지는 또다시 말없이 고개를 끄덕인다.

“이야……, 새끼, 자식 농사 잘했네? 집안이 아주 그냥 짱짱해.”

A가 호탕하게 웃는다. 그러곤 말을 이었다.

“그럼, 둘째는? 아직 학생이던가?”

그 말끝이 이 세상에서 완전히 사라진 직후, 알 수 없는 정적이 내려앉았다. 아버지는 말없이 A를 쳐다보았다. A는 당황한 표정으로 응답을 기다렸다.

“응, 고등학생인데…… 애 엄마가 쥐 잡듯 잡아서 걱정이네.”

“뭐? 제수씨가? 그럴 분이 아니지 않나?”

“근데 뭐, 공부해야 할 나이니까, 공부시키는 걸, 말리기도 뭐하고…….”

“아…….”

A는 이해했다는 표정으로 입을 벌렸다.

“공부는 뭐……, 하긴 해야 하니까. 근데 스트레스 안 주는 선에서 잘 정리하면 상관없겠지. 심하진 않지? 쥐 잡듯 잡는다는 거면 심하려나?”

“그 정도는 아니니까 내가 잘 해결해 볼게.”

아버지는 그만 신경 끄라는 어투로 말했다.

“새꺄, 잘 좀 해라. 보면 꼭 부모가 문제더라고. 거울이라잖아, 거울. 격려도 좀 해 주고, 응?”

“알아서 한다니까.”

아버지는 A의 어투가 마음에 들지 않았다.

“참······.”

A가 아버지 잔에 맥주를 가득 따랐다. 아버지는 맥주를 단숨에 비우고 자리에서 일어났다.

“화장실 좀 다녀올게.”

그렇게 내뱉고는 안주, 술값을 전부 계산하고 서둘러 술집을 빠져나왔다. 언짢은 기분이 들어 더 이상 술을 마실 수 없을 것 같았기 때문이리라.

지끈거리는 머리를 부여잡고 걷다 보니 어느덧 집에 도착했다. 아버지는 마당에 서서 주택을 바라보았다. 가장 오른쪽에 놓인 창문에서만 작은 불빛이 새어 나오고 있다. 둘째 딸 서현의 방이다.

조용히 현관문을 열고 마룻바닥에 발을 올렸다. 맞은편 화장실 문이 열려 있는 듯 보였다. 그러나 집 안은 심각할 정도로 어두워서 가까이 다가가지 않는 이상은 제대로 파악할 수 없었다.

그는 침실로 향하려다가 문득 A의 말이 떠올랐다. 자연스레 발걸음이 화장실 바로 옆, 서현의 방으로 향했다. 문을 두어 번 두드렸다. 왜인지 심장이 쿵쾅거렸다.

술을 마셨기 때문이겠지.

딸아이의 반응이 없자 그는 천천히 문을 열었다.

서현은 눈을 번쩍 떴다. 낯선 천장이 보였다. 상황을 파악할 겨를도 없이 말소리가 귓가를 맴돌았다.

"가지가지 한다, 진짜. 이상 없다잖아."

어머니의 목소리다. 불길한 예감에 다시 눈을 감았다.

"귀찮아 죽겠네, 진짜."

또다시 들려오는 어머니의 목소리. 곧 발걸음 소리가 가까워진다. 그때 서현은 자신이 있는 곳이 병원이라는 사실을 깨달았다.

"야, 야, 이서현! 안 일어나!"

어머니는 서현의 어깨를 잡고 마구 흔들었다. 서현은 필사적으로 눈을 뜨지 않으려 애쓴다. 그때였다. 누군가가 병실 안으로 들어오더니 화들짝 놀라며 외쳤다.

"어머니! 이러시면 안 돼요!"

그 목소리가 1인 병실을 울린 직후, 어머니는 서현의 어깨에서 손을 놓았다.

"아니, 그게 아니라……."

어머니는 당황한 표정으로 간호사를 바라보았다.

"일단 충분히 숙면 취하게 두시고, 딸아이분 일어나는 대로 퇴원하시면 돼요."

간호사는 한숨을 쉬면서 그렇게 말했다.

“알겠습니다. 감사합니다.”

곧이어 아버지가 고개를 숙이며 답한다. 간호사가 간단히 서현의 상태를 체크한 다음 병실을 나가고 나서 어머니와 아버지는 대화를 나누기 시작했다. 먼저 운을 뗀 것은 어머니 쪽이었다.

“여보, 갑자기 생각나서 말하는 건데, 어제 서현이 쟤, 뭔 짓을 했는지나 알아?”

“뭐를?”

어머니는 아버지를 쳐다보다가 힘겨운 표정으로 답한다.

“당신이 A 씨 만나러 갔을 때 화장실에 들어가서 통 나오질 않길래…….”

어머니는 갑작스레 말을 끊고 병실 문을 쳐다보았다. 그리고 그 상태 그대로 멈춰서는 계속해서 병실 문 상단에 난 자그마한 창문을 뚫어져라 쳐다보았다. 순식간에 병실은 고요해졌다.

“왜……?”

아버지가 어머니의 시선이 향하는 곳을 따라 고개를 돌리며 물었다.

“아니……, 의사인가?”

“뭘?”

“아니야.”

어머니는 고개를 절레절레 내저었다. 그러곤 말을 이었다.

“누가 보고 있었는데, 분명히…….”

틀림없이 누가 서 있었다. 작은 창으로 병실 안을 들여다보았다. 찰나의 순간이었지만 어머니는 시선 끝에서 움직이는 뭔가를 보았다. 그리고 고개를 돌렸을 때, 그것이 쑤욱 하고 아래로 사라지는 듯한…….

"의사였겠지. 자주 보잖아, 저기로."

아버지는 무뚝뚝한 어조를 입에 올렸다.

"아무튼…… 화장실 문도 잠가 뒀길래 젓가락으로 따고 들어갔더니 저 미친 것이 타일 바닥에 앉아 있더라고. 자세히 보니까 손에 뭘 들고 있어서 뭐냐고 따져 물으니까, 필사적으로 숨기데?"

"설마 담배라도 피운 거야?"

아버지의 물음에 어머니는 고개를 내저었다. 이윽고 어머니는 끔찍하다는 듯 인상을 찡그리면서 답했다.

"아니, 두꺼비를 들고 있었어."

어머니의 말끝이 세상에서 사라지자마자 아버지는 어이없다는 표정을 짓더니 피식 웃었다.

"당신도 참……."

그렇게 말하는 아버지의 안광이 돌연 사라졌다. 별안간 오싹함이 엄습했기 때문이었다. 아내의 다음 말을 들었기 때문이기도 했고, 알 수 없는 기척을 머리 뒤에서 느꼈기 때문이기도 했다.

"자세히 보니까 머리 없는 두꺼비 몸통이었어. 화들짝 놀라서 당장 갖다 버리라고 소리를 지르니까 놀라서 그대로 방으로 들어가 버리더라고. 그리고 문득 세면대를 봤는데, 세면대 팝업 구멍에 그 잘려 나간 두꺼비 머리가 끼어 있었어. 거기에 끼인 채로 그…… 동그란 눈으로 날 바라보는데, 어휴, 씨, 징그러.”

어머니가 견딜 수 없어 몸서리를 쳤다.

“서현이가 자른 거야?”

아버지가 주변을 의식하면서 물었다. 사위스러운 분위기가 내려앉았다.

“어어!”

어머니는 역정을 내었다. 이윽고 “바닥에 커터 칼이 떨어져 있었어. 피가 묻어 있었는데 당연히 저 미친……이 했겠지.”라고 덧붙이며 침상에 누워 있는 서현을 쳐다보았다. 어머니는 꺼림칙하다는 듯 미간을 찌푸렸다.

“입시 스트레스 때문인가……?”

아버지 또한 서현을 쳐다보았다.

“스트레스는 뭔 스트레스? 쟤가?”

콧방귀를 뀌는 어머니에게 아버지는 한 가지 제안을 했다.

“한약이라도 지어 먹이는 건 어때?”

“한약은 무슨……, 딱 봐도 꾀병이잖아. 그리고 한약이 무슨 만병통치약이야?”

“아니……, 저번에 보니까 토를 계속하던데.”

“의사가 아무 이상 없다잖아. 잠깐 체했나 보지.”

걱정하지 말라는 어조에 아버지는 할 말이 없어졌다. 그러나 모든 것을 듣고 있던 서현은 의문에 허덕이고 있었다. 두꺼비에 관한 이야기는 전혀 모르는 이야기다. 아니, 애당초 어제의 기억이 통째로 사라졌다.

"나 이제 일 가 봐야 해. 당신은?"

"나도 가야지. 간호사랑 담당의가 주기적으로 온다니까 깨어나면 퇴원해도 된다고 알려 주겠지?"

확신이 서지 않는 물음을 던지면서 아버지는 자리에서 일어났다.

"그렇겠지."

두 사람이 병실을 나가고 나서 서현은 천천히 눈을 떴다. 눈을 오래 감았기 때문일까, 천장의 조명이 날카로운 흉기가 되어 안구를 따갑게 찔러 댔다.

상체를 일으켜 세운 다음, 그녀가 가장 먼저 한 일은 언니에게 전화를 건 것이었다.

9

저녁노을이 방 안을 비추었다. 불을 켜 두지 않은 방 구석구석은 곰팡이가 핀 것처럼 어두웠다. 그러나 방 자체는 노을의 울금빛을 머금고 있었으므로 형광등 빛이 없어도 충분히 사물을 구별할 수 있었다.

야외에서 새소리가 연신 울려 퍼지고 있었다. 그 소리가 사라진 다음, 방 안에서 피부를 천천히 긁는 소리가 울리기 시작했다. 서현은 벽에 등을 기댄 채 목을 긁었다. 피부 깊숙한 곳이 간지러웠는데, 이렇게 긁어서는 도무지 간지럼증이 해소되지 않을 것 같았다. 하는 수 없이 간지럼을 참으며 침대에서 일어났다.

선풍기 위치를 조정한 다음 의자에 앉았다. 바깥바람이 방충망의 작은 구멍을 넘어 방 안으로 들어왔다. 저녁부터는 다시 비가 온다고 했다. 따라서 지금만 만끽할 수 있는 시원함이었다.

서현은 의자에 앉아 탁상 거울을 명치 앞에 위치시켰다. 눈이 붉게 충혈되어 있었다. 더 자세히 보기 위해 손가락으로 피부를 당겼다. 확실히 충혈되어 있다. 아마도 퇴원하고 난 뒤부터였을 것이다, 안구가 건조해진 것은. 아무래도 약의 부작용인 것 같다. 정신을 차리고 보면 눈을 비벼 대고 있는 일이 허다했다.

핏발 선 눈을 바라보고 있는데 초인종이 울렸다. 과외 선생 문태수가 도착한 것이었다. 집 안엔 서현뿐이었기에 서현은 거실로 나와 인터폰의 대문 열림 버튼을 누르고 현관문을 열었다. 멀리서 다가오는 과외 선생이 살며시 미소 지었다.

두 사람이 아늑한 방으로 들어왔을 무렵, 돌연 선풍기의 작동이 멋대로 멈추었다. 당황한 서현이 다시 선풍기를 켰다.

"뭐야. 불도 안 켜고 있네……."

태수는 장난스러운 말투와 함께 전등 스위치를 눌렀다. 서현은 방 한가운데에 서서 수줍게 웃었다.

과외를 시작한 시각은 오후 6시 30분.

이후 약 30분이 지났을 무렵이었다.

"등차수열 일반항 공식 한번 말해 볼까?"

"에이엔은 에이 플러스 엔……."

문득 서현의 목소리가 끊겼다.

"엔. 그리고?"

태수는 이 쉬운 걸 왜 이야기하지 못할까 싶어 서현을 보았다. 그러나 이상하게도 서현은 문제집이 아니라 방충망을 뚫어져라 쳐다보고 있었다. 방충망 너머로 숯검정이 잔뜩 낀 붉은 하늘이 펼쳐져 있었다. 상공의 가장자리를 머금은 숯검정은 약 10분 뒤 하늘이 완전히 거멓게 변할 것을 예고하고 있었다.

"서현아?"

태수가 서현의 뒤통수를 바라보았다. 서현은 아무런 대답도 하지 않았다.

"서현?"

태수가 빨강 색연필 끝으로 서현의 어깨를 툭툭 건드렸다. 그러나 그녀는 미동도 없었다. 기묘하리만치 바깥이 조용했다. 아무런 소리도 들리지 않았다. 매미 소리도, 차 소리도, 사람의 말소리도. 아예 세상에 둘만 남겨진 듯한 기분이었다. 아니, 그것보다도 둘만 다른 세상으로 넘어온 듯한 느낌이라 해야 할까.

진정 태수가 기괴하다는 느낌, 그것을 넘어 일종의 공포를 느낀 순간은 어떠한 사실을 깨달았을 때였다.

서현의 어깨가 전혀…… 움직이지 않는다는 것.

그것은 그녀가 전혀 호흡하고 있지 않다는 것을 의미했다.

"서현아. 이서현!"

태수는 결국 자리에서 일어났다. 이윽고 천천히 앞으로 걸어가며 서현의 얼굴을 확인했다.

"서현아?"

서현은 어쩐지 감상에 젖은 표정을 짓고 있었다. 그렇게나 바깥 풍경이 아름답게 느껴질까? 문득 의구심이 들어 태수는 창문 가까이 다가가 방충망을 열었다. 그리고 고개를 빼꼼 내밀어 바깥 풍경을 살폈다. 그러면서 이런 풍경 하나에 감동하는 감수성 짙은 아이구나라고 생각했다.

그때 몹시 고약한 비린내가 어디선가 날아들어 태수의 살결을 매만지더니 방 안으로 들어왔다. 태수는 그 악취의 풍향을 따라 몸을 돌렸다.

서현은 여전히 태수가 서 있는 쪽을 응시하고 있었다. 그러나 이번엔 만면에 웃음을 띠고 있었다. 금방이라도 입이 찢어질 것처럼 보였다. 거기서 그는 몹시 섬뜩한 기척을 느끼고 말았다. 미소 짓는 입과 반대로 서현의 눈에서 미친 듯이 눈물이 흘러나오고 있었기 때문이 아니었다.

뭔가가…….

뭔가가 서현의 뒤에서…….

방바닥을 기어서…….

서현에게로 다가가는 찐득하고도…….

불쾌한 뭔가가…….

그림자의 형태로 서현에게 들러붙는다…….

그것이 서현에게 가까워질수록…….

서현의 눈에서 검붉은 핏물이 터져 나오듯 쏟아졌다. 그 장면이 어찌나 끔찍하고도 그로테스크한지 태수는 꼼짝없이 선 채로 사시나무처럼 벌벌 떨 수밖에 없었다. 동시에 방의 조명 빛이 사라졌다.

방 안으로 들어오는 노을의 붉은빛. 방 구석구석이 검게 부풀어 오른다.

곧 서현의 시선이 위로 향한다. 이윽고 붉게 물든 흰자를 거리낌 없이 드러내더니 상체 자체가 뒤로 확 넘어갔다. 마치 누군가가 목을 잡고 순식간에 당겨 버린 것처럼 보였다.

"서현아!"

태수는 화들짝 놀라 곧장 서현에게 다가갔다. 서현은 무척이나 괴로워하는 표정으로 목을 마구 긁었다. 캑캑대는 소리와 신음으로 미루어 숨을 쉬지 못하고 있다는 것을 파악한 즉시, 서현의 양 볼을 잡고 강제로 입을 벌려 목구멍에 이물질이 끼었는지 확인했다.

목구멍엔 아무런 이상이 없었다. 그리고 시선을 내려 목을 확인했을 때, 태수는 경악했다. 서현의 목이 크게 부어 있었다. 울대뼈 위로 보랏빛 핏줄이 울긋불긋 징그럽게 튀어나와 있었다. 여전히 서현은 고통에 몸부림치고 있었다. 피는 멈추었으나 뒤집힌 눈은 돌아오지 않았다.

태수의 머릿속이 복잡해졌다. 이윽고 상황이 심각하다는 것을 느껴 곧장 119에 전화를 걸었다. 신고를 끝마친 직후, 그는 자리에서 일어나 발을 동동 굴렀다.

그 순간, 그의 머리가 뒤로 꺾였다. 서현이 당했던 것처럼 뭔가가 머리채를 잡았다. 이윽고 힘껏 잡아당긴다. 그 힘에 이끌려 태수는 뒷걸음질을 치더니 곧 등이 벽에 딱 붙었다.

태수는 필사적으로 저항했다. 이후, 알 수 없는 힘에 의해 머리가 창틀 하단부에 부딪힌다. 누군가가 그의 머리를 쥐어박듯이. 몇 번이고. 결국 코가 뭉개졌고, 흘러나온 핏물이 창틀을 뒤덮었다.

태수는 완전히 정신을 잃고 말았다. 그럼에도 그의 머리카락은 전기 신호를 받은 것처럼 공중에 떠 있었는데, 그 탓에 몸은 축 늘어져 있었지만 머리는 여전히 창틀에 놓여 있었다.

잠시 뒤 창문이 천천히 움직이기 시작했다. 그때 태수가 문득 정신을 차렸다. 엄청난 고통이 밀려들었다. 태수는 창문의 움푹 파인 접합부를 바라보았다. 그것이 점점 가까워지고 있었다. 그는 고개를 돌리려고 애썼으나 몸이 말을 듣질 않았다.

천천히 움직이던 창문은 로프가 끊어진 엘리베이터처럼 강하고 빠르게 태수의 안면으로 날아들었다. 그는 소리를 지르기 위해 입을 벌렸다.

푹.

푹.

푹.

창문이 세 번쯤 왕복을 반복하였을 때 태수의 중안부는 움푹 파였다.

푹.

푹.

푹, 푹.

푹, 푹, 푹.

바닥과 방충망이 피로 뒤덮인다.

푹, 푹.

형체를 알아볼 수 없도록 뭉개진 태수의 얼굴은 묘한 소리를 내면서 결국 몸과 분리되었다. 창틀은 핏물로 가득했다. 그 위를 아마도 태수의 얼굴의 일부였을 무언가가 둥둥 떠다니고 있었다. 창틀로부터 넘쳐난 핏물이 외벽과 내벽을 타고 주룩주룩 흘러내렸다.

오후 7시 10분. 구급 대원들이 도착했을 때, 방 안은 피비린내로 짙게 요동치고 있었다. 그러나 어찌 된 영문인지 신고자인 문태수는 사라진 상태였다. 분명 창틀과 벽면이 피로 물들어 있었지만, 태수의 사체는 그 어디에도 없었으므로 급박한 상황에 놓여 있던 구급대원들은 방 안의 모든 피가 서현의 것이라고 생각하는 실수를 저지르고 말았다.

서현은 들것에 실려 나갔다. 그녀를 구급차로 이송하던 와중 장대비가 내리기 시작했다. 빠른 속력에 서현의 몸이 자꾸 앞으로 쏠렸다.

"그 방…… 좀 이상하지 않았어?"

선임으로 예상되는 한 구급대원이 O형 Rh+ 수혈 팩을 바라보면서 후배 구급대원에게 물었다.

"어떤 게요?"

"그 정도 혈액이라면 죽고도 남았을 텐데, 조금 이상하지 않아? 한 명이 흘린 피라고는 믿기지 않는데."

"확실히 그렇긴 하죠……. 근데 방은 무슨 얘기예요?"

선임 구급대원은 말을 잇지 못했다. 그저 창문으로 달려드는 빗물을 바라보며 뭔가를 골똘히 생각하는 듯하다. 빗물이 대각

선으로 미끄러져 간다.

"선배님?"

후배 구급대원이 선배의 어깨를 살며시 잡았다. 그제야 선배는 정신을 차린 듯 외마디를 내뱉으며 후배를 쳐다보았다.

"아."

"왜 그러세요? 방이 왜요?"

선배는 후배의 말을 들은 체도 하지 않고 서현의 핏기 사라진 얼굴을 쳐다보았다. 불어 터진 입술을 뚫어져라 쳐다본다. 마침내 그가 입을 열었다.

"그 방이 뭔가……. 아니지. 그 방만 엄청 끈적했다고 해야 할까?"

"더웠다는 말씀이세요?"

"아니, 하……. 뭐라 해야 할까."

선배는 하고 싶은 말이 있는 표정을 지었지만, 그것을 꺼낼 수 없어 몹시 괴롭다는 듯 몸을 이리저리 꼬았다.

"그…… 있잖아. 이게 덥다는 느낌과도 직결되는지는 모르겠는데, 그 방 전체가 끈적하게 뒤덮여 있었어."

"무슨 말씀 하시는지 도통 모르겠어요."

"못 느꼈어? 거기 들어가자마자 공기가 죽은 것처럼 가라앉았다고."

"피 냄새 때문에 그렇게 느끼신 거 아니에요?"

후배가 그렇게 묻자 선배는 드디어 깨달았다는 듯 눈을 크게 뜨면서 후배를 바라보았다.

"맞아, 그거야. 아니, 피 냄새는 아니고……. 그 등 푸른 생선이나 미꾸라지한테서 나는 비린내 알아?"

"네, 뭐……."

후배는 고개를 끄덕인다. 그때 방지턱을 지난 건지, 차체가 크게 한 번 흔들렸다.

"엇비슷한 물비린내가…… 났어."

"피비린내랑 헷갈리신 거 아니에요?"

"그럴 수도 있는데……, 참…… 모르겠다."

선배는 금세 체념했다.

"근데 그 신고자분은 어디 가신 걸까요?"

"글쎄……. 주변으로 도움을 청하러 갔다거나…… 그런 게 아닐까."

"그렇다고 해도 지금도 전화를 받지 않는 건, 조금 이상하지 않아요? 뭐, 이 여학생을 공격한 것 같은 흔적은 없어서 범죄는 아닌 것 같긴 한데……. 신고자분이 과외 선생이라고 했잖아요. 근데 남아 있는 가방이라든가, 그런 것도 없고. 그냥 신고만 하고 자리를 뜬 걸까요?"

"몰라, 어떻게든 되겠지. 일단 애 살린 거에 만족하자고."

"몸 전체적으로 약한 타박상이 보이긴 해요. 누구한테 맞은 것 같달까. 멍이 있어요. 물론 이 흔적 자체는 시간이 꽤 지난 거라 조금 전 현장이 범죄 현장이라는 사실을 입증할 만한 증거는 절대 아니겠지만요.”

“그렇지. 이 애, 학교 폭력이라도 당하는 건가……. 근데 말야, 뭐가 이렇게 찝찝하냐.”

인상을 찡그리는 선배. 후배는 피식 웃었다.

“비 오잖아요.”

“아, 새꺄. 좀.”

“아니, 비 때문에 찝찝하다고 말씀하신 게 아니라고요?”

억울함 가득한 어조로 묻는 후배가 탐탁지 않은지 선배는 한숨을 내쉬었다.

“그냥 그런 거 있잖아. 너 미신 잘 믿냐?”

“예, 뭐…….”

“괜히 뭐 잘못 건드려서 재수 옴 붙을 것 같다고 느껴지는 거. 뭐랄까, 불길하다고 해야 하나. 이따금 그런 느낌이 들어. 현장 나가 보면 말이야. 우리야 하도 사람 다치고, 안타깝게 돌아가시고 하는 곳에만 상주하다 보니 그런 꺼림칙한 기분 느끼는 건 다 반사겠지만, 그중에서도 유독 그런 기운이 좀 강하게 느껴지는 날이라거나 장소가 있거든.”

“무섭게 왜 그러세요…….”

“괜히 하는 말이 아니야. 무속인들은 사소한 것까지 다 느낀다고 하잖아. 그 사람들은 신기가 강해서 그런 걸 텐데 나 같은 일반인이 느낄 정도면 확실히 뭔가가 있다고 봐야지. 그리고 그걸 피해 가야 한다고 본능적으로 느껴질 때가 너도 있지 않아? 각인된 공포랄까……. 몸이 반응하는 거지."

후배는 선배의 이야기를 듣다 말고 귀를 막으며 고개를 빠르게 내저었다.

"아, 그만해요."

그때였다. 서현이 번쩍 눈을 떴다.

"어?"

후배는 놀란 표정으로 입을 벌렸다. 선배는 곧바로 자리에서 일어나 서현에게 물었다. 그때 빗길에 차가 살짝 휘청여 넘어질 뻔했다.

"학생, 괜찮아요?"

서현은 천천히 고개를 끄덕였다. 그럼에도 여전히 안면은 마치 백지장처럼 창백했다. 이내 그녀가 금붕어처럼 입을 뻐끔거리기 시작했다.

"네?"

후배가 재빨리 귀를 가져다 댔다.

"어……, 언……."

목소리가 메마른 땅처럼 매몰차게 갈라졌다. 두 개로 나뉜 목소리가 후배의 귀를 에워쌌다.

"언?"

후배가 서현의 말을 정상적으로 재조합했다.

"언……니……."

"언니요?"

후배가 그리 말하자마자 선배 구급대원이 서현에게 "언니 전화번호 알아요?"라고 재빨리 물었다. 서현은 눈물을 흘리며 힘겹게 고개를 끄덕였다.

잠시 뒤, 언니와 통화를 하게 된 서현은 대성통곡을 하기 시작했다. 어찌나 서럽게 우는지 서현을 바라보는 구급대원들의 가슴이 구멍 뚫린 것처럼 깊게 아려 올 정도였다.

10

진찰 결과, 이번에도 이상은 없었다. 서현의 담당의는 귀신이 곡할 노릇이라 말하면서 부모 중 한 분이라도 딸아이와 함께 있어 보는 것이 어떻겠냐고 제안했다.

서현의 소식을 듣고 급하게 병원으로 달려온 어머니, 아버지, 유현은 동시에 탄식했다. 그러나 세 사람에게 있어 탄식의 의미는 각자 달랐다. 어머니는 딸아이가 공부가 하기 싫어 도를 넘는 수를 쓴다는 생각이 들어서, 아버지는 당분간 직장을 나가지 못하게 될 수도 있다는 걱정에서, 유현은 서현을 괴롭히는 병을 찾아내지 못했다는 점에서 탄식했다.

아버지는 곧장 전문 간병인을 고용하는 것이 어떻겠냐 물었지만, 의사는 그래도 정확한 병이 발견되지 않는 이상은 가족이 곁에 있는 편이 더 나을 것이라고 답했다.

유현은 병원 로비 좌석에 앉아 부모님과 대화를 나누던 중, 문득 두 사람의 분위기가 기괴하다고 느꼈고, 그것을 조금 늦게, 아니, 무척이나 늦게 알아차렸을지도 모른다고 생각했다. 그러나 그것은 어떠한 괴리감이라는 직감이었을 뿐, 그 어떤 증거도 없었기에 어물쩍 넘길 수밖에 없었다.

결국 당분간 서현을 돌볼 사람은 어머니로 정해졌다. 이러한 결론을 낸 것 또한 어머니였다. 변호사인 아버지는 수익 손실이 크다는 것을 이유로, 유현은 레지던트 수련 과정 중단은 장래 가치를 위협할 수 있다는 것을 이유로 간병을 못 하게 하였다. 어머니 자신은 쌓아 둔 연차를 사용하거나 재택근무 활용, 전문 간병인을 고용하는 등의 방안을 사용하여 간부로서 회사에 줄 수 있는 타격과 손해를 줄이면 되겠다고 나름의 결론을 내렸다.

이틀 후인 화요일 오후 8시.

잔업을 처리하느라 밤을 꼬박 새워야만 할 것 같다. 어머니는 거실에서 노트북으로 업무를 보고 있었다. 서현은 등교하지 않고 하루 종일 침대에 누워 잠을 자고 있었다. 어머니는 그것을 괘씸하게 여겼지만, 일을 전부 끝내고 나서 상대해 주겠다는 심산으로 일에 열중했다.

얼마나 일에 열중했는지 정신을 차렸을 때는 거실 탁자를 비추는 스탠드만 밝게 빛나고 있을 뿐, 집 전체가 칠흑의 소용돌이로 둔갑해 있었다. 어머니는 자기도 모르는 사이에 거실과 부엌 형광등의 전원이 꺼졌다는 사실을 깨닫고 자리에서 일어났다. 이 무렵 잔업은 전부 처리한 상태였기에 조금은 홀가분한 마음으로 거실을 걸었다.

정수기 근처로 다가가 부엌 불을 켰을 때, 어머니는 꽥 소리를 질렀다. 방 안에 있어야 할 서현이 싱크대 보조 테이블 위에 올라가 있는 것이 아니겠는가? 그것도 기묘한 자세로……. 마치 네 발로 다니는 양서류를 연상케 하는 자세로 말이다.

"뭐야, 너?"

어머니의 목소리가 크게 한 번 떨렸다. 오른쪽으로 비스듬히 꺾인 서현의 고개와 무표정은 소름 끼칠 정도로 무서운 모습이었다.

"안 내려와……?"

어머니가 아랫입술을 꽉 깨물고 앞으로 걸어 나가기 시작했을 때였다. 돌연 부엌 전등이 발광하더니 펑 하는 소리와 함께 박살 나고 말았다. 이 과정에서 유리 파편이 어머니의 발등에 내리꽂혔다. 그녀는 소리를 지르며 뒤로 벌러덩 넘어졌다.

암흑 속에서 서현이 맨발바닥으로 착착 바닥을 밟아 대는 소리가 들려온다. 미친 듯이 빠른 그 발소리는 어머니의 귓가를 지나 서현의 방 속으로 순식간에 사라져 갔다.

곧바로 현관문이 열리더니 아버지가 귀가했다. 아버지는 어둠으로 잠긴 부엌 속에서 흘러나오는 어머니의 신음 소리를 듣고 곧바로 거실 전등을 켰다. 어둑한 부엌 바닥이 선혈 빛으로 물들어 있었다. 그리고 그 가운데에 아내가 앉아 있었다.

"무슨 일이야?"

아버지는 서류 가방을 내던지고 곧바로 상황을 파악하기 위해 애썼다.

"전등이 깨졌어?"

어머니의 발등에 박힌 유리 조각을 바라보며 화들짝 놀라는 아버지. 아버지는 곧바로 서랍에서 구급상자를 꺼내 왔다.

"조심 좀 하지."

그리 심각한 부상은 아니었기에 핀셋과 연고, 붕대를 활용해 금세 응급처치를 할 수 있었다. 그러나 응급처치를 하는 와중에도 어머니는 손을 벌벌 떨면서 아무런 말도 하지 않았다.

"엄마, 뭐 해?"

퇴근 이후, 마실 물을 챙기기 위해 계단 조명을 켜고 1층으로 잠시 내려온 유현이 어둑한 곳에 있는 어머니를 발견하고는 물었다. 어머니는 서현의 방 앞에서 뭐라 뭐라 중얼거리고 있었다. 그녀의 발은 붕대로 휘감겨 있었다.

"엄마, 뭐라고?"

어머니는 유현의 목소리가 들리지 않는지 방문을 쳐다보고 입을 움직여 대고 있었다. 유현이 바로 곁에 다가왔는데도 어머니는 반응이 없었다. 조심히 귀를 귀울이던 유현은 곧 온몸의 털이 곤두섰다.

"미친년, 미친년, 미친년, 미친년, 미친년, 미친년, 미친년, 미친년, 미친년, 미친년, 미친년, 미친년, 미친년, 미친년, 미친년, 미친년, 미친년, 미친년, 미친년, 미친년."

어머니가 부자연스럽게 고개를 돌렸다. 그것도 매우 느릿하게. 어둑한 그림자가 어머니의 안면에서 꿈틀거렸다. 거실에도 부엌에도 불이 켜져 있지 않았기 때문에 동공엔 광이 없었다. 그리하여 어머니의 모습 자체가 어스름으로 뭉개진 흑백 그림처럼 보였다. 입을 굳게 다문 어머니는 무표정으로 유현을 바라보았다.

유현이 뒷걸음질 쳤다. 엉성한 미소를 보이면서. 그리고 뒤꿈치 끝에 계단이 닿자 쏜살같이 2층으로 올라갔다. 곧 계단의 조명이 꺼졌다. 집 안은 완전한 어둑새벽으로 둔갑하였다. 그럼에도 어머니는 서현의 방 앞에 서서 꼼짝하지 않았다. 어머니의 조곤조곤한 말소리가 어둠을 사락사락 울렸다.

11

　수요일의 오후 8시, 일찍 귀가한 아버지와 어머니는 서현을 방치해 둔 채 거실 소파에 앉아 TV를 시청했다.

　"또 비 온다네?"

　아버지의 목소리가 거실을 울렸다. 그 낮은 진동이 벽을 타고 방 안에 있던 서현의 귓가로 흘러들어 왔다.

　책상 앞에 앉아 있던 서현은 고개를 계속해서 비틀고 손끝을 물어뜯었다. 더 이상 물어뜯을 손톱이 없어 손가락 끝을 물어뜯기까지에 이르렀는데 얼마나 깊게 물어뜯었는지 전부 딱지가 형성되어 있었다. 그러나 그 딱지들까지 전부 물어뜯어 버려 결국 징그러운 모양의 진피가 바깥으로 드러나고 말았다.

　피가 철철 흐르는데도 아랑곳하지 않고 그녀의 손이 향한 곳은 문제집이었다. 어머니는 자신을 놀라게 했다는 이유로, 물론 서현에게는 기억이 없었지만, 그것 때문에 발을 다칠 수밖에 없었다는 이유로 서현에게 일주일 만에 국어 문제집을 전부 끝내라는 벌을 내렸다.

　서현은 상의를 살짝 들어 피범벅이 된 손끝으로 허리를 긁었다. 허리에 그려지는 핏물 아래의 살갗에 알 수 없는 피멍이 펼쳐져 있었다.

몇 시간 전, 어머니는 서현의 방 안으로 들어와 서현을 깨웠다. 오랜만인 낮 햇살이 커튼을 넘어 방 안으로 은은한 존재감을 쏘아 대고 있었다. 그런 아늑한 비경에 어울리지 않게 첨예한 모양의 매질감 가득한 소리가 살인적인 기세로 울려 퍼졌다.

어머니는 이불을 벗겨 낸 다음, 혁대를 손에 꽉 쥐고 엊저녁의 일을 복수하듯 부아를 가득 담아 휘둘렀다. 비몽사몽한 상태였던 서현은 정신을 차릴 틈도 없이 혁대에 맞았다. 그나마 정신을 차린 이후에는 필사적으로 몸을 말아 날아드는 뱀을 막으려 애썼다. 공기를 가르는 날카로운 소리가 방 안을 뒤덮었다.

"아파!"

처음에는 무척이나 따갑고 쓰라린 감각에 소리를 질렀지만, 어머니가 마지막 가격, 혁대의 금속 버클로 허리를 가격한 것에는 숨도 못 쉴 만큼의 위력이 담겨 있어 참았던 눈물을 왈칵 쏟아 내고, 아픔에 몸부림치며 오열할 수밖에 없었다.

그렇게 짐승처럼 우는 딸아이가 꼴 뵈기 싫었는지 어머니는 거실에서 일을 처리하다 말고 화장실로 달려가 소형 대야에 물을 절반가량 담더니 방문을 발로 차고 들어가서 대야 자체를 서현의 머리통을 향해 던져 버렸다.

그 이후, 저녁노을이 방 안을 물들일 무렵까지 서현은 생명력이라고는 찾아볼 수 없이 공허한 눈을 한 채, 침대에 옆으로 누워 있었다. 물에 젖어 떡지게 말라 버린 단발 머리칼이 뺨을 뒤덮고 있었고, 이불과 매트리스는 아직도 마르지 않아 축축했다.

어머니는 또다시 방 안으로 들어와 책상 서랍에 꽂힌 수능 대비 국어 문제집을 꺼냈다. 해당 국어 문제집에는 약 710문항의 문제가 수록되어 있었고, 쪽수로는 약 800페이지가 넘었는데, 서현은 현재 해당 문제집을 절반가량 풀어 둔 상태였다. 어머니는 마지막 페이지를 반절 접고는 침대로 던졌다. 다행히 서현의 몸에 벽돌 같은 책이 닿지는 않았다.

"일주일 안에 다 풀어."

어머니가 나가고 나서 서현은 힘겹게 몸을 일으켜 세웠다. 몸 구석구석이 부서질 듯 아파 왔다. 이윽고 아버지가 귀가했다.

서현은 허리를 매만지다 말고 자리에서 일어나 창가 앞으로 걸어갔다. 창문을 열고 방충망 너머의 세상을 바라보았다. 여러 주택의 불빛이 야광충처럼 은하의 파편으로 발하고 있었지만, 그녀에게는 옻칠을 해 둔 듯한 밤하늘의 깜깜함만이 시야에 들어올 뿐이었다. 그곳에는 별 한 점이 없어서 아름다움이라고는 결코 탐닉할 수 없는 칠흑만이 팽팽히 펼쳐져 있었다.

그때 먹구름 사이를 비집고 달이 모습을 드러냈다. 서현은 곧바로 휴대폰을 집어 들었다. 화면이 터치할 때마다 피로 물들어 갔다. 다음 순간, 그녀는 휴대폰을 귀에 가져다 댔다.

[여보세요?]

서현이 활짝 웃었다.

“여보세요?”

[무슨 일 있어?]

사려 깊고 따뜻한 목소리.

“언니, 안 바빠?”

서현이 자신감이라고는 찾아볼 수 없이 기어들어 가는 목소리로 물었다.

[바쁘지이이.]

그리 말하며 귀엽다는 듯 웃는 언니의 목소리.

[근데 동생이랑 통화할 시간은 있지. 왜, 긴 이야기야?]

“아니…… 그건 아닌데…….”

서현의 눈가에 눈물이 들어서기 시작했다.

[언니, 금방 들어갈 거야. 오늘은 9시쯤에 들어갈 수 있을 것 같아. 밥은 먹었어?]

“응, 먹었어.”

서현은 오늘 한 끼도 먹지 못했으나 먹었다고 거짓말하며 고개를 끄덕였다.

[힘들면 언제든 이야기해. 밥 잘 챙겨 먹구. 알았지?]

“응…….”

대답하는 목소리가 갈대처럼 크게 한 번 휘청였다.

[아, 참. 그리고 이번 주 일요일 저녁에 조금 일찍 퇴근할 수 있

을 것 같은데 같이 영화 보러 갈까? 너 『낮잠 공주』 보고 싶다며.]

"진짜……?"

[응, 진짜! 그니까 조금만 참아.]

언니 유현은 그렇게 말하며 살갑게 웃었다. 그 웃음을 따라 서현도 "좋아."라고 답한 뒤 소리 내어 웃었다.

그리고 나타난 정적. 그 정적을 서현의 흔들리는 목소리가 힘껏 부쉈다.

"언니."

[응?]

"……언니도 밥 잘 챙겨 먹어."

결국 서현의 눈물이 볼을 타고 천천히 미끄러져 내렸다.

[얘는 무슨. 언니가 밥은 절대 안 놓친다. 새벽에 라면 먹는 것만 봐도 식탐 모르겠어?]

언니가 장난스럽게 대답하자 서현이 방긋 웃으며 폭소했다. 그때 전화기 너머로 언니가 누군가와 급하게 이야기하는 것이 작게 들려왔다. 서현은 직감했다. 통화가 곧 끊기고 말 것이란 사실을.

"언니……."

[아, 네! 알겠습니다! 어, 서현아. 불렀어?]

"……가야 돼?"

[그래야 할 것 같네……. 급한 일이 생겨서……. 미안해. 이따

집에서 봐!]

서현이 대답을 하기도 전에 전화는 끊겼다. 그녀는 나지막이 허공에 대고 답했다.

"응……."

휴대폰을 귀에서 떼고 다시 고개를 들었을 때, 달은 먹구름에 가려져 보이지 않았다. 비가 추적추적 내리기 시작했다. 자그마한 형태로 얄궂게 내릴 것 같던 비는 훨씬 굵은 돌덩이가 되어 이리저리 빗발쳤다.

서현은 창문을 닫았다.

거실에서 TV를 시청하고 있던 어머니와 아버지는 어느새 잠에 빠져 있었다. 그러다 어딘가 불편함을 느낀 아버지가 눈을 번쩍 뜨고 휴대폰을 확인했다. 과외 선생 문태수에게 연락을 보내두었지만 되돌아오는 답장은커녕 연락을 읽지도 않았다.

어제였던가. 집으로 경찰이 찾아왔었다. 문태수가 실종되었다고. 그리고 그가 부촌 주민에 의해 마지막으로 목격된 장소가 이 집 근처라고. 게다가 태수는 이 집 안에서 서현의 상태를 구급대원에게 신고한 장본인이었다.

경찰은 그 이후 문태수의 행적을 조사하는 중이었다. 경찰은 몇 가지 질문을 간단히 던졌다. 문태수의 실종과 연관이 있을 것이라 생각되는 서현에겐 당시의 기억이 없었다. 경찰 측은 의문점 다분한 상황에도 마땅히 할 수 있는 것이 없다 판단해 금세 되돌아갔다.

다만, 경찰이 주목한 것은 문태수의 혈액이었다. 현장에 혈액이 지나칠 정도로 많았다는 구급대원의 말을 듣고 서현의 방을 조사했으나, 문태수의 DNA는 검출되지 않았다. 오로지 서현의 혈액 자국만 루미놀 발광 반응으로 확인할 수 있을 뿐이었다.

애당초 당시 서현이 태수를 해칠 수 있을 만한 상황도 아니었고, 건장한 성인 남성이었던 그가 납치를 당한 것이라면 정말 외부인의 개입이 있었을 것이라 생각했다. 이를테면 서현이 외부 범죄자에게 먼저 폭행을 당한 후 문태수가 서현의 상태를 발견하고 응급 신고, 구급대원을 기다리던 중 문태수 납치. 이런 시나리오가 먼저 대두될 테다.

아버지는 소파에서 일어났다. 냉장고로 향해 성화수 페트병을 꺼냈다. 그리고 그것을 지그시 응시하더니 뚜껑을 열고 한입 마셨다.

“하나님 아버지, 마르칼로 저희 가족을 이끄소서.”

그의 입 밖으로 작게 튀어나온 말이었다. 곧 그는 뭔가를 결심한 표정으로 고개를 돌려 서현의 방문을 쳐다보았다.

12

금요일 새벽 5시. 아버지는 아내와 서현을 데리고 H 교회로 향했다. 서현은 제대로 씻지도 못한 채 아버지의 손에 이끌려 나왔는데, 그런 탓에 몰골이 말이 아니었다. 창가에 머리를 기댄 채 잠에 빠진 서현을 뒤로하고 앞좌석에 앉아 있는 아버지와 어머니가 조곤조곤한 목소리로 대화를 나눈다.

"목사님께서 흔쾌히 응해 주셨어."

어느 정도의 걱정을 내려 둔 듯한 아버지의 목소리에 어쩐지 가벼움이 묻어 있었다. 어머니 또한 기대를 한사코 담은 표정이었다.

"다행이야."

교회에 도착한 이후, 세 사람은 소규모 집회를 위해 마련된 소예배실을 찾았다. 서현은 몸이 불편한지 다리를 절었다. 소예배실엔 별도로 설치된 장의자가 없었는데, 대신 필요할 때마다 사용할 수 있는 접이식 의자가 구비되어 있었다. 그러나 세 사람은 전등을 켜고 화이트 오크 색상의 시트지를 붙인 맨바닥에 앉았다.

"오늘 금요일인데……."

서현의 부르튼 입술 사이로 흘러나온 말이었다. 아버지와 어머니는 서현의 말에 대꾸하지 않았다. 그저 서현의 양쪽에 무릎을 꿇고 앉아 눈을 감고, 손을 모으고, 중얼중얼 뭔가를 욀 뿐이었다.

적적한 예배실이 아버지와 어머니의 귀신을 부르는 것 같은 말소리로 가득 채워진다. 그리고 그 소리가 매우 거슬리게 서현의 귓가로 다가올 때쯤, 예배실로 누군가가 들어왔다. H 교회의 담임 목사 심 목사였다. 흰색 목사 가운을 입은 그는 한 손에 성경을 들고 있었다.

"목사님……."

아버지의 절절한 목소리가 심 목사에게로 달려들었다. 심 목사는 냉랭한 표정을 유지하고 있었다. 진중하다고도 볼 수 있는 표정이었다. 다만, 그는 그다지 선해 보이지 않는 인상이었다. 말을 붙이기 어려울 정도로 사납게 생겼으나 이목구비가 몹시 정갈해 주름이 깊어졌음에도 과연 미남이라고 불릴 수 있을 만했다.

"하나님의 가족이자 우리 성도님께서 부탁하신 일이니, 그것이 내 일이라고 생각함으로 말미암아 마르칼로 도달할 수 있도록 도와드려야 하는 것이 마땅하다고 생각합니다."

심 목사는 한 글자라도 흘리는 법 없이 또박또박하게 말했다. 그러나 그의 목소리는 강력한 설교 활동 때문에 꽤 쉬어 있었다.

서현은 이 상황을 이해할 수 없었다. 심 목사를 보자마자 잠이 확 깼다. 어쩐지 너무나 불안해서 헛구역질이 나올 것 같았다.

"이서현 성도님."

서현에게로 가까이 다가가는 심 목사. 서현은 당황한 표정으로 심 목사를 올려다보았다. 심장 박동이 빨라진다.

“목사님, 저흰 어떻게 하면 될까요?”

어머니가 물었다. 이어 아버지도 고개를 들어 올리며 심 목사가 태양이라도 되는 양 눈살을 찌푸리며 쳐다보았다.

곧이어 심 목사가 혀를 끌끌 찼다. 그러한 목사의 모습에 아버지는 절망감을 느낀 듯 고개를 숙였다.

“이 몰골을 좀 보십시오.”

심 목사는 손바닥을 펼쳐 서현의 턱에 가져다 댔다. 그리고 얼굴을 살며시 들어 올리며 또다시 혀를 끌끌 찼다.

“이게 다…… 기도가 부족해서 그런 겁니다. 성화수를 마시는 것만큼이나 중요한 것이 뭐라고 했지요?”

심 목사의 물음에 아버지와 어머니는 거의 동시에 “기도입니다!”라고 외쳤다.

“맞습니다. 그런데…… 역시 이서현 성도님은 대답하질 않으시는군요.”

어머니와 아버지는 원망을 가득 담은 눈초리를 딸아이에게 보냈다.

“그렇다는 건…….”

아버지가 중얼거렸다. 이에 심 목사는 고개를 끄덕거리다가 입을 열었다.

“맞습니다. 마귀가 들었습니다.”

그의 목소리가 강력한 기폭제가 되어 아버지와 어머니는 눈물을 흘리기 시작했다. 선신교의 교리에 의하면 한 번 마귀가 든 자는 여러 번의 회개로도 마르칼로 향하는 것이 어렵다. 그뿐만이 아니다. 자식에게 든 마귀는 부모의 앞길을 막아 부모 또한 마르칼로 향하지 못하게 된다고 한다. 그러한 교리를 떠올린 두 사람은 엄청난 좌절감에 빠졌다.

"그럼, 어떻게 해야 할까요?"

아버지의 목소리에서 간절함이 묻어 나왔다.

"도대체 무슨……."

서현의 말소리가 심 목사의 큰 목소리 "그건 걱정 마십시오."에 잘려 나가고 말았다. 뒤이어 심 목사는 서현의 뺨을 후려갈겼다. 갑작스러운 폭행에 놀란 서현의 몸이 돌처럼 굳었다.

"성화수는 챙겨 오셨지요?"

목사의 말이 끝나기도 전에 두 사람은 가방에서 다량의 성화수를 꺼내 보였다. 심 목사는 두 사람의 신앙심에 흡족한 듯 고개를 끄덕였다.

"좋습니다. 딸아이의 팔을 한번 잡아 주시지요."

아버지와 어머니는 곧바로 서현의 팔목을 잡았다. 이윽고 무릎으로 손등을 깔아뭉갠 다음 힘껏 팔을 끌어안았다.

"이거 놔!"

서현의 눈이 공포로 물들었다. 속수무책으로 맞을 수밖에 없다는 두려움이, 마치 포식자를 마주한 피식자처럼 본능에 내재한 두려움이 마음 깊숙한 곳에서 피어올랐다. 그러나 서현은 저항할 수 없었다. 온몸이 구타 통증으로 욱신거리고 있었고, 심히 악화된 건강 상태로 힘이 전혀 들어가지 않았다.

심 목사가 또다시 서현의 뺨을 후려갈겼다. 서현은 곧장 고개를 들어 심 목사를 노려보았다.

"하지 말라고!"

소리를 질러 대는 서현의 뺨을 또다시 후려갈겼다. 완전히 붉게 물든 서현의 볼이 두근두근 울렸다.

"이것 좀 보십시오. 굉장한 마귀가 들었습니다."

서현은 필사적으로 몸을 비틀어 두 사람에게서 벗어나려 애썼다. 그러나 어머니와 아버지는 땀을 뻘뻘 흘리면서 딸아이의 팔을 꽉 붙들어 잡았다.

이윽고 심 목사는 아버지와 어머니의 뺨도 후려갈겼다.

"부모는 자식의 거울입니다."

아버지와 어머니는 심 목사의 말에 전적으로 동의한다는 듯 "맞습니다. 죄송합니다. 회개하겠습니다."라고 되풀이했다.

"씨발, 제발 이거 놔 줘! 엄마! 아빠!"

아버지와 어머니는 서현의 욕지거리에 화들짝 놀랐다. 서현이 처절히 울면서 외쳤으나 두 사람은 그것을 마귀의 계략이라고 판단한즉, "썩 꺼져라! 마귀야!" 하고 소리치며 서현의 팔을 힘껏 끌어안고, 온 체중을 실은 무릎으로 양 손등을 으스러뜨리려는

듯 굳세게 눌러 제압했다. 왼손 검지에 줄곧 껴두었던 반지가 무
거운 무릎에 짓눌리며 손가락이 부러질 것만 같은 통증이 밀려
들었다.

"이서현 성도님이 보이질 않습니다. 아주 깊은 곳에 잠들어 있
군요. 아주 깊은 곳에……."

심 목사는 아리송한 말을 내뱉었다. 곧이어 성화수 페트병을
들고 오더니 뚜껑을 열고 서현의 턱을 잡았다. 그리고 페트병 입
구를 입에 쑤셔 넣었다.

"하나님 아버지, 이서현 성도님의 내면에 잠든 영혼을 마르칼로
이끕니다. 부디 그녀가 마귀로부터 해방되어 그녀를 끔찍이 아끼
는 두 부모의 곁으로 무사히 돌아올 수 있기를 바라옵나이다."

서현은 500ml의 물을 한 번에 받아들였다. 페트병을 입에서
떼어내자마자 서현은 그동안 참았던 숨을 거칠게 몰아쉰다. 속
이 몹시 더부룩해졌다.

"하나님 아버지, 불쌍한 영을 구원하시고, 믿음을 가진 이들을
구원하시고, 사람 사는 삶에 있어 고통의 짐을 덜어 주시옵소서."

심 목사가 또 한 번 500ml짜리 생수병을 서현의 입에 쑤셔 넣
었다. 그때 서현의 기도로 물방울이 넘어가는 바람에 서현은 입
에 담긴 물을 바깥으로 크게 한 번 분사했다. 그 압력 탓에 심 목
사가 서현에게 주입하고 있던 성화수 페트병이 바닥으로 떨어지
고 말았다. 성화수가 바닥을 적셔 나가기 시작했다.

서현은 벌게진 얼굴을 하고 캑캑거렸다. 또한 그녀는 침을 질질 흘리고 있었는데, 그 침과 바닥의 성화수가 맞닿자마자 심 목사는 또 한 번 고개를 절레절레 내저었다.

“예사 마귀 놈이 아닙니다. 하나님 아버지, 바라옵건대 인간이 마귀의 권세에 굴복하지 않게 하시고, 마귀의 유혹에 넘어가지 않게 하시고, 오로지 하나님의 뜻 아래에 살도록…….”

돌연 서현이 심 목사가 말을 잇지 못할 정도로 크게 소리를 질렀다. 심 목사는 귀가 아팠는지 귀를 손바닥으로 한\번 문질렀다. 그런 다음 자리를 뜨더니 아버지와 어머니가 챙겨 온 성화수를 두 병 더 가져왔다. 그러곤 연료 탱크에 연료를 채워 넣듯이 사정없이 서현의 입안으로 성화수를 들이부었다.

서현이 성화수 약 1.5l를 배 속으로 집어넣은 뒤, 다음 500ml짜리 성화수를 억지로 마시다가 다시금 사레가 들려 성화수를 뿜어냈다. 그녀는 고통에 몸부림치면서 사람이 아닌 것처럼 울었다. 그러다가 문득 구역감을 느껴 위장을 가득 메우고 있던 성화수를 바닥에 전부 토해 냈다. 철퍽거리는 소리와 함께 바닥이 물난리가 되었다.

심 목사는 그제야 만족스러운 표정을 지었다. 손수건을 꺼내 땀을 닦으면서 어머니와 아버지를 쳐다보았다.

“마귀가 빠져나온 것 같습니다. 수고하셨습니다.”

아버지와 어머니는 기쁨에 어쩔 줄 몰라 했다. 그들은 서현의 팔을 놓고 눈물을 훔쳤다. 서현의 손등은 붉게 달아올라 있었다. 두 사람이 자리에서 일어서자마자 서현은 힘없이 앞으로 고꾸라졌다.

아버지와 어머니는 예배실 바깥으로 나가는 심 목사를 따라나갔다. 이후, 돈뭉치가 든 편지봉투를 심 목사에게 건넸다. 심 목사를 배웅한 다음, 어머니와 아버지는 예배실로 돌아와 토사물을 치우기 위해 걸레질을 시작했다. 그것도 아주 신이 난 모습으로.

예배실 한가운데에 쓰러져 있는 서현의 주위를 대걸레로 밀어나간다. 서현의 손가락에서 빠진 반지가 바닥에 나뒹굴고 있었다. 잠시 뒤, 반지가 색사 마포 걸레에 휩쓸려 갔다. 더러운 걸레 끝부분이 서현의 몸과 머리에 닿아도 어머니와 아버지는 별로 신경 쓰지 않는다. 그것은 굉장히 기괴하고도 그로테스크한 풍경이었다.

13

마르칼은 선신의 세계.
그곳은 영생과 축복으로 가득한 곳.
아버지는 꿈을 꾸었다.

마르칼로 향하는 계단을 오르고 있는데 뭔가가 뒤를 쫓아온다. 아버지의 뒤를 쫓아온 그것은 아버지를 덮치더니 영원한 구렁텅이로 함께 떨어지도록 한다. 이윽고 그것이 딸인 서현이라는 것을 알아차렸을 때, 아버지는 크게 분노했다.

눈을 뜨자마자 아버지는 거실로 나갔다. 집 안 전체가 음침한 기류로 뒤덮여 있었다. 비 오는 날 특유의 어둑하고 습한 아침이었다. 그는 거실 불을 켜지 않고 화장실로 향했다.

소변을 누기 위해 변기 덮개를 들어 올린 순간이었다. 그는 소스라치게 놀라며 몸을 부르르 떨었다. 다량의 두꺼비가 변기에 다닥다닥 붙어 있었기 때문이었다.

아버지는 재빨리 덮개를 닫고, 물 내림 버튼을 연신 눌러 댔다. 그러자 변기 덮개 사이로 핏물이 분사되기 시작했다. 두꺼비가 변기 속에서 갈려 나가기라도 하는 것처럼. 변기가 토해 내는 핏물이 사방을 더럽게 물들여 갔다.

배수관을 통해 기어들어 온 걸까?

아버지는 그렇게 생각하면서도 홀린 듯이 물 내림 버튼을 눌렀다.

피가 쭉쭉 분사된다.

더.

더.

더.

세차게.

쏴아아.

홀린 듯이 몇 분을 버튼만 눌렀는지 모른다.

정신을 차리니 주변을 둘러싼 핏물은 완전히 사라진 상태였다.

잘못 본 거야?

아버지는 그렇게 생각하며 덮개를 다시금 열었다.

환상을 봤다는 것을 암시하듯 변기 물 속에 두꺼비는, 단 한 마리도 없었다.

요즘 기가 많이 허해졌다는 생각이 들기 일쑤였는데 아무래도 그 탓이려나. 아버지는 볼일을 보고 화장실 밖으로 나갔다.

이후, 방으로 돌아가려는데 문득 괴괴한 소리를 감지하고는 거실에 우뚝 멈춰 섰다. 아주 먼 곳에서……. 아니다. 꽤 가까운 곳에서…… 묘한 소리가 들린다.

그는 곧바로 서현의 방문을 열고 들어갔다. 서현은 이불을 뒤집어쓴 채 잠에 빠져 있었다. 침대를 지나쳐 창가로 다가간다.

닫혀 있지 않은 창문.

방충망에 맺힌 빗방울.

아버지는 비로 젖어 가는 마당을 멍하니 바라보았다.

아니, 그는 유심히 귀를 기울이고 있었다.

빗소리 너머로…….

흘려들을 수 없는 어떤 소리가 들려온다…….

아버지는 의아함을 감출 수 없었다.

우수수 쏟아져 가는 빗소리 사이사이에…….

두꺼비의 울음소리가…….

셀 수 없이 많은 울음소리가…….

집 전체를 둘러싼 모양으로…….

울려 퍼지고 있었기 때문이었다. 그 울음소리는 살인적인 기세로 달려들었다. 그런데…… 그 어디에서도 두꺼비의 모습은 보이지 않는다. 아무래도 크기가 작기 때문일 테다.

아버지는 침을 꼴깍 삼켰다. 수많은 두꺼비의 울음소리에 압도되어 가는 가운데, 문득 서현이 뒤척이는 기척에 화들짝 놀라고 말았다. 아버지는 휘둥그레진 눈으로 고개를 돌렸다. 여전히 서현은 이불 속에 갇혀 있었다.

불길한 예감에 아버지는 서둘러 창문을 닫았다. 잠금장치를 확인한 뒤, 발걸음을 옮겨 방문을 열려던 순간이었다.

몸이 완전히 굳고 말았다.

머리 뒤에서 한 마리의 두꺼비 울음소리가 들렸다.

그런데…… 그 울음소리가 마치…… 방 안에서 울려 퍼지는 듯한 데다가 음량이 몹시 컸다. 가장 먼저 그의 머릿속을 장악한 것은 사람처럼 거대한 두꺼비였다. 그것이 바로 뒤에서 자신을 노려보고 있는 듯한 기분이 들었다.

아버지는 천천히 고개를 돌렸다.

“서현아……?”

시야에 서현이 들어왔다. 상체를 일으켜 세운 그녀는 하얗게 질린 얼굴로 아버지를 바라보고 있었다.

이윽고 아버지는 피가 거꾸로 솟는 듯한 감각을 맛보았다.

창문이…… 열려 있다.

방충망도…….

그곳으로 비가 세차게 들어오고 있었다. 더불어 두꺼비의 울음소리 또한 사방에서 빗발치기 시작했다.

“과외 선생님 말이야…….”

서현이 나지막이 내뱉었다. 그리고 말을 잇기를.

“걔가 데려간 것 같아…….”

“뭐?”

이해할 수 없는 서현의 말에 아버지는 고개를 갸웃했다.

그런데…… 곧 서현이 폭소를 하는 것이 아니겠는가?

“왜 웃어?”

아버지가 그렇게 묻자 서현은 웃음을 멈추었다. 아니, 웃음을 필사적으로 참았다.

“씨……, 니도, 니 여편네도 다 똑같아. 아무짝에도 쓸모가 없어. 그냥 뒈져 버리지…….”

서현은 웃음을 참을 수 없다는 듯 쿡쿡거렸다.

“야, 이서현. 너 지금 뭐라 했어?”

아버지의 미간이 꿈틀거렸다.

"병신."

침대 위에서 서현이 활짝 웃는다. 곧 아버지는 부글부글 끓어오르는 분노를 주체하지 못하고 서현에게 달려들었다. 처음엔 뺨을 때리는 것에 그치는가 했지만, 서현이 웃음을 주체하지 않자 아버지는 주먹을 꽉 쥐고 서현을 팼다.

그런데…… 그 폭력의 수위가 거의 딸을 죽일 기세였다. 그럼에도 웃음을 주체하지 못하는 서현과 분노를 주체하지 못하는 아버지. 두 사람은 그야말로 뭔가에 단단히 홀린 사람들처럼 기괴하게 보였다.

아버지는 서현의 목을 힘껏 졸랐다. 서현의 얼굴이 검붉게 달아오른다. 곧이어 웃음소리가 멈추고, 서현이 나지막이 내뱉는다.

"아……빠……."

기어들어 가는 그 목소리가 고막에 닿자 아버지의 정신이 번쩍 돌아왔다. 아버지는 재빨리 딸아이의 목에서 손을 뗐다. 그의 손이 광기랄 정도로 떨리고 있었다.

내가 무슨 짓을…….

서현이 콜록콜록 기침을 해 댔다.

아버지는 고개를 내려 휘둥그레진 눈으로 서현을 쳐다보았다.

아버지를 올려다보는 서현의 눈망울에 원망이 서려 있었다. 곧이어 그녀가 눈물을 흘린다.

뭔가가 잘못됐다.

이상하다.

아버지는 믿을 수 없다는 표정을 한 채, 서둘러 방 바깥으로 나갔다.

14

일요일 오후 3시.

서현의 방은 여전히 누르스름한 색감으로 팽창해 있었다. 유난히 화창한 날씨와 커튼 덕에 더욱 그랬는지도 모른다.

회전을 감행하던 선풍기의 움직임이 돌연 멈추었다. 침대에 누워 있는 서현의 이마에 땀이 송골송골 맺히기 시작했다. 에어컨은 며칠 전, 사용하지 못하도록 어머니가 선 자체를 가위로 잘라 버렸다. 본래 서현은 에어컨을 잘 켜지 않았음에도 근래엔 참을 수 없는 더위와 습한 날씨가 지속되어서 선풍기만으로는 버틸 수 없었다.

얼굴은 몹시 창백했다. 부르튼 입술 사이 사이에 딱지가 가라앉아 있었다. 이불을 덮지 않아 드러난 맨살은 셀 수 없이 많은 상처와 멍으로 가득했다. 오른쪽 손톱은 전부 사라진 상태였고, 그 자리 역시 피딱지가 차지하고 있었다.

구강 안, 총 다섯 군데에 구내염이 피어올라 있었다. 혓바닥 끝과 입술 안쪽, 앞니 근처의 윗잇몸, 목젖. 이 구내염들은 피로 누적과 스트레스, 심 목사의 성화수 만행 등으로 생겨난 상처였다. 구내염이 입안 곳곳을 차지하고 있어 음식을 전혀 먹을 수 없었다. 음식이 입안에 담기기라도 하면 작열통이 물밀듯 밀려와 침을 질질 흘리는 것은 기본이고, 물조차 마시기 힘들었다. 그리하여 갈증은 극에 달해 있었다.

처참한 몸 상태에도 엊저녁 언니가 사 온 감자칩을 다 먹었는지 머리맡엔 비어 있는 감자칩 봉지가 놓여 있다.

서현이 인상을 찡그렸다. 악몽을 꾸기라도 하는 것처럼. 거친 숨을 몰아쉰다.

곧이어 숨을 크게 들이마시면서 눈을 번쩍 떴다.

어찌 된 영문인지 몸을 일으켜 세우지 않고, 눈만 끔뻑거렸다.

눈알을 이리저리 굴린다.

고개가 돌아가지 않는다.

아니, 몸 전체가 움직이지 않는다.

그런 서현의 시야에 기묘한 물체가 들어왔다. 공기 중에 거품이 둥둥 떠다니고 있었다. 그 거품은 문 쪽으로 이동하더니 이내 방문을 완전히 통과하고 말았다. 동시에 서현이 상체를 벌떡 일으켜 세웠다. 뼈가 부러지는 듯한 고통을 감내해 나가며 재빨리 침대에서 벗어났다. 기포의 이동 경로를 따라 문을 열었다.

그러나 기포는 사라졌다. 방문 앞에 떠 있는 것은 미묘한 비린 내뿐이었다. 서현은 그 비린내를 쫓았다. 비린내의 방향은 화장실로 이어졌다. 화장실로 들어가자마자 문을 잠갔다. 그러자 갑자기 다리에 힘이 풀려 변기에 털썩 주저앉고 말았다.

그때, 또다시 눈앞에 기포가 나타났다. 기포는 천천히 상승해 천장에 달라붙었다. 곧 천장은 징그러울 정도로 많은 기포로 뒤덮이기 시작했다. 기포가 맹렬한 속도로 증식한다. 그 속도에 맞추어 심장 박동이 격렬해진다.

호흡이 빨라지고, 동공이 확장한다. 엄청난 기척이……. 천장을 기어다니고 있었다.

뭔가가…….

뭔가가 천장을 맴돌고 있다.

사박사박.

사사사사아아아아.

뭔가가…… 저 위에 있다.

도대체.

저건…….

서현이 정신을 차렸을 때, 천장은 곰팡이가 핀 것처럼 거멓게 물들어 있었다.

숨을 죽이고, 천장을 바라보았다.

고요했다.

아무런 소리도 들리지 않았다.

이 무렵, 거칠었던 서현의 호흡은 완전히 진정되어 숨소리조차 자그맣게 들릴 뿐이었다.

그때였다.

검은 천장의 한가운데에 물방울이 모이더니 타일 바닥으로 뚝 떨어졌다. 흰 타일 바닥에 숯검정 드리운 액체가 번졌다.

서현은 또다시 고개를 들어 올렸다.

뚝.

다시 한번, 검은 물방울이 타일 바닥으로 떨어졌다.

뚝.

다시 한번.

뚝, 뚝.

뚝, 뚝, 뚝.

천장의 이곳저곳에서 물방울이 떨어져 내린다. 그 물방울의 정체가 무엇인지 파악하려 한 순간, 서현의 얼굴 위로 다량의 물방울이 쏴아아 쏟아져 내렸다. 대야에 가득 담긴 물을 한 번에 쏟아부은 것처럼 말이다. 서현의 얼굴은 순식간에 검은 액체로 뒤덮였다.

서현은 화들짝 놀라 흡! 하고 숨을 들이마셨다. 물방울은 아랑곳하지 않고, 비처럼 우수수 쏟아져 내려 화장실과 서현의 전신을 검게 물들여 나갔다.

오후 5시, 하늘이 우중충한 모습으로 둔갑했고, 장대비가 내리기 시작했다. 외출 준비를 위해 아버지가 화장실 문손잡이를 잡고 밀었다.

"응?"

문이 열리지 않아서 노크했다. 바로 옆에 있는 서현의 방을 쳐다보았다. 아무도 없는 것으로 보아 화장실 안엔 서현이 있는 듯하다.

"아빠 나갈 준비해야 하니까 얼른 나와."

아버지는 그렇게 말하고 뒤로 돌았다. 방으로 돌아가려다 문득 화장실 안으로부터 들려오는 묘한 소리를 감지했다. 그런즉, 다시 몸을 돌려 화장실 문 가까이 귀를 가져다 댔다.

드득, 드득.

드드득, 드득.

득, 드득.

'뭔 소리야……?'

처음 그의 머릿속에서 떠오른 것은 생선 비닐을 칼로 긁는 장면이었다. 하지만 그 소리일 리는 없다. 그렇게 판단하자 곧바로 떠오른 다음 장면은 살갗을 긁는 것이었다. 그쪽이 좀 더 맞겠다고 생각하면서도 드득거리는 소리가 살인적인 기세로 울려 퍼지는 것을 듣고 있자니 몹시 섬뜩해서 소름이 돋았다.

돌연 엄청난 한기가 등줄기를 훑었다.

드득드득.

드드득, 드득.

이 정도로 거칠게 긁는 것이라면 살점이 손톱 아래로 밀려들어 가거나 뜯어져 나갈지도 모른다.

“여보!”

아스라한 곳에서 아내의 목소리가 들려왔다. 아버지가 화장실 문에서 귀를 떼려 한 순간이었다.

“씨발……. 다 찢어 죽여 버릴 거야…….”

아주 작은 목소리가 화장실 안에서 새어 나왔다. 아버지의 눈이 휘둥그레졌다.

딸아이가 한 말일까?

아니, 그럴 리가 없다.

그는 분명 잘못 들은 것이리라 되뇌었다.

“여보! 이리 좀 와 봐!”

급한 용무가 있는 듯한 아내의 목소리에 그는 일단 자리를 떴다. 그럼에도 화장실 안에서 들려오는 의문의 소음은 멈추지 않았다.

드득, 드드득.

서현은 왼쪽 손으로 목을 긁었다. 어떻게 된 일인지 화장실은 순백처럼 하얬다. 검은 천장과 물방울은 서현의 시야에서도 화장

실에서도 완전히 사라졌다. 이로 물어뜯은 손톱은 불규칙한 모양
으로 파손되어 톱니바퀴 같은 뾰족한 모양새를 하고 있었다.

드드드드득. 드득.

얼마나 깊이, 얼마나 세게 긁어 대는지 실제로 살점이 뜯어져
나가고 있었다. 손톱 아래로 무참히 밀려들어 간 살점 조각이 화
장실 바닥에 툭툭 떨어졌다. 그러나 서현은 아무렇지 않은 표정
을 짓고 있었다. 기쁨도 슬픔도 분노도 없는, 그야말로 무(無)를
떠올린 표정이었다. 멍을 때리는 표정처럼 보이기도 했다.

다음 순간, 서현은 입을 작게 움직였다. 계속해서 뭐라고 중얼
거린다. 아주 작은 목소리로…… 보통 사람이라면 도저히 입에
담을 수 없을 끔찍한 욕을…… 뱀의 울음소리처럼 스르륵 내뱉
었다. 그럼에도 그녀의 표정은 변함이 없었다.

이윽고 서현이 고개를 뚝뚝 비틀더니 변기에서 일어났다. 문
너머에서 아버지의 음성과 발걸음 소리가 들렸기 때문이었다.
발소리가 멀어진 뒤, 잠금장치를 해제하고 문을 열었다. 서현은
화장실 문턱에 두 맨발을 올렸다. 화장실 조명이 연신 깜빡거리
더니 곧 생명력을 완전히 잃었다.

느릿한 발걸음으로, 부엌으로 향했다. 칼꽂이에서 끝부분이
뾰족한 식칼을 꺼내 들었다. 나이프를 힘껏 쥔 오른손 끝, 그러
니까 손톱과 살갗이 찢어져 나간 부위에서 소량의 혈액이 진물
처럼 흘러나왔다. 잠옷을 대신해 입고 있던 흰 반팔 티는 목이

다 늘어나 있었는데, 그곳 또한 목에서 흐른 피로 점차 물들어 가고 있었다.

그녀가 부모의 침실 문 앞에서 가만히 멈춰 섰다. 이 무렵에도 고개를 기형적으로 비틀고 말기를 반복했다. 왼손으로는 또다시 목을 긁었다.

"이런 건, 좀 당신이 해 줘도 되잖아."

아버지는 한숨을 푹 내쉬었다. 이부자리를 바로바로 정리하라는 아내의 면박이 마음에 들지 않았기 때문이었다.

"니 자리는 니가 치우세요."

침대 위의 어머니가 사람을 잡아먹을 듯한 눈으로 아버지를 바라보았다. 아버지는 못 이기는 척하며 이불을 갠다. 그 순간이었다. 방문이 천천히 열렸다. 어머니와 아버지는 동시에 방문을 쳐다보았다. 열린 방문 뒤로 서현이 나타났다.

"너, 뭐 하⋯⋯?"

어머니가 말을 하다 말았다. 소름 끼치는 것을 본 것마냥 소스라치게 놀라더니 자리에서 벌떡 일어났다. 아버지 또한 기겁하며 천천히 방문 쪽으로 다가갔다. 두 사람은 서현의 손에 들린 크고 날카로운 식칼을 본 것이었다.

"서현아, 왜 그래⋯⋯?"

아버지가 조심스럽게 물었다. 그러면서 천천히 서현에게로 다가간다. 서현은 계속해서 고개를 움찔거렸다.

"서현아, 그거 내려놔⋯⋯. 위험하잖아⋯⋯. 응?"

아버지는 감정의 진정을 유도하려는 유한 말투로 서현을 달래기 시작했다. 그러나 이미 폭발한 폭탄은 원래의 모습으로 되돌아갈 수 없는 법이었다.

방의 형광등 전원이 나가 버린 순간, 서현이 소리를 내지르며 전방에 서 있는 아버지에게 달려들었다. 아버지는 날아드는 일격을 피하려 했지만, 순식간에 삼각근부 쪽이 베이고 말았다. 아버지는 서현을 강하게 밀쳐 냈고, 서현은 바닥에 엎어졌다.

그러나 그녀는 곧바로 일어나더니 이번엔 더욱 가까이 자리한 어머니에게 달려들었다. 어머니는 재빨리 몸을 돌려 아버지에게로 달려갔다. 두 사람은 방을 빠져나왔다. 아버지는 어둑한 거실 끝으로, 어머니는 화장실 앞으로 향했다.

빠른 속도로 어머니를 뒤따른 서현은 어머니의 오른쪽 어깻죽지에 칼을 박아 넣었다. 어머니는 고통에 윽! 하고 신음하며 휘청거리다가 화장실 안쪽으로 쿵 넘어졌다. 본능적으로 팔꿈치를 지지대로 삼았기에 바닥에 머리가 부딪치지는 않았다. 어머니의 등에 올라탄 서현은 어깻죽지에 박혀 들어간 칼을 뽑아낸 후 상완부를 푹 찔렀다. 어머니의 옷이 피로 물들어 갔다.

그때였다. 아버지가 서현의 등을 발로 찼다. 서현의 명치가 욕조와 맞부딪혔다. 아버지는 곧바로 어머니를 일으켜 세운 다음 화장실 바깥에 눕혔다. 갑작스럽게 명치를 부딪친 탓에 서현은 숨을 캑캑거렸다. 그럼에도 삽시간에 뒤로 휙 돌아 화장실 바로 앞에 서 있는 아버지를 향해 달려들었다.

아버지는 거실 서랍에서 꺼내 온 망치로 서현의 옆구리를 가격했다. 서현이 측면의 문설주와 부딪혔다. 충격에 눈이 확 뒤집혔다. 이윽고 몸이 크게 한번 부르르 떨리더니 뒤로 넘어갔다.

서현의 손아귀에 들려 있던 칼이 화장실 타일 바닥으로 떨어졌다. 경쾌한 소리가 주변으로 울려 퍼졌다. 아버지는 기회를 놓칠세라 서현의 몸에 올라탔다. 그다음, 바닥에 떨어진 칼을 주워 서현의 복부를 있는 힘껏 찔렀다. 서현이 꽥 비명을 내질렀다.

"여보!"

아버지가 급한 목소리로 어머니를 불렀다. 그 다급함에 어머니는 정신을 바짝 차렸다. 문턱에 비스듬히 세워진 망치를 들고 남편 옆으로 향했다.

"마귀가 아직 이 안에 있어. 심 목사님이 말했던 그 악귀라고…….'

아버지의 음성이 노이즈 가득한 녹음본처럼 떨렸다.

"그럼, 어떡해?"

어머니가 거친 숨을 몰아쉰다.

"성화수를 가지고 와. 빨리!"

아버지가 강압적인 목소리로 내뱉었다. 어머니는 그 육중한 목소리에 짓눌려 잠시 당황하다가 타일 바닥에 망치를 내려놓고 차고로 달려갔다. 얼마 전 심 목사를 만나러 가기 전, 모든 성화수를 차 트렁크에 넣어 두었기에 부엌 냉장고엔 단 한 개의 성화수도 남아 있지 않았다.

아버지는 몸부림치는 서현을 바라보았다.

어떻게 해야 할까.

문득 아버지는 이상한 기척을 느꼈다.

이 화장실에 뭔가가 떠다니고 있다.

기포 같은 것이…….

이상한 비린내가…….

곧 아버지는 뭔가에 홀린 것처럼 안면에서 표정을 지워 냈다. 이윽고 서현의 복부에 박혀 들어간 칼을 재빠르게 빼내었다. 피가 쭉쭉 튀어 올라 얼굴에 튀었다. 쓸개를 건드린 건지 진한 초록빛 액체가 핏물과 함께 섞여 나왔다. 서현이 고통에 몸부림쳤다.

어머니가 세 개의 성화수를 챙겨 화장실로 돌아왔을 때, 화장실은 온통 피로 뒤덮여 있었다. 아버지는 지친 모습으로 변기에 앉아 있었다. 그가 들고 있는 칼엔 노란 지방 덩어리와 알 수 없는 물질이 눌어붙어 있었다.

서현의 숨은 아직 붙어 있었다. 네 차례 복부가 찔리고, 한 차례 목이 찔렸지만, 공허한 눈으로 천장을 바라본 채 느릿느릿 숨

쉬고 있었다. 이윽고 붉게 충혈된 서현의 눈에서 눈물이 차오르더니 관자놀이를 지나 양쪽 귀를 향해 흘러내리기 시작했다. 그러고는 하고 싶은 말이 있는지 입을 천천히 벌린다. 그녀의 입술이 몹시 떨렸다.

"어, 언……니……."

그 애틋한 목소리가, 그리움에 잠긴 목소리가, 기대고 싶어 하는 목소리가 들리지 않았나 보다.

아버지에게는.

그는 한숨을 쉬고는 변기에서 일어나 망치를 집어 들었다.

잠시 뒤, 온 체중을 실어 딸아이의 머리를 사정없이 내려쳤다.

15

"다들 왜 이리 전활 안 받아……. 걱정되게……."

유현은 퇴근 직후 서현에게 전화를 세 번이나 걸었으나, 서현은 전화를 받지 않았다. 아버지와 어머니도 마찬가지였다. 버스정류장 벤치에 앉아 버스를 기다리면서 동생에게 문자 메시지를 남겨 둔다.

유현 : 전화 안 받네, 걱정되게……. 무슨 일 있어? 영화 예매해 두

긴 했는데 시간 있으니까 일단 집으로 갈게!

　그 메시지를 보내자 문득 전에 나누었던 대화 내용이 눈에 들어왔다. 유현은 화면을 올리면서 이전 대화 내용을 확인했다.

　서현 : 우와, 이거 언니가 만든 케이크야?

　(사진)

　유현 : 응. 어때? ㅋㅋㅋㅋ

　서현 : 완전 예뻐. 나 이거 좀 먹어봐도 돼?

　유현 : 당연하지. 너 먹으라고 만든 거야.

　서현 : 헐

　(이모티콘)

　유현 : 집 들어갈 때, 젤리도 사 갈게. 전에 샀던 이 젤리 맛있다고 했지?

　(사진)

　서현 : 응. 완전! 학교 가져갔는데 친구들이 맛있다고 난리였어.

　(이모티콘)

　유현 : 친구들한테 다 뺏기는 거 아니야?

　서현 : 그럴지도 몰라.

　유현 : ㅋㅋㅋㅋㅋㅋㅋㅋㅋㅋㅋ 많이 사갈 테니까 친구들이랑 나눠 먹어!

(이모티콘)

서현 : ㅋㅋㅋㅋㅋㅋㅋㅋㅋ 고마워 언니!

유현 : ㅋㅋㅋㅋㅋㅋㅋㅋㅋㅋ 알았어. 그럼 주말에 보자. 밥 잘 챙겨 먹고.

(이모티콘)

서현 : 응! 언니도.

(이모티콘)

유현이 흐뭇하게 웃고 있는데 눈앞에 버스가 나타났다. 무선 이어폰을 끼고 있던 터라 하마터면 놓칠 뻔했다. 오늘따라 날이 금방 어두워졌다. 여름이 거의 끝나 가기 때문일지도, 비가 오기 때문일지도 모른다. 그래도 오후 7시에 이런 어슴새벽의 풍경은 너무 이상하다.

합승 버스 내부는 푸른 전등 빛으로 뒤덮여 있었다. 손님은 유현을 제외하고 노파 한 명과 여중생 두 명이 전부였다.

뒷자리에 착석한 유현은 바로 앞에 앉아 있는 여중생에게 관심을 보였다. 두 사람은 서로의 휴대폰을 보여 주며 키득거리고 있었다. SNS에 올라와 있는 재밌는 영상과 귀여운 동물 영상 등을 서로 공유하는 모양이었다.

통로 쪽의 여중생은 흰색 마스크를 쓰고 있었다. 창가에 앉아 있는 여중생은 가방을 앞으로 메고 있었다. 창가의 여중생이 단발 머리칼이라는 것을 인식하자마자 유현은 금세 여동생을 떠올렸다. 그리고 보니 요즘 동생이 달라진 것 같다. 일주일 전까지만 해도 이렇진 않았는데 최근엔 방문을 자주 잠가 두는 탓에 못 본 지가 꽤 된 듯하다. 지난주에도 좋아하는 감자칩을 사 왔는데 방문이 잠겨 있길래 문 앞에 두었었다. 물론 출근 전, 유현이 방문 앞을 확인했을 땐 감자칩이 사라진 상태였기 때문에 새벽녘에 잘 챙겨 먹었으리란 생각이 들었지만.

동생이 걱정되면서도 졸음이 몰려왔다. 살인적인 스케줄에 몸의 피로가 이만저만이 아니었다. 그럼에도 그녀는 여동생과 영화를 보기 위해 시간을 계산하기 시작했다. 아마도 집에 도착하자마자 동생을 바로 데리고 나와야 늦지 않게 상영관에 입장할 수 있을 테다. 예매는 중간 열로 미리 선점해 두어서 좌석에 대한 걱정은 없었다.

유현은 창가로 고개를 돌렸다. 다수의 차량이 전조등을 쏘아 댔다. 형형색색의 신호등 빛과 가로등의 울금 빛이 도로를 몽환으로 뒤덮고 있었다.

유현은 자기도 모르는 사이에 창가에 머리를 기댔다. 몸이 피로에 절여져 있었기 때문인지 눈이 저절로 감겼다. 그도 그럴 것이 그녀는 살인적인 스케줄을 소화한 상태였다. 목요일은 당직이 아니었지만 담당 환자가 위독해지는 바람에 밤샘 모니터링을 해야 했고, 당직이었던 금요일까지 시간이 쉴 새 없이 흐른 다음 토요일 오전 회진 후 퇴근하려 했으나, 동료 레지던트의 경조사 때문에 대신 당직을 서게 되었다.

쪽잠을 자 가며 근무를 서니 어느덧 일요일이 되었고, 월요일에 있을 컨퍼런스 발표 자료를 준비하느라 오후 6시 가까이 되어서야 퇴근할 수 있었다.

목적 정류장까지 남은 시간은 27분. 어차피 귀에 꽂아 둔 무선 이어폰에서 하차 알림이 들릴 것이다. 그 목소리가 들릴 때 일어나면 된다. 그녀는 휴대폰 음량을 높게 키워 두고 잠을 청했다.

[다음 정류장에서 하차하세요.]

알림 소리에 번쩍 눈을 뜬 유현은 빠르게 주변을 두리번거렸다. 어느새 차내는 손님으로 북적거리고 있었다.

차량이 멈추자마자 유현은 자리에서 일어나 인파를 비집고 후문 근처 통로에 섰다. 교통카드를 단말기에 찍고 다음 정류장에서 하차했다.

해당 정류장에서 집까지의 거리는 도보로 약 14분 정도가 걸린다. 반팔 티를 입었음에도 후덥지근하고 습한 날씨에 유현의 몸에선 땀이 흘렀다. 부촌은 작은 융기처럼 솟아 있는 지형에 형성되었기 때문에 걷는 게 힘에 부칠 수밖에 없었다. 물론 경사가 그리 험준한 편은 아니었지만. 그래도 집과 가까워질 무렵엔 아스팔트 바닥이 평평해지기에 그곳에 도달할 때까지만 고생하면 된다.

유현은 아무도 없는 길거리를 빠른 걸음으로 걸어 나갔다. 빗소리 속에서 발소리가 아주 얇고 넓게 주변으로 퍼져 나갔다.

휴대폰을 수시로 확인했지만, 가족들에게서 온 연락은 없었다. 집에 가까워질수록 불안감이 커진다. 아버지야 본래 연락 확인을 잘 안 해서 그렇다고 치지만, 어머니는 휴대폰을 달고 살았고, 동생 서현은 아무래도 학생이기 때문에 이런저런 이유로 휴대폰을 자주 확인할 텐데.

유현이 음습한 골목을 지나치자마자 한기가 엄습했다. 최신식 가로등의 하얀빛이 길거리를 밝혀 주고 있는데도 왜인지 주변이 어둑하게 가라앉아 있는 듯한 느낌을 받았다.

진정 그녀가 불길함을 느꼈던 건, 대문을 열고 마당에 발을 들였을 때였다. 창문으로 새어 나오는 빛이 하나도 없었다.

다들 나 몰래 외출이라도 한 걸까?

그렇게 생각하며 화단을 지난다.

돌계단을 올라 현관문을 연다.

현관의 자동 센서 등이 켜진다.

우산꽂이에 우산을 넣고, 신발을 벗어 신발장에 넣어 둔다. 아버지, 어머니의 신발과 동생의 신발이 모두 신발장 안에 있었다. 외출하지 않은 것이다.

그렇다면 왜……?

왜 연락을 보지 않은 걸까?

어렴풋이 사람의 목소리가 들린다. 거실 TV로부터 흘러나오는 소리다. 거실은 어둠으로 가득한 듯했지만, TV로부터 쏟아져 나오는 빛으로 푸르게 일렁이고 있다. TV에서 흘러나오는 프로그램은 입시 컨설팅 프로그램이다.

조금 더 나아가자 왼편에서 기척이 느껴진다.

유현이 고개를 돌린다.

어머니와 아버지가 소파에 앉은 채 TV를 응시하고 있다. 아무런 표정도 없다.

"불도 안 켜 놓고 뭐 해? 전화는 또 왜 안 받아?"

유현이 곧바로 거실 형광등 스위치를 눌러 보지만, 고장 나기라도 한 건지 불이 들어오지 않는다.

"왜 이래, 이거. 고장 났어?"

유현의 물음에도 어머니와 아버지는 아무 말 없이 TV에 시선을 고정하고 있을 뿐이다.

"뭐야……. 서현이는 어딨어?"

유현이 묻는다.

아버지와 어머니는 대답하지 않는다.

그때 거실 창문에 빗방울이 달라붙는 듯한 소리가, 지붕을 비가 강하게 때려 대는 듯한 소리가 연신 울려 퍼지기 시작한다.

동시에 주변이 크게 한 번 번쩍였다.

유현은 가까이 있는 아버지를 뚫어져라 바라보았다. 어쩐지 옷이 얼룩덜룩한 것 같았다. 진흙탕에서 구른 것 같달까? 그러나 TV의 빛만으로는 원래 옷의 문양이 저런 건지 아니면 다른 뭔가가 묻은 건지 제대로 확인할 수 없었다. 그녀는 위치를 조금 더 옮겨 어머니를 쳐다보았다. 어머니 또한 상의가 얼룩덜룩했다. 흰 티에 문양이 그려진 티셔츠로 보였다.

아무런 대꾸도 하지 않는 부모로부터 묘한 감각을 느낀다.

왜 이럴까?

유현은 한숨을 푹 내쉬면서 서현의 방으로 향한다. 그러다 문득 방 옆에 자리한 화장실의 문틈 사이로 환한 빛이 새어 나온다는 사실을 알아차렸다. 유현은 그것을 발견하고도 서현의 방문을 먼저 열었다.

"서현아…… 준비 다 했어?"

칠흑이 넓게 펼쳐진 공간에 음성을 던져 보지만, 되돌아오는 대답은 없다. 이번에도 전등 스위치를 눌렀지만 불이 켜지지 않았다. 집 전체의 전기가 나간 걸까. 그렇게 의문을 품으면서도 곧바로 의심을 철회했다. 거실에선 TV가 멀쩡히 제 역할을 충실히 수행하고 있었으니까. 유현은 방 안 깊숙이 들어가 침대를 살폈다.

"서현아."

암순응한 눈이 침대를 포착한다. 침대 위엔 이불이 너저분하게 접혀 있을 뿐이었다. 그녀는 침대 위에 놓인 과자 봉지를 집어 들었다. 그러곤 살며시 미소 지었다. 과자 봉지를 쓰레기통에 집어넣고 방을 나왔다.

그렇담 역시 화장실에 있나 보다. 원래 동생은 화장실을 갈 때 문을 꼭 잠그는 습관이 있었다. 그렇기에 화장실에서 빛이 새어 나오는 것을 보았음에도 서현의 방으로 먼저 들어간 것이었다.

방에서 빠져나온 뒤, 단 세 걸음 만에 화장실 앞에 도착한다.

화장실 앞에 선 그녀는 문득 인상을 찌푸린다.

안쪽에서 고약한 냄새가 풍겼기 때문이다.

대변이나 소변의 악취는 아니다.

뭐랄까.

비릿하면서도 시큼한 냄새다. 본능적으로 거부감이 들었다. 아니, 그것을 넘어 소름이 끼쳤다. 소변이나 대변을 오랫동안 방치해 두어도 이런 악취는 나지 않을 것이다. 이리도 무섭게 느껴지는 악취는 처음이었다. 문 바로 뒤에 뭔가가 서 있는 듯한. 악취를 뿜어내는 뭔가가…… 인간이 가장 두려워하는 형태로 서 있는 듯한 감각이…… 온몸에 번졌다.

몸의 피로가 순식간에 달아났다. 섬찟한 분위기에 뇌가 각성 상태에 접어들고 만 것이었다. 손이 떨렸다. 그녀는 문고리에 손을 올리지 않고, 문 자체를 천천히 밀었다.

잠시 뒤, 위용을 자랑하는 고급 주택의 내부에서 온몸의 털이 곤두설 정도의 비명이 울려 퍼지기 시작했다.

유현은 바닥에 주저앉았다. 조금 전 보았던 광경이 머릿속에서 광기랄 정도로 쿵쿵 요동쳤다.

벽면과 거울, 변기 등 화장실 전체를 뒤덮은 검붉은 피.

그럴 리가 없다.

세면대에 놓인 망치와 식칼.

심장이 미친 듯이 뛴다.

타일 바닥에 누워 있는 누군가.

그럴 리가 없다.

이곳저곳 대롱대롱 달라붙어 있는 몸의 파편.

심장이 터질 것 같다.

생리적으로 노출되어선 안 되는 울긋불긋한 것이 피부층을 비집고 바깥으로 튀어나와 있다.

그럴 리가 없다.

찢어지고, 뜯어지고, 움푹 들어간 살갗과 위로 솟아 있는 살갗.

도저히 막을 수 없는 공포감과 좌절감이 머리를 집어삼킨다.

피로 물든 반바지와 상의.

그럴 리가 없다.

누워 있는 사람의 목 부분이 이상하다.

목의 끝부분 피부가 톱니 모양처럼 불규칙하게 뾰족이 솟아 있다.

그럴 리가 없다.

그 위가 없다.

목 위에 붙어 있어야 할 것이 없다.

머리가……, 머리가 목과 분리되어 있다.

그럴 리가 없다.

머리는 목과 살짝 떨어진 위치에 힘없이 놓여 있다.

검은 단발 머리칼은 피로 찐득이 엉켜 있다.

그럴 리가 없다.

천장을 바라보는 창백한 얼굴 또한 피로 물들어 있다.

아는 얼굴이었다.

아니, 그럴 리가 없다.

회까닥 위로 뒤집혀 있는 눈.

몹시 희미하게 보이는 동공.

그럴 리가 없다.

약간 벌어진 입술.

그럴 리가 없다.

유현은 계속 소리를 지른다.

성대가 무참히 찢어져 나갈 만큼 크게.

머리를 감싸고 소리를 지른다.

그 비명이 어찌나 큰지 집 바깥으로 새어 나갈 정도다.

그럴 리가 없다.

그럴 리가 없다.

그럴 리가 없다.

그럴 리가 없다.

그럴 리가 없다.

유현의 비명은 멈추지 않는다.

믿을 수 없다는 듯.

비명을 지른다.

아니야! 아니야! 라고.

시끄럽게 소리를 지른다.

몇 분 뒤, 유현은 고개를 든다.

자기도 모르는 사이, 얼만큼 뒤로 도망쳐 왔는지 화장실이 저 멀리 있다.

유현이 고개를 돌린다.

아버지와 어머니는 어둠 속에서 TV를 본다.

거짓말…….

거짓말…….

거짓말. 거짓말. 거짓말. 거짓말. 거짓말. 거짓말. 거짓말. 거짓말. 거짓말. 거짓말. 거짓말. 거짓말. 거짓말. 거짓말. 거짓말. 거짓말. 거짓말.

유현은 화장실 쪽으로 고개를 다시 돌린다. 목이 삐그덕거린다. 거친 호흡이 주변을 울린다.

화장실 벽면엔 여전히 검붉은 피가 덕지덕지 발려 있다.

우웩, 우웨엑.

유현은 입을 틀어막고 필사적으로 구역질을 참았다. 구역감이 진정되자마자 또다시 머리를 감싸고는 동생의 이름을 애타게 부르짖었다.

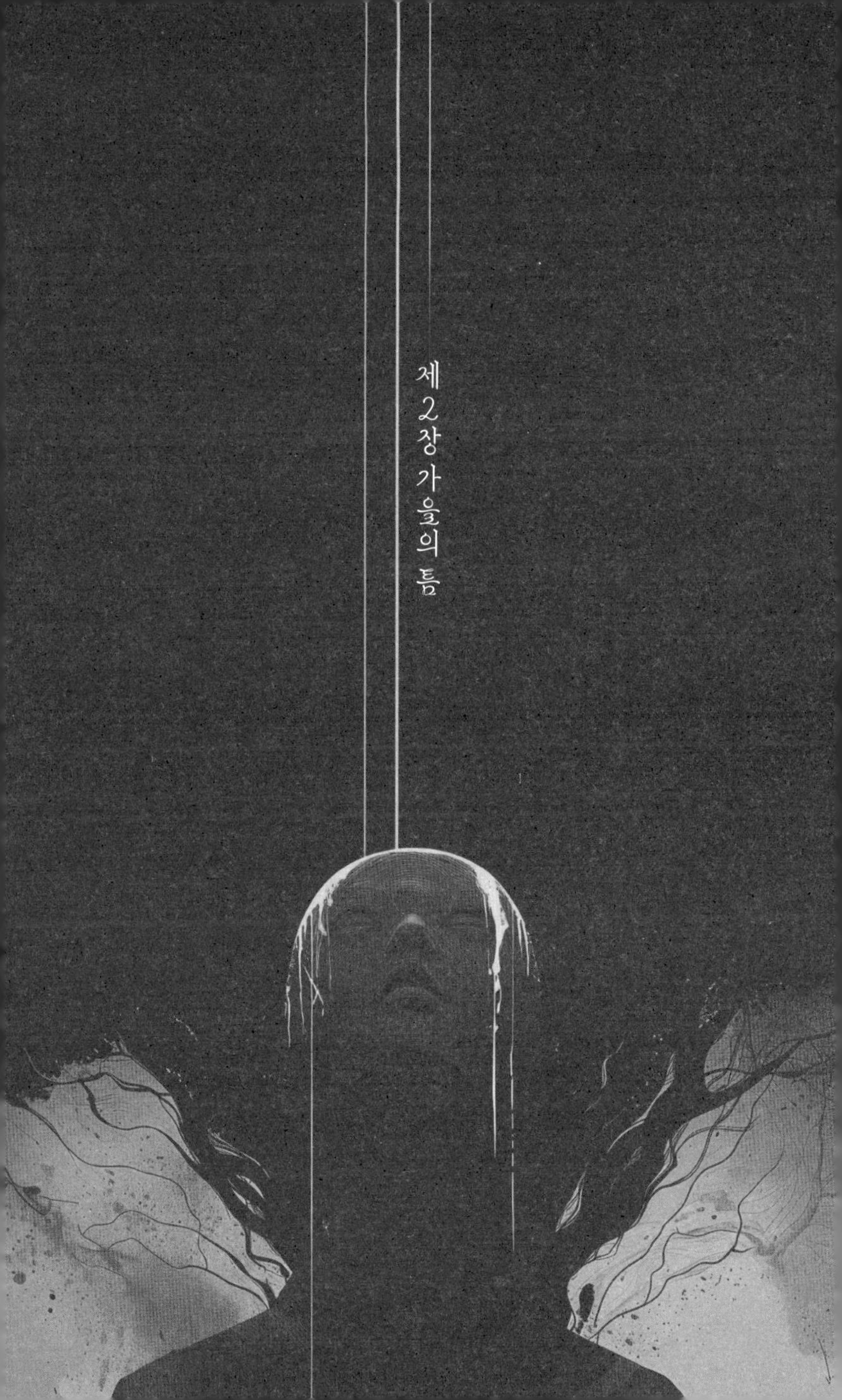
제 2 장 가을의 틈

1

직감이 닿는 거리는 아득히 멀어져 버린 지 오래였다. 그만큼 시간이 지난 사건이기 때문인지도 모른다. 이 기형적인 사회엔 연민의 유통 기한이라는 게 존재한다. 그리고 그건 기억과 직결되어 상대성을 지닌다. 기억이 희미해져 갈수록 연민은 무뎌지는 것이다. 그 말인즉, 비슷한 경험이 없는 사람일수록 연민이란 어려운 법이다. 기억이 없기 때문에 상대가 얼마나 고통스러운지를 모르는 것이다.

그런 사람들은 차분하게 삶을 영위할 수 있다. 연민의 지옥에서 벗어날수록, 시간이 흐를수록 평온해질지도 모른다. 왜냐하면 끔찍한 사건이라고 해도 그건 결국 남의 일에 불과하니까.

괴로운 일에도 기쁜 일에도 닿는 공감은 축복일지 모르지만, 오직 괴로운 일에만 닿는 연민은 일종의 저주다. 적어도 인간성이 있다면 우리는 모두 자조적이게도 저주를 안고 살아가는 것과 다름없다. 다만, 누군가는 자기중심적인 연민에서 벗어나 공감의 세계로 나아가기도 한다.

인간이 어디까지 잔혹해질 수 있는가를 진지하게 고민하는 건, 좋지 못한 일일까. 부정해도 소용없다. 이미 세상은 변동의 발을 구르기 시작했고 부수적인 요소로 잔혹한 사건들이 이따금 나타나고 있으니까.

인간의 잔혹성을 부정하는 자들은 틀림없이 사기꾼들이다.

한경석은 그렇게 생각하며 기분 나쁘게 뜨거운 햇볕과 시원한 바람의 억지스러운 조화 속에서 디지털카메라를 꺼내 들었다. 투광량을 조절하기 위해 조리개를 돌리고 심도가 얕게, 심도가 깊게 각각 한 번씩 사진을 찍었다.

피사체는 단독 주택이었다. 지금으로부터 2년 전인 2023년, 둘째 딸아이를 양친이 잔인하게 살해한 뒤 시체를 끔찍하게 훼손까지 한 곳. 이제는 흉가라 불러도 마땅한 장소로 일가족 살인 사건의 한 사례가 되었다.

문패는 사라진 상태였다. 가장이 이○○이었던가.

취재를 허락받고 난 직후 돋아난 열정은 어딘가로 숨어 버렸다. 고개를 비틀면서 여러 각도로 집을 보았다. 이 안에서 살인이 일어났을 거라곤 전혀 생각되지 않았다. 그만큼 고급스러운 주택이었다. 그래서 직감이 닿지 않는 것이다. 벌써 오랜 시간이 지나기도 했고, 도무지 살인이란 대목과는 어울리지 않았으니까.

살인적인 적요가 이 집 안에서부터 바깥으로 스멀스멀 흘러나오는 것 같았다. 아닌 게 아니라 실제로 소름 끼치도록 차가운 공기가 다리를 감싸안았다. 경석은 주머니에서 손수건을 꺼내 땀이 송골송골 맺힌 이마를 톡톡 두드렸다.

일상에서 이런 주택을 보았다면 아무런 생각도 없었으리라. 그저 화목한 가정이 웃으면서 식사하고 단란히 대화를 나누는 광경을 떠올렸을 것이다. 아니, 실제로 이 집에 살았던 가족은 정말 그랬을지도 모른다.

경석은 그렇게 생각하면서 자신의 경차에 탑승했다. 그때까지도 그의 시선은 오로지 그 집에 박혀 있었다.

경석은 광의미디어의 심령 잡지 기자로 일하고 있다. 광의미디어는 호러·미스터리 소설과 잡지를 주로 출간하는 종합 출판사로 3월(봄호), 7월(여름호), 9월(가을호), 12월(겨울호)에 심령 잡지를 발간한다.

심령과 살인 사건은 어쩐지 거리가 멀어 보이지만, 경석은 그리 생각하지 않았다. 그가 취재하고 있는 사건은 N시의 '마귀 살인 사건'이라는 다소 특이한 별칭이 붙은 이례적 살인 사건으로, 사건이 발발했을 당시 전 국민이 분노했던 충격적이고 악랄한 사건이었다. 해당 별칭이 붙게 된 과정은 과연 이러하다.

사건 발생 당일, 심하게 훼손된 동생의 시체를 발견한 언니가 경찰과 응급구조대원에게 신고. 이후 현행범으로 체포된 피해자의 부모. 이후 양친들은 '딸아이의 몸에 마귀가 들렸다. 몇 번이고 딸아이를 마귀로부터 구하려 했지만 실패했고, 나중엔 우리를 죽이려 달려들어 그리할 수밖에 없었다.'라고 진술했다. 그러한 진술로 인해 마귀 살인 사건이라는 별칭이 붙게 되었다.

현장 발견 당시 피해자는 몸과 머리가 분리되어 있었다. 사체 부검 결과, 몸에는 약 열일곱 군데 칼에 찔린 흔적과 여덟 번 둔기(망치)에 가격당한 흔적이 발견되었다. 또 옆머리에 약한 함몰 골절이 있었는데, 이것 또한 둔기로 가격당해 발생한 골절이라는 것이 밝혀졌다. 그뿐만 아니라 피해자의 전신에서 다량의 구타흔이 발견되었는데, 경찰 측은 이를 통해 피해자가 가정 폭력의 오랜 피해자였다는 것을 유추할 수 있었다.

첫 재판에서 두 가해자는 잔악무도한 살인과 천륜을 저버렸다는 점에서 무기징역을 선고받았으나, 가해자 측에서 제출한 한 가지 영상이 그들의 형을 단순한 징역으로 감경하는 데에 크게 기여했다. 그 영상은 다름이 아니고 홈캠 영상이었는데, 해당 영상 속엔 피해자(서현)가 칼을 들고 가해자(부모)를 공격하는 모습이 담겨 있었다.

이를 통해 일부 정당방위가 인정되었으나, 피해자의 시체를 심하게 훼손했다는 점과 가정 폭력, 방임, 범행의 잔혹성 등이 가중 요인으로 작용해, 부친과 모친은 각각 징역 19년 형과 10년 형을 선고받아 감옥살이를 완전히 피할 수는 없게 되었다.

사이비 종교인 선신교의 광신도였던 부모가 딸이 종교에서 벗어나려 하자 살해했다는 풍문도 존재했다. 그 어느 것을 이유로 들어도 이 사건은 도무지 믿기지 않는 사건이었다.

사무실로 돌아온 경석은 당시 발간된 신문과 기사를 찬찬히 탐독했다.

"선배, 어때요. 잘돼 가요?"

후배 기자가 커피를 건넸다.

"아, 고마워. 글쎄……."

경석이 커피를 홀짝인다. 잠시 뒤, 인상을 찌푸리면서 후배에게 묻는다.

"야, 넌 어떻게 생각하냐?"

옆자리에 앉아 있는 후배가 칸막이 너머로 머리를 빼꼼 내밀었다.

"그냥 미친 새끼들이란 생각밖엔 안 드는데요……?"

다른 사람이 들을까 목소리를 낮추는 후배. 경석은 동의한다는 듯 고개를 끄덕였다.

"그렇긴 하지……. 근데 말이야, 그…… 서현이는 왜 그런 걸까?"

"부모한테 달려든 거요? 그거야 뭐, 스트레스겠죠. 가정 폭력 스트레스. 고등학생이면 그런 선택을 했다고 해도 안 믿기지는 않아요."

"그렇지? 근데…… 왜 이렇게 찜찜하냐."

"선배, 개인적으로 저는 그 취재 안 했으면 좋겠어요."

후배가 진지한 표정으로 말했다. 그 목소리에 진심 어린 걱정이 깃들어 있었다.

"왜?"

"얻는 게 없잖아요. 이미 끝난 사건이고. 그런 끔찍한 사건 다시 들춰내 봐야 기분 더러워지는 것밖에 더 있어요?"

맞는 말이었다. 경석은 후배의 의견에 전적으로 동의했다. 그러나 그는 마귀 살인 사건이 의문투성이라고 생각했다. 단 한 번도 부모를 공격한 적이 없는, 단 한 번도 공격성을 보인 적 없는 아이가 그렇게까지 돌변할 수가 있을까? 경석이 본 홈캠 영상에서의 서현은 그야말로 짐승이었다. 사람이라고는 생각되지 않는 몸짓과 목소리. 그것이 정말 그 아이에게서 나올 수 있는 모습이었을까?

물론 경석 자신은 잘 알지도 못하면서 의견을 굳혀 가고 있다는 것을 잘 인지하고 있었다. 그래서는 맹점 다분한 결론을 내놓게 될 테고, 이 취재의 끝이 안 좋은 국면을 맞을 수밖에 없다는 사실도 잘 알고 있었다. 그렇기에 그는 확신을 얻을 수 있는 사람을 만나기로 했다.

"그 정신병원에 자진 입원했다는 사람이…… 말이야. 이유현 씨, 맞지?"

"아, 그 피해자 언니분? 맞아요. 의사직도 포기할 정도로 충격이 심했나 봐요."

후배가 고개를 끄덕이곤 잠시 뒤 말을 잇는다.

"근데 그분은 왜요?"

"내가 왜 물어봤겠냐?"

경석이 장난스러운 투로 물었다. 후배는 경석의 말을 이해하자마자 곧바로 입을 떡 벌렸다.

"설마 만나시게요?"

"응. 아무래도 뭔가 이상해. 넌 그렇게 느낄지 몰라도…… 나는 아니야."

경석은 의자에 걸어 둔 외투를 걸쳐 입고 빠르게 사무실 밖으로 나갔다.

산간 도로를 한참이나 달려 A시의 소명 정신병원에 도착했을 때 경석은 뭐라 형언할 수 없는 감정에 사로잡혔다. 자신이 조사하고 있는 사건에 대한 확신이 서지 않았달까. 그 불확실성. 인

간으로서는 알 수 없는 뭔가가 있을지도 모른다는 불길함. 그것
이 경석의 마음을 쿡쿡 찔러 대고 있었다.

차에서 내리자마자 돌풍이 불어닥쳤다. 하락의 계절 속에 음
침한 기류가 섞여 들어가 있었다. 그 기류는 병원에 들어선 뒤에
도 경석의 주위를 한참이나 떠다녔다.

면회 신청 과정이 조금 복잡했던 것 말고는 그다지 큰 어려움
이 없었다. 솔직히 유현이 흔쾌히 면회 요청에 수락할 줄도 전혀
예상치 못했다.

면회 절차를 안내받은 다음, 면회실에 앉아 대략 2분 정도를
기다리니 환자복 차림의 유현이 간호사와 함께 면회실로 들어왔
다. 경석이 사진으로 본 것보다도 더욱 반듯하고 고운 외모였다.
그중에서도 진한 쌍꺼풀과 높은 코가 돋보였다.

"여기에 앉으시면 돼요."

간호사가 유현에게 자리를 안내한다. 유현이 유리 가림막을
앞에 두고 앉았다.

"안녕하세요. 광의미디어 기자 한경석입니다."

명함을 내밀며 먼저 인사를 건넨 것은 경석이었다. 그러나 유
현은 말없이 고개를 숙였다. 경석은 침을 한번 꼴깍 삼키고 주머
니에서 수첩을 부랴부랴 꺼냈다. 무엇부터 이야기해야 할까. 막
상 참극의 피해자를 눈앞에 두니 머리가 새하얘졌다. 아무 말도
나오지 않았다.

"나는 그 영상…… 안 믿어요."

놀랍게도 정적을 부순 것은 유현 쪽이었다. 그런 탓에 경석은 화들짝 놀라면서도 곧 정신을 차리고 제대로 말을 해 나가기 시작했다.

"그렇군요. 저도 그렇게 생각합니다."

경석은 최대한 진중한 어투로 말했다. 유현의 심기를 건드리고 싶지 않았다. 경석은 지레짐작하고 있었다. 유현이 그동안 얼마나 기자들에게 시달렸을지를.

"그 일이 있기 전, 동생분은 어떤 분이셨나요……?"

조심스럽게 물은 경석은 펜을 들고 필기를 준비했다.

"……정말, 정말 한없이…… 착한 아이였어요. 싫다는 내색 한 번 없었고, 항상 나누고 베풀 줄 아는……."

돌연 유현의 목소리가 뚝 끊겼다. 수첩에 필기하고 있던 경석이 고개를 들었다.

"유현 씨……?"

유현은 고개를 숙이고 있었다. 아주 얕게 들리는 숨소리가 슬픔으로 가득 채워져 있었다. 그랬기에 경석은 재촉하지 않았다.

잠시 뒤, 유현은 고개를 들고 "죄송해요."라고 갈라지는 목소리로 내뱉었다.

"아닙니다. 괜찮아요."

경석이 고개를 내저었다. 이윽고 그가 말을 잇는다.

"유현 씨, 혹시…… 믿기지 않으실 수도 있다는 거 잘 알지만…… 다른 힘이 동생분을 그렇게 만들었다고 생각해 보신 적은 있으신가요?"

경석의 말투에 주저하는 기색이 다분했다.

"무슨 말씀이신지 잘 모르겠어요."

"그게…… 실은 이 사건 자체가 심령 현상과도 어느 정도 연관이 있을 수 있겠다는 생각이 들었거든요. 이를테면…… 빙의라든가……."

"지금 장난치시는 거예요?"

유현이 날카롭게 쏘아붙였다. 그녀의 얼굴에 경계심이 떠올라 있었다.

"아닙니다. 뭔가를 두려워했던 적은 없나요? 동생분께서요."

그 말을 듣고 유현은 심적으로 몹시 불편했지만, 자기도 모르게 생각에 잠겼다.

"일전에…… 그런 말을 한 적은 있었어요. 이상한 게 자기를 쫓아다닌다고. 서현이는 원래 꿈을 자주 꾸는 편이었어요. 자고 일어나서 헛소리한 적이 많아요. 그러니까 이상한 게 자기를 쫓아다닌다고 했던 말도 착각이었을 가능성이 높아요."

"유현 씨의 말씀을 들으니 더욱 확신이 서서 말씀드리는 겁니다만, 이상한 게 자길 쫓아다닌다는, 그 말…… 조금 이상하지 않습니까?"

경석이 상황을 바로잡으려는 듯 급하게 말을 토해 냈다.

"도대체 뭐가……."

이해할 수 없는 발언에 유현은 여전히 의심을 가득 품는다.

"동생분이 말씀하신 자신을 쫓아온다는 것이…… 적어도 사람은 절대 아니라는 것을 모르시겠어요?"

"그게 도대체 어떻게 그렇게 되는 건데요? 악몽을 꾼 것이 틀림없어요."

"동생분은 자신을 쫓아다니는 대상을 뭔가, 이상한 것이라고 표현했어요. 그게 사람이라면 굳이 그렇게 에둘러 표현했을까요? 아뇨, 동생분은 제대로 말씀하신 거예요."

"그만하세요."

"동생분 억울함 풀어 드려야죠. 틀림없이 뭔가가 있었을 겁니다. 가정 폭력 말고도 동생분을 그렇게 만든…… 뭔가가. 분명 동생분은……."

"그만하시라니까요!"

갑작스러운 고함에 경석과 간호사의 어깨가 동시에 흠칫 들썩였다. 곧바로 경석은 자신의 행동을 후회했다. 이건 너무 지나쳤다.

"죄송합니다……."

경석이 다시금 침을 꼴깍 삼켰다. 유현은 고개를 푹 숙인 채 벌벌 떨고 있었다. 다만, 경석의 입장에선 그것이 슬픔으로 인한 것인지 분노로 인한 것인지 알아차릴 수 없었다.

“저는 단지…… 돕고 싶을 뿐입니다. 고등학생 때 저도 동생을 잃었어요. 그래서 비슷한 처지에 놓이신 분들을 꼭 돕고 싶다는 마음입니다. 특히…… 이 사건은 더…….”

“기자님.”

유현이 고개를 들고 경석의 말을 뚝 잘라 냈다.

“기자님이 하시는 말씀이 제겐 어떻게 들리는 줄 아세요? 저희 부모……, 아니, 그 두 인간이 왜 제 동생을 그렇게 만들었는지 모르세요? 마귀가 씌었다고…… 그것 때문에, 그런 말도 안 되는 이유 때문에……. 지금 기자님의 말씀은 그 두 인간이 옳았다고 말씀하시는 것처럼 들리는데요……?”

유현의 입술이 파르르 떨렸다. 이윽고 무색의 물방울이 그녀의 볼을 적셔 나간다. 경석은 말문이 막히고 말았다. 따지고 보면 유현의 말엔 어폐가 없었기 때문이었다.

“아닙니다. 제가 하고자 하는 말은 절대로 그게 아닙니다. 절대 그 두 사람이 옳았다고 말하려는 게 아닙니다. 제가 하고 싶은 말은…….”

말을 잇지 못한 경석이 고개를 숙였다.

“저는…… 동생분을 그렇게 난폭하게 만든 것의 배후에 초자연적 존재, 일테면 악귀 같은 것이 있을지도 모른다는……. 아니, 그 존재 때문에 가족이 망가졌을지도 모른다고…….”

경석은 횡설수설하다가 결국 말을 끝맺지 못하고 고개를 들었다. 그때, 그의 심장이 쿵 내려앉았다. 유리막 너머의 의자는 텅 비어 있었다. 유현은 이미 자리를 뜬 상태였다. 그녀는 몹시 실망한 표정으로 문 앞에서 경석을 바라보다가 이내 등을 보였다. 간호사가 가까이 다가와 환자의 요청에 따라 면회가 끝났다는 말을 천천히 읊었다.

2

경석과의 면회가 있고 2주 뒤.

퇴원 수순을 밟은 유현은 아파트로 이사했다. 서현을 보기 위해 봉안당에 다녀온 다음, 친척의 도움으로 이삿짐을 전부 옮긴 뒤에 진이 빠져 침대에 쓰러지듯 누웠다. 온화한 램프 빛이 천장을 뒤덮고 있었다.

이렇게나 몸이 힘든데도 좀처럼 잠이 오질 않는다. 새로운 환경이라 그런 걸까. 결국 새벽녘까지 잠들 수 없었던 유현은 한숨을 푹 내쉬면서 몸을 일으켜 세웠다. 그러곤 옷을 갈아입고 바깥으로 나갔다. 초가을 특유의 미풍이 온몸을 감쌌다. 덥진 않지만 시원하지도 않다.

그녀가 향한 곳은 동생 서현이 항상 산책하던 제방 산책로였다. 제방 아래의 금하천은 몹시 길어 유현의 옛집 근처에서 시작해 현재 거주 중인 아파트 근처까지 이어져 있었다. 그 뒤로는 교량 너머로 금하 저수지가 있다.

발걸음이 무거웠다. 걸음걸음마다 슬픔에 겨운 분위기가 내려앉는다. 유현은 이겨 내고 싶었다. 동생을 위해서라도 꼭 이겨 내고 싶었다. 2년 동안 병원에서 지내며 그리 다짐하고 또 다짐했으나, 유현은 금방이라도 무너져 내릴 것 같았다. 가슴이 커다란 구멍이 뚫린 것처럼 미어지는 바람에 저도 모르게 눈물이 흘러나왔다.

산책로는 깊은 새벽에도 가로등 불빛으로 번져 있었다. 그러나 유현은 얼마 걷지 못하고 다시 돌아온다. 그렇게 산책로를 벗어나려던 순간이었다. 비탈길 아래 하천에서 첨벙거리는 소리가 들렸다. 유현은 고개를 내밀어 하천을 살폈다. 잘 보이지 않는다.

그때 또다시 첨벙거리는 소리가 들렸다. 이번에는 뭔가가 물에서 나오는 듯 물이 후드득 떨어지는 소리 또한 들려왔다. 그녀는 본능적으로 시선을 옮겼다. 반대편 제방 비탈길로. 이후, 눈을 게슴츠레 뜬다. 그곳에 누군가가 쭈그려 앉아 있었다.

다음 순간, 비탈길을 내려오던 유현은 화들짝 놀랐다. 두꺼비의 울음소리가 고막을 찢을 기세로 달려들었기 때문이었다. 이윽고 뭔가가 찢어지는 소리가 들리더니 수면 위로 풍덩풍덩 빠지는 소리가 났다. 유현은 재빨리 휴대폰 플래시를 켰다. 그리고 수면을 향해 빛을 쐈다.

몇 초 뒤, 그녀는 입을 틀어막고 경악했다. 사람의 얼굴 가죽이 수면 위를 두둥실 떠다니고 있다. 덧붙여 안구와 뇌 조각, 흰색 뼛조각도. 그것은 흡사 폭발해 버린 사람의 머리 조각이 물 위에 둥둥 떠다니고 있는 것처럼 보였다.

유현은 고개를 들었다. 시야 저 멀리, 웅크려 앉아 있는 뭔가가 자신을 노려보고 있다는 생각이 일순 뇌리를 스쳐 지나가자 도로 비탈길을 올라가 아파트로 도망쳤다.

귀가하자마자 그녀가 한 일은 서현의 유품 상자를 확인한 것이었다. 상자 안, 깊숙한 곳에 들어 있는 일기를 꺼냈다. 기억에 의존한 채, 서현이…… 새벽녘 제방 산책로에서 겪었던 일이 적힌 일기를 필사적으로 찾아내기 시작했다.

대략 10분이 지났을 무렵, 그녀는 외마디 감탄사를 내뱉었다. 관련 일기 내용을 찾은 것이었다. 다행히 서현이 써 둔 모양이었다. 내용을 확인하니 조금 전, 유현 자신이 겪었던 일과 너무나 흡사했다. 일기를 읽자마자 동생이 새벽녘에 겪었던 일을 진지하게 이야기하는 광경이 소용돌이의 모양새로 유현의 머리에 떠올랐다.

페이지를 넘길 때마다 온몸에 소름이 돋았다. 일기는 서현의 기일과 가까워질수록 도통 알 수 없는 두꺼비에 관한 이야기들과 폭력성 가득한 욕설로 뒤덮여 갔다.

손을 벌벌 떨며 마지막 페이지를 확인했다. 그 페이지엔 아주 큰 글씨, 붉고 날카로운 글씨로 '씨발, 다 죽어.'라고 적혀 있었다. 믿을 수 없는 현실에 주위의 공간이 쿵쿵 요동치는 듯 느껴졌다.

일기를 읽으면 동생이 생각날까, 그동안 단 한 번도 읽지 않았다. 그랬더니 도리어 그게 큰 화마가 되어 지금의 유현을 집어삼키고 말았다. 유현은 괴로움에 몸부림쳤다.

이 무렵, 그녀의 머릿속에선 기자 한경석이 했던 말이 휘몰아치고 있었다.

악귀, 악귀, 악귀, 악귀, 악귀, 악귀, 악귀, 악귀, 악귀.

금요일, 출근한 경석은 손님이 찾아왔다는 이야기를 편집장님께 전해 들었다. 경석이 누구일까 싶어 되물었으나, 편집장님은 곤란한 표정으로 성함을 말하지 않고 그저 내려가 보라는 말만 되풀이할 뿐이었다.

1층 로비에 도착할 때까지도 그는 손님을 전혀 유추할 수 없었다. 머리를 굴렸으나 해답은 나오지 않았다. 정말 찾아올 손님이 없었기 때문이었다.

이윽고 손님을 마주하자 경석의 동공이 흔들렸다.

"어? 유현 씨?"

당황스러운 기색이 역력한 목소리를 경석이 내뱉었다.

"안녕하세요."

경석의 명함을 받고 회사로 찾아온 손님은 다름 아닌 유현이었다. 그제야 그는 편집장님이 왜 손님의 성함을 공개적으로 이야기하지 않았는지 단박에 이해할 수 있었다.

"무슨 일 있으세요?"

그는 그렇게 내뱉으면서도 유현이 자신의 눈앞에 있다는 사실에서 어떠한 괴리감을 느꼈다. 그 괴리감의 정체를 파악한즉, 소스라치게 놀라며 입을 열었다.

"퇴원하셨어요?"

"네, 죄송합니다."

모자를 푹 눌러쓴 유현은 정중히 고개를 숙였다. 이에 경석이 몹시 당황하여 손사래를 쳤다.

"아뇨, 아뇨. 왜 그러세요?"

"사건 조사는 이제 그만두셨나요?"

유현이 단도직입적으로 물었다.

"그게 말이죠……."

곤혹스러운 표정을 띤 경석이 유현의 눈을 피한다. 지금 경석이 그러한 반응을 보인 이유는 유현이 사건 조사 및 취재를 멈춰 달라 말하기 위해 자신을 찾아왔다고 생각했기 때문이었다. 실제로 경석은 사건 조사를 거의 그만두려던 찰나였으나, 아직 완전히 포기하지는 않은 상태였다.

"도와드릴게요."

정적을 밀어내고, 유현이 나지막이 말했다.

"네?"

유현의 제안을 듣자마자 경석의 두뇌 회전이 멈췄다.

"아직 확신하지는 못하겠어요. ……그러니까 지금이라도 알아내고 싶어요. 정말……, 정말 그때, 뭔가가…… 있었는지…….."

유현이 모자를 더욱 깊게 눌러썼다. 이내 경석의 안면에도 진지함이 떠올랐다. 그는 "알았습니다. 좋은 선택해 주셔서 감사드립니다. 그럼, 연락은 따로 드릴 테니 전화번호 좀 부탁드려도 될까요?"라고 말했다.

유현에게 전화번호를 받고 나서 경석은 사무실로 되돌아왔다. 고민에 빠진 듯한 표정의 선배가 신경 쓰였는지 후배가 말을 걸어 왔다.

"누구였어요?"

"아, 친척분이 잠깐 들르셨더라고. 불편해서 금방 돌려보내긴 했지만."

후배는 경석의 거짓말을 한 톨조차 의심하지 않았다. 곧 고개를 끄덕이면서 자리로 돌아간다.

경석은 검색 엔진을 이용해 다시 한번 마귀 살인 사건에 관한 기사를 읽었다. 잠시 뒤, 미리 입수해 둔 홈캠 영상을 되돌려 본다. 영상 자체가 워낙 폭력적이고 잔인해서 주변의 눈치를 의식하며 몰래 볼 수밖에 없었다. 영상에 집중하고 있는데 점심시간이 되었다는 소식에 부랴부랴 영상을 끄고 자리에서 일어났다.

점심을 먹은 뒤 회사로 가장 먼저 돌아와 또다시 영상을 시청했다. 경석은 스페이스 바를 눌렀다. 영상이 묘한 장면에서 멈추었다. 인상을 찌푸리고, 화면을 지그시 응시했다.

흉기를 번쩍 든 채로 달리다 멈춘 서현. 그녀의 입가에 미소가 번져 있었다. 적목 현상이 일어난 듯 서현의 두 눈동자가 붉게 빛난다. 영상 군데군데가 어스름으로 뭉개져 있었다.

기괴하다.

악마가 따로 없다.

본능적으로 거부감이 들었다.

경석은 재빨리 캡처했다. 그리고 그 캡처본을 자신의 휴대폰으로 전송했다.

그때였다.

경석이 어떠한 기척을 느낀 듯 고개를 휙 돌렸다. 고개를 돌리는 것만으로는 기척의 존재를 알아낼 수 없자 자리에서 벌떡 일어나 사무실의 전경을 한눈에 담았다. 조용한 사무실엔 오로지 경석뿐이었다. 그 순간, 호우가 시작되었다. 창문을 때려 대는 빗소리가 사무실을 지배한다. 경석은 의아한 마음을 억누르며 자리에 앉았다.

"응? 뭐야."

뭔가를 발견한 경석은 키보드를 연신 눌러 댄다. 스페이스 바를 누르고, 엔터 키를 누른다.

"왜 이래."

영상이 제멋대로 재생되고 있었기 때문이었다. 키보드가 먹혀 들지 않았다. 곧바로 마우스를 클릭해 보았지만, 이쪽도 무반응은 마찬가지였다. 어둑한 영상은 뚝뚝 끊기며 재생된다. 서현이 화면 왼쪽으로 달려간다. 그 끝에 자리한 어머니에게로.

귀에 이어폰을 꽂자 소리 또한 끊겨 들렸다. 모친의 비명이 여러 번 끊겨서 고막으로 울려 퍼진다. 곧이어 노이즈 가득한 소리가 고막을 찢을 기세로 달려드는 바람에 화들짝 놀라며 이어폰을 뺄 수밖에 없었다. 동시에 컴퓨터가 다운되었다.

"어?"

모니터를 툭툭 쳤다. 본체의 전원이 아예 내려갔다는 사실을 인지하고 있었지만, 몹시 당황한 나머지 자기도 모르게 나온 행동이었다.

본체 전원 버튼을 눌렀을 무렵, 사무실 바깥에서 직원들이 몰려오는 소리가 들렸다. 비에 젖은 신발이 내는 끼릭거리는 소리가 복도를 지배한다.

뭐였을까.

점심시간이 끝나고 나서도 경석은 꺼림칙한 느낌을 지울 수 없었다. 그 묘한 느낌의 흔적을 따라가다가 휴대폰으로 전송해 둔 사진을 보았을 때, 소스라치게 놀랐다.

9월 하순의 일요일. 경석과 유현은 역세권의 개인 카페에서 만났다. 맨 구석 자리, 두 잔의 드립 커피를 앞에 두고 먼저 입을 연 사람은 경석이었다.

"먼저 확실히 해 두어야 한다고 생각하는 게 있어요."

그 말이 조용하게 주위를 물들이자 유현이 궁금하다는 표정으로 경석을 물끄러미 바라보았다.

"과학적이지 못한 접근법으로 다가가는 것에 대해서 동의해 주실 건가요?"

경석은 말을 꺼내면서도 확신이 없는 듯했다. 그러나 유현은 경석의 말에 응당 동의하듯 고개를 끄덕여 보였다. 그런 직후 이리 덧붙였다.

"이제 와서 끝난 사건을 다시 되짚어 보기 위해선 그렇게라도 접근해야 한다고 생각해요."

"감사합니다. 물론 모든 것에 과할 정도로 의미를 부여하진 않을 거예요. 그것이 고인에 대한 예의라고 생각합니다. 하지만…… 어느 정도는 비과학적인 뭔가의 개입이 있었다고……."

경석이 말끝을 흐리면서 고개를 끄덕거렸다. 이윽고 김이 너울너울 피어오르는 커피를 한 모금 홀짝이더니 휴대폰을 유현에게 건넸다.

"이게…… 뭔가요?"

유현이 바라본 화면 속엔 낯익은 얼굴이 떠올라 있었다. 저화질 영상을 캡처한 사진본이었는데, 유현이 끈질기도록 본 그날의, 그 사건의 한순간이었다. 그 사진을 본 순간부터 명치가 쿡쿡 쑤시기 시작했다. 그러한 감각은 곧 구역감으로 발전했다. 뇌리 깊숙한 곳에서 경고음이 울려 퍼졌다. 본능이 외치고 있었다. 화면 속에 떠오른 여성이 자신의 동생일 리가 없다고. 유현은 그날 이후로 단 한 번도 그러한 생각을 버린 적이 없었다.

"저화질이지만, 여기, 자세히 봐 주시겠어요?"

별안간 경석의 목소리가 아주 낮게 들려왔다. 경석은 휴대폰 한 곳을 가리켰다. 유현이 그 가리킴을 따라 시선을 옮긴다.

"어?"

자기도 모르게 섬광처럼 번쩍 튀어나온 외마디였다. 오싹한 한기가 그녀의 등줄기를 훑었다. 동시에 온몸의 털이 바짝 곤두섰다.

"이게 도대체……."

섬뜩했다. 말문이 막힌 유현의 시야에 들어온 것은…… 사진 속, 서현의 등 뒤에 괴기스러운 자세로 서 있는 길쭉하고도 검은 덩어리 같은 의문의 형체였다.

"밝기를 높였더니 보이더군요. 단순한 왜곡이나 착시는 아닌 것 같아서 전문가에게 의뢰했는데, 합성도, 왜곡도, 착시도 아니랍니다. 그 말인즉슨, 정말 제대로 찍힌 물체란 거예요. 도대체 이게 뭔지는 모르지만요.”

유현은 그제야 자신이 느꼈던 거부감과 구역감이 단순히 서현의 얼굴을 보았기 때문에 발현된 증상이 아니리란 생각이 들었다. 그러니까 실제로 그러한 감정을 불러일으키는 존재를 감각으로 느꼈기 때문인 것이다.

“이건 빙산의 일각일지도 몰라요. 참, 근데 갑자기 마음을 바꾸신 이유가 뭔가요? 들어 볼 수 있을까요?”

“아, 계속해서 말씀드린 것처럼 확신은 없어요. 지금도요……. 그냥…… 그럴 수도 있지 않겠느냐고, 생각하는 것처럼 또 하나의 가능성을 믿어 보는 거예요.”

경석은 유현이 변죽을 울리고 있다는 느낌을 강하게 받았다. 물어본 것에 답하지 않는다.

“그러니까 그 가능성을 믿어 보도록 마음을 바꾸신 계기는……?”

그 물음에 유현이 잠시 주저하는가 싶더니 숄더백에서 노트를 꺼내 경석에게 건넸다. 그 순간, 유현의 검지에 끼워져 있는 반지가 경석의 시선을 사로잡았다.

“그게…… 이걸 발견했어요.”

“노트네요?”

“네, 서현이 일기장이에요. 조금 특이하게도 일기 쓰는 게 취미였거든요.”

경석은 고개를 끄덕이고 일기장을 훑어보았다. 그리고 얼마 안 가 그의 안색이 급격히 어두워지기 시작했다. 불안했던 서현의 정신 상태가 일기에 그대로 투영되어 있었기 때문이었다.

"대단히 죄송한 말이지만, 혹시 동생분에게 정신적 질환 같은 것은 아예 없었던 거죠?"

"전혀 없었어요."

"유전적인 요인은요?"

"그것도 전혀."

"그렇군요. 지금 이 일기를 보았을 때는 정신병에 관한 의심이 가장 먼저 드네요. 그런데 앓고 있던 질환이나 유전적인 요인도 없다 하니 가정 폭력에 의해 나타난 정신병이 아닐까 하는 생각이 듭니다. 외상에 의해 나타나는 정신병이요. PTSD나 자아분열 같은 해리성 증상이 있어요. 우울증, 피해망상, 불안장애 등도 있고요."

경석이 일기장을 도로 건넸다. 잠시 뒤, 머릿속으로 생각을 정리하고 말을 잇는다.

"뭐 물론 저야 전문가는 아니니 자세히는 모르지만…… 가정 폭력이 갑자기 심해진 게 아닌 이상, 이렇게 정신병이 폭발하는 것처럼 나타나기는 힘들어요. 임계점이 있었다고 한들 보통은 초반부터 티가 나기 마련이에요. 그런데 이 일기를 보면요. 새벽 산책에서 묘한 일을 겪은 날을 기점으로 급성 정신병이 발발한 것처럼 보여요. 사람은 적응의 동물이라잖아요. 안타까운 일이지만, 폭력이 반복되어도 사람은 그것에 무뎌지거나 적응을 해 버려요. 그리하여 트라우마가 고착화되는 거죠, 폭발하는 것보다는."

이 무렵부터 비가 내리기 시작했다. 예보에 예정되어 있었던 시간보다 약 한 시간 빠르다. 가을장마 기간이니 그리 놀랄 일은 아니었다.

"그럼, 기자님께서는 제방 하천에서 겪은 일을 원인이라 생각하고 계신 건가요?"

유현이 물었다.

"지금은 그렇습니다. 그날을 기점으로 서서히 바뀌기 시작했으니까요. 유현 씨께서는 동생분이나 부모님이 변했다고 느낀 적은 없었습니까?"

경석의 말이 끝난 뒤, 유현이 곧바로 대답했다.

"느꼈어요. 저를 제외한 남은 가족의 분위기가 침식해 가는 것 같았달까요? 그런데 이 정도일 줄은 전혀 상상치 못했어요. 그 당시 날씨 자체가 워낙 음습하고 우울했기에 단순히 기분 탓인 줄 알았어요. 서현이의 방은 거의 늦은 저녁이나 새벽녘에만 들어갔던 터라 몸에 상처가 있었는지 확인할 수도 없었고……. 그 두 인간이 동생에게 입시 압박을 넣고 있었다는 사실 자체는 알고 있었어요. 그래서 더욱 후회스럽고요."

죄책감에 물든 유현이 고개를 떨궜다.

“그렇군요……. 그럼, 혹시 유현 씨께서 기이한 일을 겪었던 적은 없었나요?”

그 물음에 유현은 고개를 들고 곰곰이 생각해 나가기 시작했다. 약 1분 뒤, 그녀가 입을 열었다.

“가끔 집 안에서 헛것을 봤어요. 환청을 듣기도 했고요. 대부분 동생 방 근처였습니다. 그리고 최근에도…….”

“최근에도요?”

경석이 눈을 휘둥그레 뜨며 유현의 말을 끊었다.

“네. 며칠 전에 동생이 겪었던 일과 똑같은 일을 경험했어요.”

유현의 말을 듣자마자 경석의 표정이 심각해졌다.

“설마 제방 산책로를 말씀하시는 겁니까?”

“맞아요……. 서현이의 일기장에 적힌 것과 너무 똑같아서……. 사실 그래서 기자님을 다시 찾아뵌 거기도 해요.”

경석은 그제야 이해했다는 듯 고개를 끄덕였다. 이윽고 한숨을 내쉬더니 목이 타는지 커피를 절반가량 한 번에 꿀꺽꿀꺽 마셨다.

“위험한 거 아닌가요?”

경석이 양손을 깍지 꼈다.

“글쎄요…….”

지금의 유현 자신으로서는 섣불리 확언할 수 없는 게 당연했다. 경석 또한 그 사실을 알고 있었다.

"억측이 될 수도 있지만……, 제 추측을 한번 들어 봐 주시겠어요?"

더할 나위 없이 공손한 어투였다. 유현은 그 기세에 휩쓸려 "네."라고 답한다.

"지금의 저로서 추측할 수 있는 부분은 가족에게 들러붙었던 존재가 물, 개구리나 두꺼비와 관련된 괴이라는 거예요. 괴이라는 단어가 뭔지 아시나요?"

"들어 본 적은 있지만, 정확히는 몰라요."

"일본에서 자주 쓰는 말이긴 한데, 초자연적인 존재를 일컫는 단어예요. 요괴나 혼령, 귀신 같은…… 그런 존재요. 저는 그 괴이가 들러붙은 것이 가족을 침식의 길로 이끄는 기폭제가 된 것이 아니었을까, 생각합니다. 성경에도 나와 있듯 본래 악귀는 인간의 나약함과 악한 마음을 먹고 살아요. 해당 괴이는 가정 폭력으로 인해 쇠약해진 서현의 마음속을 깊게 파고든 게 아닐까요? 그리고 서현이 약해질수록, 어머니와 아버지의 폭력이 강해질수록, 그 괴이의 영향력이 강해진 거지요."

경석의 말을 전부 귀담아듣긴 했다만, 유현은 여전히 믿기가 힘들었다. 그런 게 있을 리 없다고 생각하면서도 뇌리 한편에서는 그간 겪었던 기괴한 현상들이 연쇄적으로 떠오르고 있었다.

"기자님의 말대로라면 전 틀림없이 위험에 처한 게 아닌가요?"

"……그렇죠……. 아무래도 동생분이 겪으셨던 일을 똑같이 겪으셨으니 충분히 짚고 넘어가야 할 문제이긴 합니다.”

경석이 소심히 내뱉었다. 곧 유현은 한숨을 내쉬었다. 도무지 믿을 수가 없다. 믿으려 노력해도 어린아이의 장난이나 거짓말처럼 느껴질 뿐이다.

“죄송합니다. 사실대로 말하자면…… 아직도 저는 어떻게 받아들여야 할지 모르겠어요. 초자연적인 존재라는 거…… 믿으려고 해도, 믿기지 않습니다.”

유현의 얼굴에 미안함이 잔뜩 떠다녔다. 그러나 경석은 인자한 표정으로 운을 뗐다.

“죄송해하실 필요 전혀 없어요. 절대 유현 씨가 이상한 게 아닙니다. 오히려 너무나 정상적인 반응이에요. 제가 하고 싶은 말은 다른 쪽으로, 그러니까 현실적인 부분으로 파고들 수 없으면 이런 비과학적인 길을 통해서라도 정답을 향해 나아갈 수 있도록 돕고 싶다는 거예요. 뭐가 되었든 전 유현 씨의 선택을 존중하겠습니다.”

그렇게 말하고 나서 경석은 자리에서 일어났다. 그는 유현에게 “다시 연락 부탁드립니다.”라고 겸손히 말을 남기고 카페를 나섰다.

혼자 남겨진 유현은 긴 고민에 빠졌다.

어떻게 하면 좋을지 모르겠다.

전혀 모르겠다.

도대체 어떻게 해야 할까.

자기도 모르게 눈시울이 붉어졌다.

서현의 웃는 얼굴을 떠올린 탓이었다.

서현아…… 언니가 어떻게 해야 할까?

3

수요일 아침 일찍 경석은 누군가를 찾았다. 연차를 냈기 때문에 회사에 대해서는 걱정하지 않아도 된다. 그가 먼 길을 달려 찾은 사람은 다름 아닌 외할머니였다. 진득한 시골 내음이 안면으로 들이닥쳤다. 이곳저곳 푸르름으로 만개한 초목은 가을을 부정하고 있었다.

"할머니! 저 왔어요!"

경석이 대문을 지나 마당에 들어서자마자 화단을 가꾸던 할머니는 장중보옥을 본 것처럼 환하게 웃으며 손자를 반겼다.

"오메! 내 새끼. 온다는 말도 없이 와 부렀네."

포옹을 나눈 뒤 두 사람은 툇마루에 걸터앉아 이런저런 이야기를 나누었다. 약 30분 뒤, 경석은 본격적으로 묻고 싶었던 질문을 내던진다.

"할머니, 있잖아요. 옛날에 해 주신 이야기 기억나요?"

“뭔 이야기?”

“그 개구리 요괴요.”

“아…… 그 거시기, 연와 말하는 거여?”

할머니는 인상을 찡그리다가 아리송하다는 표정으로 물었다.

“아! 맞아요, 그거. 그거 다시 이야기해 줄 수 있어요? 너무 오래돼서 기억이 안 나요. 옛날엔 진짜 무서웠는데.”

“가만있어 봐. 우리 하나부지가 알려 줬었는디…….”

할머니는 기억을 더듬는 듯 미간을 찌푸렸다.

“어, 할아버지요? 그렇게 오래됐어요?”

“그라제. 허벌나게 오래됐제. 아야, 경석이 너, 거시기, 고려 알제?”

이때쯤 하늘은 순식간에 우중충한 모습으로 변했다.

“네.”

“그 고려 시대 때 말이여, 그 지금 광주 쪽에 크다란 연못이 있었어. 근데 그 연못이 연꽃으로 막 이렇게 뒤덮여 있었는디 어느 날 본께, 개구리 한 마리가 연꽃 위를 폴짝폴짝 뛰어다니는 것이 아니겠능가? 근데 말이여, 그 연못은 원래 연꽃 빼고는 아아무것도 없었당께라. 근데 갑자기 웬 개구리가 나타난 거여. 사람들이 막 놀래 분께, 다들 개구리를 신기하게 쳐다보는 거여.”

할머니가 돌연 말을 끊고 고개를 돌렸다. 마당으로 물방울이 후드득 떨어졌기 때문이었다.

“오메, 무릎이 쑤시더니 기어코 비가 와 불구마잉. 집 들어갈 때 조심히 들어가라잉.”

“네.”

경석은 웃으며 대답했다. 할머니는 고개를 절레절레 저었다. 그리고 떨어지는 비를 한참이나 쳐다보다가 다시 입을 열었다.

“그 개구리 있잖애. 누가 그랬는지는 몰라도 개구리에게 진득이 기도를 올렸더니 소원이 이루어졌다는 거여. 그러니까 그 연못에 혼자 사는 개구리를 신령님이 들렸다고 해서 너도나도 연못 앞으로 기도를 올리러 오게 된 거여. 그때 사람들이 그 개구리를 ‘연꽃 위에 있는 개구리다’라고 해서 연와님~ 연와님~ 하고 불렀제. 근디 어느 날, 웬 느자구 없는 놈이 이 연와님을 죽이려 든 거여. 자기 소원 안 들어줬다고, 주먹만 한 돌멩이 여러 개를 들고 와서 연와님한테 막 던져 부러써.”

할머니가 돌멩이를 던지는 시늉을 했다.

“근데 신성한 연와님이라고 맞을 리가 있겠능가? 폴짝, 폴짝 뛰어서 얄밉게 돌멩이를 피했제. 그랬더니 그놈이 눈까리가 삑 돌아 불더니 연못 안으로 들어가 부렀어. 연와님을 잡으려 안간힘을 쓰는데 정신을 차렸을 때는 이미 연와님은 사라져 부렀제. 그리고 그놈이 허탈한 마음으로 집에 돌아왔을 때, 지 아내랑 일곱 살배기 아들이 천장에 대롱대롱 매달려 있는 게 아니겠어?”

충격적인 전개에 경석은 소름이 끼쳤다. 아주 어렸을 적 들었을 때는 이리 소름 끼치지 않았다. 아무래도 할머니가 자체적으로 검열을 했거나 당시 어렸던 자신이 내용 자체를 이해하지 못했기 때문이 아니겠냐고 추측했다.

"이유 없이 목을 매달아 버린 거지. 그리고 그놈은 거기에 큰 충격을 받았는지 며칠 동안 아무것도 먹지 않다가 근처 바닷가에 몸을 던졌어. 버틸 수 없었던 게지. 그 사건 이후로 마을 주민들은 연와님을 더 신성시하게 되었지. 우리 하나부지가 지금처럼 비가 오면 연와님~ 연와님~ 하면서 소원을 빌던 게, 아직도 기억난다잉. 너도 얼른 소원 빌어 부러라."

할머니가 재밌다는 듯 웃었다. 그러나 경석은 의문스러웠다.

"비가 오는 거랑 연와님이랑 무슨 상관이 있어요?"

"아, 비가 오는 날에는 연와님이 연못에 나타나지 않았거든. 그 시대 사람들은 그것이 연와님이 비로 현현해서 마을 사람들에게 축복을 내려 주는 것이라고 생각했제. 그때는 비가 귀했응께."

"아……."

경석은 고개를 끄덕였다.

"오메……, 비가 무진장 내려 부네잉. 밥 묵고 가라잉? 지금 가면 확 미끄러져 분당께."

할머니가 자리에서 일어나 집 안으로 들어간다.

"아야, 뭐더냐, 얼릉 안 들어오고?"

경석이 말없이 비로 젖어 가는 마당을 바라보고 있는데 문득 뒤에서 할머니의 목소리가 들려왔다.

"아, 네!"

다시 상경하는 길, 호우 때문에 차는 막히지 않았다. 국도는 휑뎅그렁했다. 이곳저곳 내려앉은 안개 때문에 전조등을 켰다.

와이퍼가 좌우로 움직이는 소리를 들으며 경석은 생각에 잠겼다. 할머니가 말한 연와라는 요괴가, 그것을 요괴라 일컬어도 좋을지는 모르겠지만…… 아무튼 그 존재가 자신이 조사하던 사건과 연관이 있지는 않을까.

곧 그는 휴대폰 내비게이션을 끄고 홈캠 영상을 틀었다. 편집 프로그램으로 밝기를 최대한으로 올려 두었다. 광원 효과로 인해 사람의 얼굴은 거의 형체를 알아볼 수 없을 정도로 뭉개져 있었다.

그러나 그 검은 덩어리, 서현의 등 뒤에 서 있는 검은 덩어리만큼은 유달리 잘 보였다. 그것의 움직임 하나하나가 경석의 시선을 휘감았다. 도저히 사람이라고는 생각할 수 없는 움직임이다. 불꽃이나 아지랑이처럼 일렁이는 것 같다고 해야 할까. 뭐가 되었든 사람은 아니다. 그것만큼은 확신할 수 있었다.

그 영상을 재생시켜 둔 뒤 운전에 집중한다. 여러 사람의 비명이 몇 번이고 차 안을 가득 메웠다. 영상 자체는 서현이 죽음을 맞이한 뒤 종료된다. 물론 서현이 죽는 장면은 보이지 않는다. 홈캠은 거실만을 비추고 있었으니까. 다만 사위스러운 소리, 이를테면 서걱서걱 칼질하는 소리나 망치로 머리를 가격하는 둔탁한 소리는 아주 작게나마 들을 수 있다.

영상이 약 세 번 정도 사이클을 돌았을 때, 경석은 정신이 나가 버릴 것 같았다. 인간으로서는 버틸 수 없는 지옥의 소리가 연신 고막을 강타한다. 영상을 끄려 손을 올린 순간이었다. 갑자기 차 앞에 사람의 실루엣이 나타나는 바람에 급브레이크를 밟았다. 빗길에 타이어가 쭈우욱 미끄러졌다. 차가 완전히 멈추고 나서 경석은 거친 숨을 몰아쉬었다.

사람이 부딪히는 듯한 느낌은 전혀 없었다. 그럼에도 재빨리 차에서 내려 주변을 확인했다. 안개에 뒤덮인 도로에 핏자국 같은 것은 남아 있지 않았다.

잘못 본 건가?

경석은 혹여 다른 차와 사고가 날까, 두 번 정도 더 주위를 확인한 다음 빠르게 승차했다.

영상을 끄고, 액셀을 밟았다.

그때였다. 유현에게서 전화가 걸려 온 것은.

"여보세요?"

[이유현이에요. 잠시…… 통화 가능하신가요?]

"아, 네. 유현 씨. 가능합니다. 무슨 일이 있으신가요?"

그렇게 물어도 휴대폰 너머에선 유현의 거친 숨소리만이 넘어올 뿐이었다.

"유현 씨……?"

[……**뭔가**……가.]

"네?"

잘 들리지 않았다. 음성이 뚝뚝 끊겨 들렸다.

[……**뭔가**가 찾아왔었어요…….]

한 시간 전, 유현의 집.

갑자기 열이 나는 바람에 유현은 아무것도 할 수 없었다. 공복에도 복용 가능한 아세트아미노펜 성분의 해열제를 먹고 누워 있은 지 약 30분이 지났을 즈음, 기침이 심해져 따뜻한 차라도 마셔야겠다는 생각이 들었다.

유현은 무거운 몸을 이끌고 부엌으로 향한다. 찻주전자를 가스레인지 위에 올리고 녹차를 우리기 시작했다.

조용하다.

가스 불이 화르륵거리는 소리만이 조심스럽게 들려왔다. 이 아파트는 사람이 살고 있는지 궁금할 정도로 조용하다. 아무리 평일 낮 시간대라고는 해도 아무 소리도 들려오지 않는 것은 조금 이상하다. 물론 방음이 잘되는 것일 수도 있지만 평소 들려오는 소음을 생각하면 그건 확실히 아니다. 정말 사람이 살고 있지 않은 것 또한 아니다. 유현이 들어선 604호를 기준으로 모든 세대가 빈틈없이 이 아파트에 들어 살고 있다. 그러니까 이 아파트에 빈집 따위는 없다는 소리다.

유현은 찻주전자를 바라본 상태로 상념에 잠겼다. 얼마 지나지 않아 모아 둔 돈은 전부 바닥나 버리고 말 것이다. 그러니까 하루빨리 직장이나 아르바이트를 구해야 한다.

물이 끓는다. 유현은 가스레인지를 끄고, 준비해 둔 머그잔에 차를 부었다. 기침이 멈추지 않았다. 찻주전자를 가스레인지 위에 그대로 올려 두고 거실로 향했다. 소파에 앉아 무릎에 담요를 덮는다.

저 멀리 산등성이 위에 떠 있는 해가 은은한 온기를 집 안쪽으로 흩뿌려 대고 있었다. 유현은 TV도 켜지 않고 조용한 분위기 속에서 차를 홀짝였다.

너무나 고요해서 다른 세상에 있는 듯한 착각에 빠질 정도였다. 거실 바닥에 창문의 격자 모양으로 햇빛이 들어서 있었다. 지금은 전등을 켜지 않는 편이 더욱 아늑하게 느껴졌다.

코를 훌쩍거리며 리모컨을 손에 쥐었다. TV의 전원을 켰다. 자꾸 새어 나오려 하는 기침을 필사적으로 억눌렀다. 그에 따라 자기도 모르게 낑낑거리는 소리가 목구멍 사이로 흘러나왔다.

TV가 켜지는 동안 머그잔을 한 번 더 들었다. 그 순간 그녀의 신경을 건드는, 그녀의 머리칼을 쭈뼛 곤두세우는 노크 소리가 공기를 가르며 귓속을 파고들었다. 화들짝 놀랐다. 틀림없이 유현의 집이었다. 순간적으로 '다른 집에서 들려오는 소리가 아니었을까?'라고 자문을 던졌지만, 다시 한번 들려오는 노크 소리에 그러한 의문을 내면 깊은 곳에 묻어 둘 수 있었다.

유현은 재빨리 TV 전원을 도로 껐다. '초인종이 떡하니 자리하고 있음에도 불구하고 굳이 노크해야 했나?'라는 생각이 들었다. 그것도 두 번이니 실수라 치부할 수도 없는 노릇이었다.

머그잔을 내려놓고 소파에서 일어났다. 담요가 힘없이 바닥으로 떨어졌다.

유현은 천천히 발걸음을 옮겼다.

현관으로.

현관과 가까워질수록 고막이 윙윙 울렸다. 이명이 들린다. 이명은 그녀가 현관문 바로 앞에 서자 불씨가 꺼지듯 잠잠히 사라졌다.

만약 문 뒤에 누군가가 서 있다면 문이라는 장애물을 제외하고 서로 마주 보고 있는 상황이 된다. 문 뒤의 누군가를 제멋대로 상상하던 유현은 곧 뭔가가 등골을 훑는 감각을 맛보았다. 기묘하고도 역한 감각이었다.

그때였다.

똑, 똑.

또 한 번 노크 소리가 들렸다.

문 뒤의 존재가 누구인지는 알 수 없다. 다만, 문을 열어 주어서도 안 되고, 평소처럼 태연하게 "누구세요?"라고 물어도 안 된다는 생각이 뇌리에서 맴돌고 맴돌 뿐이었다.

심상치 않을 일이 일어날 기색이었다. 유현이 그렇게 느낀 이유는 인상을 찌푸리게 만드는 악취가 풍겨 왔기 때문이었다. 쓰레기통에 처박혀 썩어 버릴 대로 썩어 버린 생선의 비린내를 연상케 하는 악취는 역겹고 끔찍하기 그지없었다. 그 악취의 근원지가 문 뒤인지 집 안 내부인지는 알 수 없는 노릇이었지만.

악취는 시간이 지날수록 풍겨 오는 것보다 뿜어져 나온다는 표현에 가까워졌다. 유현에게 문 상단에 나 있는 작은 외시경을 통해 밖을 볼 용기 따위는 존재하지 않았다. 더 이상의 인기척이 느껴지지 않는다면 아무 일 없던 것처럼 다시 소파로 돌아갈 테다.

그 순간, 문고리가 천천히 돌아가기 시작했다.

철컥.

유현이 입을 틀어막았다.

철컥, 철컥.

철컥, 철컥, 철컥.

2차 잠금장치를 미리 해 두었지만, 유현의 동공이 공포에 부르르 떨렸다.

천천히 돌아가던 문고리가 광기랄 정도로 움직인다.

철컥, 철컥, 철컥, 철컥, 철컥, 철컥, 철컥.

유현의 몸이 완전히 굳어 버렸다. 문 뒤의 존재가 더 이상 문고리를 돌리지 않았는데 말이다. 복도식 아파트였기 때문에 틀림없이 이웃 주민들도 문이 덜컥거리는 소리를 들었을 것이다. 그런데 정말 지금 시각, 같은 층엔 아무도 없는 듯했다.

그때, 돌연 '스으윽'거리는 소리가 났다. 발걸음 소리가 저럴 순 없었다. 몇 번이고 생각을 거듭해 보아도 문 너머에서 들린 의문의 소리는 인간이 무슨 짓을 해도 낼 수 없는 소리였다. 몸을 기괴한 형태로 꺾어도 일부러 몸의 일부분을 도려내도 낼 수 없는 그런…… 불가능한 것이었다. 장어나 뱀 혹은 또 다른 척삭동물이 모래사장을 빠른 속도로 기어간다면 그런 소리가 날 것이다. 그 소리는 문 뒤에서 들려오다가 시간이 지남에 따라 오른쪽으로 서서히 사라졌다.

현관의 자동 센서 등이 켜졌다. 원래 빛이 많은 낮 시간엔 켜지지 않을 텐데. 그러한 사실을 부정하기라도 하는 것처럼 센서 등은 켜졌다 꺼지기를 반복했다.

유현은 부동자세로 몇 분을 그 자리에 서 있었다. 상황이 일단락된 것을 깨달은 유현은 조심히 발걸음을 옮겨 현관문 앞에 바짝 붙었다. 층간 소음을 걱정하는 평소보다도 더욱 조심스러운 발걸음이었다.

이윽고 현관문을 살짝 열었다. 엷은 틈으로 보이는 것은 한갓진 복도의 전경뿐이었다. 그때 기이한 악취가 콧속으로 말려들었다.

그 무렵, 유현의 머릿속에서 어떠한 기억이 떠올랐다.

2년 전, 어두운 방 안.

침대에 누워 있던 서현이 조심스레 몸을 일으켜 세우더니 조용한 목소리로 소곤거렸다.

"언니, 아까 말이야. 누가 집에 들어오려고 했어."

그 말을 듣고 화들짝 놀란 유현이 "뭐?"라고 되물었다.

"몰라. 초인종도 안 누르고, 노크만 하던데. 꺼림칙해서 기척도 안 냈어. 그랬더니 억지로 현관문을 열려고 하더라고. 도둑이었던 거 아니야?"

"정말이야?"

유현은 어쩐지 믿기지 않았다. 요즘 시대에 그렇게 간 큰 도둑이 있을까 싶은 생각이 들었기 때문이었다.

"응, 거짓말 아니야. 무서워서 울 뻔했어. 신고하면 목소리 들릴까 봐 신고도 못 하고."

"그래서 어떻게 됐는데?"

"그냥 간 것 같던데?"

"그냥 갔다고?"

유현이 심각한 표정으로 묻자 서현은 뭔가가 떠올랐다는 듯 눈을 번뜩이며 말을 이었다.

“아, 맞다. 바닥을 쓰는 것 같은 소리가 났어. 쓰으윽, 하고. 그러고 나서였나, 현관문을 열었거든?”

“뭐?”

유현이 큰 목소리로 되물었다. 이에 서현은 부모님이 깰 것 같다며 유현의 등을 찰싹 때렸다.

“쉿! 이러다 엄마 깨.”

“아, 아니…… 그걸 열면 어떡해……. 너 큰일 날 뻔했다, 진짜. 다음부턴 절대로 열지 마. 알았어?”

“알았어, 알았어.”

“알았어가 아니라, 약속해. 빨리.”

언니가 한층 진지한 얼굴로 말하자 서현은 귀찮은 어조로 대꾸했다.

“아, 알았어, 약속.”

“하……, 그래서 현관문 열고 나서는?”

“언니…….”

돌연 서현이 멍한 태도로 언니를 불렀다.

“응?”

“오늘 비 안 왔지?”

“응, 아마도?”

“근데 문을 열었을 때 말이야…… 이상하게도 **비린내**가 났어.”

4

　다음 날은 아침부터 비가 내렸다. 경석의 설득 끝에 유현은 그를 따라 아버지가 수감되어 있는 U 교도소로 향했다. 다만, 면회는 한 사람만 가능했으므로 경석은 자신이 면회한 뒤 그 내용을 정리해서 유현에게 전달하겠다고 했다.

　인두겁을 뒤집어쓴 짐승이 경석의 맞은편에 다소곳이 앉아 있다. 이따금 인간을 흉내 내기라도 하듯 미소 짓고 소리 내어 웃으며 공감하기도 하고 의사소통을 위한 구체적인 언어 체계를 꿰뚫고 있는 것처럼 인류의 사회적 약속을 보란 듯이 내뱉는다.
　"뭔가를 느끼셨다는 말씀이군요."
　경석이 면회실의 유리 벽 너머를 바라보며 말했다. 경석의 목소리는 수화기의 구멍으로 순식간에 흡수되었다.
　"그런 거죠."
　아버지는 아무런 표정을 짓지 않고 무덤덤하게 말했다.
　"이봐요, 기자 양반. 내 억울함 좀 풀어 줘. 마귀가 나를 홀린 거라니까? 이야기하는 거 들어 보니까 당신도 그렇게 생각하는 모양인데."
　아버지는 유리막 가까이 상체를 들이밀었다. 이에 경석은 인상을 찌푸렸다.

"당신이 한 짓은 절대 용서받을 수 없는 짓입니다. 자꾸 마귀가 어쩌고저쩌고 변명하시는데, 그럼, 마귀가 들러붙기 이전에 당신이 한 짓은 뭡니까? 방임도 학대입니다."

"하……."

한숨을 쉬더니 아버지는 등받이에 등을 기댔다. 전혀 반성하지 않는 모습에 경석은 분노가 치밀어올랐다. 유현이 이 광경을 보았더라면 정신이 완전 나가 버렸을지도 모른다.

"두꺼비네."

별안간 아버지가 말했다.

"네?"

"두꺼비잖아."

유리막 너머의 아버지가 경석의 수첩을 가리켰다. 그의 수첩 한가운데에 두꺼비가 작게 그려져 있었다.

"두꺼비 하니까 생각나네. 언제였는지는 모르겠는데, 두꺼비가 많았어. 집 변기에도 두꺼비가 다닥다닥 붙어 있었고, 틈만 나면 집 주변에서 두꺼비가 울어 댔지. 두꺼비라……."

아버지는 목덜미를 주무르며 그리 이야기했다. 경석은 홀린 듯이 고개를 끄덕였다. 그러던 중, 경석의 시야에 이상한 게 들어왔다. 자세히 보니 상대방의 목에 상처가 가득했다. 목을 긁는 습관 때문에 생긴 상처 같은데, 몇 군데는 새살이 차오르고 있고 몇 군데는 딱지가 남아 있는 것으로 보아 목을 긁지 않은 지 꽤 된 것 같았다.

"원한이라도 있는 것처럼 말이야. 여기저기서 튀어나왔어. 아무리 밟아 죽여도 계속 나왔거든. 그런데 서현이가 죽고 나니까 다 사라졌어. 하여간……."

"아내분하고는 연락하십니까?"

"아, 맞다. 그 여자, 이상해졌어. 벽에 머리를 계속 박았대. 이렇게, 이렇게, 이렇게."

아버지는 유리막에 머리를 연속으로 박는 시늉을 하였다.

"얼마나 세게 박았는지 두피가 벗겨졌다고 하더라고. 그 이후로는 네 발로 기어다니지를 않나, 수감자의 밥에 토를 해 대지 않나, 사람 말도 못 하고 그래서 정신병원으로 갔어."

경석은 꺼림칙한 이야기를 거리낌 없이 내뱉는 아버지로부터 혐오감을 느꼈다. 그 혐오감을 필사적으로 억누르면서 남은 3분간 대화를 더 이어 나갔다.

면회가 끝난 뒤, 경석은 불쾌한 마음을 끌어안고 유현과 함께 차로 돌아왔다.

"비가 안 그치네요."

경석이 조심스레 말했다. 조수석의 유현은 대답하지 않았다. 얼굴에 긴장이 떠올라 있었다. 곧 그녀는 크게 숨을 한 번 들이마시더니 나지막이 물었다.

"그 사람은 어떻던가요?"

“그대로더군요.”

“그렇군요…….”

유현이 씁쓸한 미소를 지었다. 그런 그녀의 얼굴을 한번 확인한 경석은 왠지 모를 죄책감을 느꼈다.

“어머니는 정신병원에 수용되셨다고…….”

경석은 힘겹게 운을 뗀 후에야 액셀을 밟았다.

“그건 들었어요.”

“아, 해당 기관으로부터 통지받으신 건가요?”

“아뇨. 현재 상태 따위 듣고 싶지 않아서, 미리 통지를 거부해 뒀어요. 제가 정신병원에 들어가기 전부터요. 실은 말이죠, 최근에 아빠…… 아니, 그 사람 만난 적 있어요. 기자님이랑 처음 만나고 일주일쯤 지났을 때…….”

“네? 아버지분이랑 면회하셨다고요?”

경석이 묻자 유현은 고개를 끄덕였다.

“왜요?”

“지자체 유족 지원금을 받으려면 그 사람에게 유족 포기, 배분 포기 확인 서명을 얻어 내야 했거든요. 유족 전체 의사 확인이라서 개방 접견을 했는데, 어머니는 정신병원에 입원했고 의사 불능 상태라 참여할 수 없다고 하더군요. 그래서 알고 있었어요.”

“그랬군요.”

경석이 조심스러운 어조로 답했다. 유현은 고개를 돌려 창밖의 우중충한 풍경을 계속해서 바라보았다.

정적이 예상보다 길어지자 경석은 신호가 걸렸을 때 곧바로 고개를 돌려 옆을 바라보았다. 조수석 창에 반사된 유현의 얼굴이 슬픔으로 물들어 있었다. 유족 지원금 사안이 잘 해결되었는지 묻고 싶었지만, 슬픔을 필사적으로 삼키는 듯한 모습을 엿보자 아무런 말도 꺼낼 수 없었다. 그저 안전히 그녀를 집 앞까지 데려다주어야겠다는 생각만이 머릿속을 휘감는다.

결국 두 사람은 아무런 대화도 나누지 않은 채, 헤어졌다. 유현이 다음에 보자는 의지를 내비치긴 했다만, 경석은 어쩐지 믿기지 않았다. 그만큼 유현이 위태로워 보였고, 그녀가 내뱉는 말 하나하나가 지금 상황을 회피하기 위해, 나중으로 미루기 위해 내놓는 거짓말 같았다.

그렇지만 지금 상황으로서는 어찌할 도리가 없다. 유현이 아픔을 잘 이겨 낼 수 있도록 옆에서 돕고, 사건의 진상을 파헤쳐 두 자매에게 도움을 주는 수밖에 없다. 경석 자신도 동생을 잃었던 아픈 기억이 있었기 때문에 그 누구보다도 유현의 마음을 잘 이해할 수 있었다.

경석이 마음을 다잡고 향한 다음 목적지는 오컬트 전문 스트리머 조동현의 집이었다. 연락도 없이 불쑥 찾아갈 수 있을 정도로 친한 사이는 아니었기에 미리 연락을 취해 두었다. 동현은 경석의 부탁을 흔쾌히 수락했다.

동현의 개인 사무실 근처의 공영주차장에 도착한 다음, 자판기에서 생수를 뽑아 마셨다. 갈증이 심해 생수의 절반가량을 한번에 들이켰다. 갈증을 해결한 뒤부터 경석의 발걸음은 몹시 빨라졌다. 뭔가를 빨리 알아내고자 하는 의지가 한껏 담겨 있었기 때문이었다.

동현은 미리 마중 나와 있었다. 8평짜리 원룸에 살고 있는 모양인데, 역세권이라 월세가 꽤 비싼 듯했다. 집은 깨끗했다. 잘 정리 정돈된 개인 사무실로 보일 정도였다. 우드의 색감을 좋아하는 건지, 집 내부 인테리어가 황톳빛이었다. 더군다나 숲을 연상시키는 내음의 디퓨저를 사용하고 있었다.

"이런 향기 좋아하시나 봐요?"

경석이 물었다. 동현은 안경을 닦으며 고개를 끄덕거렸다.

"맞아요. 좋지 않나요? 숲을 좋아해서……. 그나저나 물어보고 싶은 것이 있다고 하셨죠? 오컬트 관련이라 하셨던 것 같은데."

"네. 오컬트라 하면 오컬트일 텐데, 혹시 재작년에 발생한 마귀 살인 사건이라고…… 아시나요?"

경석의 물음에 동현은 눈을 위로 치켜뜨며 "아……." 하고 기억을 더듬는 듯한 모습을 보였다.

"아! 그 딸이 마귀가 들렸다고 해서 부모가 죽인 사건 아닌가요?"

“맞아요.”

“그거라면 알고 있죠. 아무래도 대한민국에서 벌어진 사건 이래 가장 기괴하다고 생각해서 말이죠. 소름 끼치잖아요. 예전에 한번 영상 콘텐츠로 다뤄 볼까, 생각도 해 봤는데, 워낙 이야기가 끔찍해서 아직 편집할 엄두가 안 나네요. 근데 그 사건은 왜요?”

“실은 제가 그 사건을 조사하고 있거든요.”

“정말요?”

동현이 물을 마시다 말고 돌연 화들짝 놀란다.

“네. 물론 절차상으로는 이미 종결된 사건입니다. 그런데 저는 조금 다른 가능성을 주목해 보고 있어서요.”

“다른 가능성……?”

“미리 말해 두지만, 그 부모의 편을 들 생각은 없습니다. 그런데 저는 어쩐지 실제로 그 가족 사이에 뭔가가 있었던 것처럼 느껴집니다.”

“설마 진짜 악마 같은 존재가 있었다고 생각하시는 건가요?”

동현은 흥미롭다는 표정이었다.

“맞습니다. 오컬트 전문 스트리머이니 잘 아시겠지만, 대개 그러한 존재는 인간의 마음이 약해졌을 때, 이를테면 가장 믿을 수 있고 편히 기댈 수 있어야 하는 가족 사이에 균열이 생겼을 때, 그 작은 틈을 비집고 들어와 분열을 이끌지요. 그 가정 내에 가정 폭력이 있었다는 건 부정할 수 없는 사실입니다. 그러니 결국 파국으로 치닫는 것은 예정된 수순이었겠죠. 제가 하고 싶은 말은 비정상적인 속도로 빠르게 그 파멸에 닿도록 만든 존재가 분명히 있었을 것이란 겁니다.”

“아하, 그러니까 기자님의 말씀은 가문이 무너져 내리는 속도를 가속화시킨 존재가 있었다는 거죠?”

“네. 그리고 그 존재에 관한 실마리를 얻을 수 있을까 싶어 동현 씨를 찾았습니다. 기본적으로 제가 알고 있는 정보는 그 존재가 물, 두꺼비와 관련되어 있다는 것입니다.”

경석의 말이 끝나자 동현은 미간을 찌푸려 고민하는 듯한 표정으로 침묵했다. 잠시 뒤, 그는 뭔가가 기억난 듯 입을 열었다.

“『동국문헌비고』 아시죠?”

“『동국문헌비고』요?”

“네. 조선 영조 때의 백과사전인데, 그쪽에 조금 특이하게도 요괴에 관한 정보가 수록되어 있어요. 가까운 나라 일본에는 그런 게 흔한데, 저희 쪽은 그렇지 않죠. 그래서 『동국문헌비고』가 저희 같은 사람들에겐 큰 가치가 있습니다. 아무튼…… 저도 예전에 조사하며 본 게 기억이 나서 말이죠.”

동현은 책상 앞에 앉아 키보드 자판을 두드렸다. 그러고는 한 사진을 경석에게 보여 주었다.

“이게 뭔가요?”

모니터 화면에 떠 있는 사진은 요괴 사진이었다. 몸통은 두꺼비에 머리는 여성의 것으로 몹시 공포스럽게 생겨 보는 것만으로도 불길함이 엄습할 정도였다.

"수금아(水金兒)입니다. 들어 본 적 있으신가요?"

동현의 물음에 경석은 고개를 절레절레 내저었다. 그 모습을 확인하고 동현이 말을 잇는다.

"이 요괴가 『동국문헌비고』에 기록되어 있어요. 형태는 조금 다양해요. 뱀의 몸에 여성의 머리인 형태도 있고, 두꺼비의 몸에 여성의 머리인 형태도 있다고 하죠. 작은 몸집의 여성을 숙주로 삼아 태어난다고 하는데, 워낙 흉하게 생겨서 낳고도 숨기려고 기를 썼다고 합니다."

"정말 『동국문헌비고』에 기록되어 있나요?"

"네, 확실합니다."

"수금아라는 존재는 사람을 괴롭히나요?"

"글쎄요, 그건 잘 모르겠습니다. 그래도 사람에게 좋은 영향을 끼치는 요괴는 거의 없다시피 하니 수금아 역시 부정한 존재였을 가능성이 높겠지요. 일각에서는 기형아를 출생했던 사실을 요괴로 해석하여 기록한 것이 아니겠냐는 의견도 분분한 모양이에요."

"그렇군요. 저어……, 혹시 연와라는 존재에 대해서도 아는 정보가 있나요?"

"연와요? 연와라면 고려 시대의 개구리 요괴가 아니던가요? 아주 예전에 두억시니를 조사하다가 잠깐 관련 내용을 본 것 같습니다. 『천예록』에 적혀 있었던 것 같기도 하고, 어디에 담겨 있었는지는 잘 모르겠습니다. 그래도 본 기억은 확실히 있습니다.”

“어떤 내용이었습니까?”

“연못에 사는 개구리 요괴. 그것이 어떻게 생겨났는지는 모르는데, 일종의 지신(地神)이었다고 합니다.”

“지신이요?”

“네. 일본이나 중국으로 치면 토지신 같은 거죠. 그 지역을 관장하는 신이요. 제사를 지내지 않거나 함부로 대하면 터를 뒤틀어 버리는 등의 화를 내릴 수 있는 신이죠.”

경석은 그제야 외할머니가 해 주었던 이야기의 단편적인 부분을 이해할 수 있었다. 아주 먼 과거, 연와에게 해코지를 가하려 했던 남성의 가족이 죽을 수밖에 없었던 이유를. 지신이었던 연와는 해당 남성의 집을 사람이 못 사는 터로 만들어 버려, 스스로 목숨을 끊을 수밖에 없도록 한 것이다.

그렇다면 역시 연와의 저주와 비슷한 형태의 저주가 유현의 가족에게도 물들어, 그 주택 자체를 사람이 살 수 없는 터로 만들어 버렸던 것은 아닐까? 그리하여 원래도 가정 폭력으로 얼룩져 있던 가족이 더더욱 일그러져 버렸던 것은 아닐까.

경석은 그렇게 생각하니 곧바로 떠오르는 다음 의문에서 말문이 막히고 말았다.

'그렇다면 그 가족 중 누군가가 **괴이를 건드렸다**는 이야기가 되고 만다.'

"무슨 생각을 그렇게 하세요?"

돌연 동현의 음성이 고막을 때리는 바람에 경석은 정신이 번쩍 들었다.

"아, 아닙니다."

"뭔가 기운이 안 좋네요."

"네?"

갑자기 날아든 의문스런 말에 경석의 표정이 당혹감으로 물들었다.

"그냥요. 저는 폐가나 흉가도 많이 다니고, 심산유곡이나 일본의 아오키가하라 수해 같은 곳도 자주 다녀왔잖아요. 그냥 직업적으로 도가 터서 예전보다는 기운이랄까요? 그런 걸 감지하는 본능이 조금 날이 서게 된 모양이에요. 근데 기자님이 조사하고 있는 거 말이에요. 조금 많이 위험한 것 같다는 생각이 문득 드네요. 보통…… 사람이 죽은 사건을 조사하는 것에는 귀기가 따르는 것이 당연하다고 여겨지기는 하지만, 그 사건은 부모와 자식 간의 천륜을 저버린 사건이기도 하고, 너무 끔찍해서 연와나 수금아라는 요괴보다도 피해자의 원혼이 도리어 끔찍한 형태로 남아 있을지도 모른다는 생각이 듭니다."

"새로운 가능성인가요?"

“아뇨, 뭐. 그렇게까지 깊게 들어가고자 한 말은 아닙니다. 그냥 그 피해자의 얼굴이 계속 생각나거든요. 신문으로도 보고, 인터넷 기사로도 봤지만, 해맑게 웃고 있던 그 학생의 얼굴이 아직도 기억납니다. 그렇게 행복하게 웃고 있는 사진 옆에 두부 절단이라는 다소 기괴스러운 글자가 붙어 있으니, 괴리감이 너무 심해서 어쩐지 구역감이 치솟더군요. 평소에는 그 사건에 관해서 거의 잊어 가고 있었는데, 막상 생각하려 하니 잘 떠오르네요.”

동현이 그렇게 말하자 두 사람의 몸에서 동시에 같은 반응이 일었다. 한기가 등줄기를 훑은 것처럼 온몸의 털이 곤두섰다. 원룸 안에 두 사람을 제외한 누군가가 함께 있는 듯한 감각이다. 누군가가 이야기를 엿듣고 있는 듯한 그런 감각 말이다.

“그렇죠……. 저는 아직도 이해할 수 없긴 합니다. 그게 정말 가능한 이야기일까. 인간이 할 수 있는 짓일까. 계속 그렇게 자신한테 되물어도 인터넷 사이트에 해당 사건 기사들이 나열된 것을 보면 현실은 현실이라는 것을 인지할 수밖에 없게 되더군요.”

경석의 얼굴에 진지함이 떠올라 있었다. 그는 목이 타들어 가는지 남은 생수를 전부 비웠다.

“참, 그 가족 말인데, 선신교를 믿고 있었다고 하죠? 지금은 사라진 그 사이비 종교 말이에요. 교주가 징역살이하고 있다고 들었는데.”

“네, 맞을 겁니다.”

“그 말이 떠오르네요. 세상엔 나를 속이려는 사람과 속이려 들지 않는 사람 두 부류만이 존재한다는 거.”

동현이 컴퓨터로 시선을 돌렸다. 이윽고 다시 경석을 쳐다보며 말을 이었다.

“그래도 저는 응원합니다. 기자님께서는 결국 피해자를 돕고 싶은 것이 아닌가요?”

그 물음에 경석은 말없이 고개를 끄덕였다.

“그 마음 하나만으로도 그 학생을 아꼈던 많은 사람들에게 위안이 되지 않을까, 싶습니다.”

동현이 진심 어린 말을 내뱉었다. 선한 인상 속에서 그러한 말이 흘러나오니 경석의 마음이 어쩐지 미어졌다. 피해 학생, 서현의 마음을 감히 공감조차 할 수 없다는 것이 몹시 슬펐다. 경석은 만약 자신이 피해자였다면 끝없는 원망으로 인해 죽은 뒤에도 이승에 남아 누군가를 해하지 않았을까 하는 생각이 들었다.

경석이 동현의 집에서 나왔을 때, 밖은 비가 내리고 있었다.

5

구매한 식재료가 많았던지라 쇼핑백이 꽤 무거웠다. 식자재 마트가 근처에 있어 대중교통을 이용할 정도는 아니었기에 도보를 택했으나 막상 집 근처에 도착하니 머리가 핑핑 돌 정도로 힘들었다. 유현은 노을에 젖은 아파트를 바라보았다. 감상에 젖고자 한 것은 아니었으나 계절이 계절이다 보니 금세 울적해지기 일쑤였다.

해당 아파트는 완공된 지 약 20년이 된지라 외벽의 이곳저곳이 검게 변색되어 있었다. 그러므로 을씨년스럽게 보이는 것일지도 모른다. 다음 달에 새로 도색할 예정이라는 공지 사항을 들은 참이라 그다지 걱정되진 않았지만.

엘리베이터 또한 냉랭한 색감이 다분한 구식이었다. 더군다나 문에 창이 나 있어 올라가는 도중 층층의 복도를 엿볼 수 있었다.

엘리베이터 안에 도착한 직후, 유현은 6층 버튼을 누르고 쇼핑백을 바닥에 내려 두었다. 안전 손잡이에 허리를 기댔다. 끼릭거리는 소음이 흘러나오며 문이 닫힌다.

몸이 붕 뜨는 감각이 일었다.

유현이 엘리베이터 창문을 쳐다보았다.

노을빛으로 물든 복도가 보였다.

빛이 닿지 않는 곳은 곰팡이가 핀 것처럼 어둑하게 가라앉아 있다.

몽환적인 풍경이었다.

3층을 지날 무렵, 묘한 것을 보았다.

복도 끝에 누군가가 서 있었다.

이미 지나가 버린 탓에 확인할 수 없었다.

그러나 5층에서 또 한 번 3층 복도와 같은 풍경을 마주할 수 있었다.

복도 끝에 누군가가 우두커니 서 있었다.

그 풍경을 지나쳐 엘리베이터는 6층에 멈췄다.

문이 열리고, 스산한 공기가 달려들었다.

6층 복도엔 아무도 없었다.

유현은 쇼핑백을 들고 발걸음을 옮겼다. 복도에 발을 올리자 복도 창문을 투과한 노을의 따스한 기색이 안면으로 들어섰다.

그때 유현이 발걸음을 멈췄다. 그러곤 잠시 고민하는가 싶더니 계단을 통해 5층으로 내려갔다. 5층 복도를 확인하고 싶었던 것이다. 자신이 본 게 단순한 착시였는지 궁금했다.

어느덧 5층 복도에 다다랐다. 엘리베이터 입구를 등지고 가만히 서서 시선을 멀리 던졌다. 그러나 복도엔 아무도 없었다.

역시 헛것을 본 걸까?

그 순간이었다. 계단 쪽에서 기척이 느껴졌다. 유현은 다시금 계단을 통해 3층으로 내려갔다. 3층 복도 역시 아무도 없었다.

'도대체 뭘 본 거야…….'

그리 생각하며 한숨을 내쉬고 계단에 발을 올렸다. 엘리베이터가 10층까지 올라가 버렸기 때문이었다.

돌연 유현의 머리칼이 쭈뼛 섰다. 첫 번째 계단에서부터 헤아려 약 열 번째 계단에 올라 층계참에 다다르기 직전, 발걸음이 멈췄다. 알 수 없는 목소리가 등 뒤에서 울려 퍼진 것이다.

"언니…….”

알 수 없는 목소리가 아니다.

"언니…….”

유현의 동공이 광기랄 정도로 요동쳤다. 죽은 동생의 목소리가 동굴 속에서……, 아주 깊은 하수도 속에서 울려 퍼지는 것처럼 들려온다.

유현은 천천히 고개를 돌렸다. 하지만 죽은 동생의 목소리가 갑작스레 나타날 리는 없다. 그렇게 생각했기 때문인지 고개를 완전히 돌릴 수가 없었다. 곁눈질로 뒤편에 서 있는 것이 무엇인지 확인했다.

엘리베이터 앞, 그러니까 계단 바로 앞에 누군가가 서 있었다. 그 검은 형체가 어렴풋이 유현의 시야 끝에 들어왔다. 강한 노을빛 사이로 바닥에서 솟아오른 듯한 무언가가 저 아래 서 있다. 보려 하면 할수록 그것은 죽은 동생을 닮아 간다. 희미하게 보이는 단발머리와 교복.

호젓한 분위기가 계속되었다. 살인적인 고요다. 유현은 침을 꼴깍 삼키고, 다시 고개를 전방으로 돌렸다.

그럴 리 없다.

저게 동생일 리가 없다.

"언니……."

또다시 등 뒤로 죽은 동생의 목소리가 달려들었다. 의기소침한 목소리. 떨리는 목소리가 깊게 공명했다.

유현은 무너질 것만 같은 마음을 다잡고, 층계참에 발을 올렸다. 그때였다.

"미안해……."

몹시 애달픈 목소리가 유현의 마음을 후벼팠다. 그 목소리가 귓전으로 날려온 직후, 흐느끼는 소리가 울려 퍼지기 시작했다. 그 울음소리는 도움을 받고 싶어 하는, 무언가를 그리워하는, 사랑하는 사람이 떠나지 않았으면 하는 어린아이의 투정과 흡사했다.

붉어진 유현의 눈시울에서 결국 눈물이 흘렀다. 무너져 내린다. 마음이 찢어지는 것 같다.

같이 있어 주지 못해서 미안해.

늦게 알아차려서 미안해.

미안해, 서현아.

언니가 꼭 밝혀낼게.

유현은 간신히 정신을 부여잡은 채, 계단을 올랐다. 계단을 한 칸 한 칸 오를 때마다, 층이 바뀔 때마다 울음소리는 점차 희미해져 갔다.

아득해진 정신으로 집에 도착해 현관문을 닫자마자 무너지듯 자리에 주저앉고 말았다. 하릴없이 쏟아져 나오는 눈물은 자의로 멈출 수 없었다. 울음을 꾹 참아 보지만, 잇새로 서글픈 목소리가 새어 나온다.

그렇게 신발장 옆에 주저앉아 얼마나 울었는지 모른다.

정신이 들었을 땐 손에 쥔 휴대폰이 울리고 있었다.

화면엔 발신 번호 표시 제한이 떠 있었다.

유현은 단번에 전화 거절 버튼을 눌렀다.

그런데 멋대로 수락 버튼이 눌리기라도 한 걸까? 화면 상단엔 보란 듯이 통화 시간이 흐르고 있었다.

휴대폰이 그대로 멈추었다.

아니, 잠금 화면인 채로 멈추었다.

어느 부위를 눌러도 터치가 먹히지 않는다.

하지만 상단의 통화 시간은 흐르고 있었고, 어느덧 15초를 넘기기 직전이었다.

잠금 화면 속엔 동생이 떠올라 있었다. 동생의 중학교 졸업식 때 함께 찍은 셀카였다. 며칠 전 해당 사진을 배경 화면으로 설정해 두었다.

유현은 홀린 듯이 휴대폰을 귀에 가져다 댔다.

어쩐지 소름이 끼쳐 아무런 말도 내뱉을 수 없었다.

상대방 쪽에서도 아무런 음성이 넘어오지 않았다.

그때, 부스럭거리는 소음이 넘어오기 시작했다.

뭔가를 뜯는 소리도 넘어온다.

긁는 소리인 것 같기도 하다.

[드드득, 드득.]

[드득, 드드드득.]

곧이어 등장하는 거친 숨소리가 고막을 뒤흔든다.

연이어 우웩 하고 구역질하는 소리가, 인간의 위로는 담아낼 수 없을 만큼 많은 토사물이 변기 물에 계속해서 철퍽철퍽 떨어지는 듯한 소리가…….

다음 순간, 유현이 눈을 희번덕거렸다.

[언니.]

작게 속삭이는 목소리가 넘어왔다. 그 목소리가 사라지고, 또다시 등장하는 구역질 소리와 토사물이 변기 물에 떨어지는 소리.

이윽고 고막이 떨어져 나갈 만큼 큰 비명이 휴대폰에서 터져 나왔다.

[죽여 줘! 언니! 나 좀 죽여 줘!]

동생의 찢어지는 비명과 목소리다.

[드드득, 드드드득.]

나무를 긁는 소리가 점차 빨라진다. 점진적으로 빨라지는 그 소리는 점점 어떠한 소리를 닮아 가고 있었다.

그건…… **두꺼비의 울음소리**였다.

결국 유현은 벽에 휴대폰을 집어 던지고 말았다. 외부 충격을 받은 휴대폰 화면이 꺼졌다. 유현은 정신을 가다듬을 틈도 없이 화장실로 달려갔다. 한 끼도 먹지 않았으나, 구역감이 치솟은 탓이었다. 변기 앞에 주저앉아 숨을 쉬기 힘들 정도로 헛구역질을 해 댔다.

그리고 그녀가 토해 낸 것은 지독한 악취가 뿜어져 나오는 점액이었다.

6

유현이 뭔가에 시달리고 있다는 이야기를 듣고, 경석은 고민에 빠졌다.

지금이라도 그만두는 것은 어떨까.

이건 잡지에 실을 만한 내용이 아닐지도 모른다.

그렇게 생각하던 찰나였다.

"여기 가 보는 건 어때요?"

느닷없이 후배가 어느 온라인 홈페이지를 경석에게 보여 줬다. 홈페이지 상단엔 큼지막하게 '심령 해결 사무소'라고 적혀 있었다.

"심령 해결 사무소? 이게 뭔데?"

홈페이지는 소녀 감성이 두드러지는 분홍 색감의 이미지로 도배되어 있었다. 리즈 리사 감성이 가득한 10대 소녀의 블로그

같달까.

"이거 모르고 계셨어요? 요즘 되게 핫해요. 물론 핫하다고 해 봤자, 오컬트나 호러 분야에서만 강세를 보이고 있긴 하지만요. 초자연적인 현상이나 심령과 관련된 문제를 해결해 주는 사무소 예요. 고스트 헌터랑은 조금 다른 계열이긴 하죠. 원인을 알아내 혼을 달래거나, 초자연적 현상의 원인을 규명하는 것이 주력이 라고 해요."

"이런 사무소가 한국에도 있다고?"

"네. 그래서 핫한 거죠. 일본 같은 경우엔 그럴 만하다고 생각 할 수 있지만, 한국 같은 경우는 놀라울 정도로 특이한 사무소니 까요."

"그러니까 심령 현상 의뢰를 받고 사건을 해결해 준다는 거 지? 탐정의 오컬트 버전인 거네. 사건 해결률은 얼마나 되는데?"

경석의 물음에 후배는 살며시 미소 지으며 입을 열었다.

"백 퍼센트."

7

하루 일정을 끝마치고 집으로 돌아온 유현은 침대에 누운 채 곰곰이 생각해 보았다. 뭔가가 집 문을 두드렸던 일과 아파트 내에서 마주한 동생 서현의 환영 등 지금까지 느꼈던 여러 심령 현상이 유현을 자극하고 있었다.

어쩌면 내 곁을 맴도는 존재는…… 서현이 아닐까?

물론 처음, 유현은 자신의 곁을 맴도는 존재가 서현일 리가 없다고 생각했다. 그러나 직감이라는 장치는 유현의 등을 지속적으로 떠밀었다.

내 동생이 필사적으로 내게 도움을 요청한다.

아마도…… 그럴 것이다.

지금 서현이는 나를 애타게 부르짖고 있다.

곧 그녀는 한숨을 푹 내쉬었다. 휴대폰 사진첩을 누르고, 동생과 함께 찍은 사진을 보았다. 자기도 모르는 사이 눈물이 흘러나왔다.

그때였다.

똑똑.

노크 소리가 첨예한 모양으로 고막을 찔러 댔다.

몸이 경직되었다.

다시 한번 노크 소리를 기다린다. 잘못 들은 게 아니라면 한 번 더 노크 소리가 들려오겠지.

그 순간, 초인종 소리가 거실에 울려 퍼졌다. 재빠르게 거실로 나가 비디오폰을 확인했다. 비디오폰의 푸른 화면 속에 자리한 사람은 한경석이었다. 유현은 수화기를 들고 음성을 내던졌다.

"무슨 일인가요…… 연락도 없이……?"

조금 전까지 슬픔에 잠겨 있던 터라 그녀의 목소리엔 힘이 전혀 없었다. 유현의 목소리를 듣자마자 경석은 놀란 표정으로 입을 열었다.

[계셨군요. 말없이 찾아와서 죄송합니다. 전화를 받지 않으시길래…….]

전화라니……? 전화가 온 적이 없을 텐데? 도대체 무슨 말일까?

"전화요?"

억누르지 못한 의구심이 음성으로 둔갑했다.

[네, 오늘 꽤 여러 차례 전화를 걸었는데 받지 않으셨잖아요.]

좋지 못한 비디오폰의 화질 때문일까, 한경석이 얼굴을 크게 구기는 것처럼 보였다.

"그럴 리가 없는데……."

유현은 서둘러 휴대폰 통화 기록을 확인했다. 그러나 역시 부재중 전화는 없었다.

"아니에요. 방금 확인했는데 부재중 기록이 전혀 안 남아 있어요."

그때였다. 유현의 몸이 부르르 떨렸다. 알 수 없는 기운을 느꼈기 때문이었다. 그것은 속히 말해 위화감 같은 것이었다.

이상하다.

뭔가 이상하다.

이윽고 유현의 눈이 휘둥그레졌다.

그녀는…….

한경석에게…….

집 주소를 알려 준 적이 없다.

그 사실을 파악하자마자 소름이 끼쳐서는 비디오폰 수화기를 자기도 모르게 손에서 놓고 말았다. 유선 수화기는 공중에 매달린 채 좌우로 흔들렸다.

경석이 초인종 캠을 가만히 응시한다. 아무런 말도 하지 않고, 가만히…….

잠시 뒤, 비디오폰 화면이 꺼졌다.

검은 화면에 유현 자신의 얼굴이 비쳤다.

정말 한경석이 아닌 걸까?

크게 심호흡하고, 현관으로 향했다.

현관 앞에 도착하였을 때, 두려움이 엄습했다. 막상 문 뒤의 존재를 확인하려고 하니 발이 떨어지질 않았다. 기척이 느껴지진 않았지만, 지금 확인하지 않으면 맘 편히 잠들 수도 없을 것 같았다.

그녀는 마음을 다잡고 외시경을 통해 바깥을 보기로 했다. 외시경에 눈을 천천히 가져다 대면서 침을 꼴깍 삼켰다.

늦은 저녁이기 때문인지 아무것도 보이지 않는다.

더군다나 기척 또한 전혀 느껴지지 않는다.

부쩍 허해진 정신 탓에 환각을 본 것인지도 모른다.

그럼에도 그녀는 조금 더 시선을 집중했다.

역시 아무것도 보이지 않는다.

그러나…… 그게 가능할까?

불현듯 의구심이 목구멍까지 솟구쳐 올라왔다.

평소라면 저녁이라고 해도 맞은편 아파트 단지의 불빛이 미약하게나마 시야에 들어와야 한다.

이렇게까지 깜깜할 수는 없다.

오늘만 모든 집들이 일찍 잠자리에 들었다고 생각해야 할까?

단 한 가구도 깨어 있지 않은 걸까?

아니면…… 무언가가 문 바로 앞에 서 있나……?

그렇게 생각하니 몹시 소름 끼쳤다.

유현은 서둘러 경석에게 전화를 걸었다. 문 앞에 서 있는 게 경석이라면……, 경석이 맞다면 분명히 기척이 느껴질 테다. 휴대폰을 귀에 가져다 대면서도 시선은 외시경에 고정해 둔다. 손에 꼭 쥔 휴대폰으로부터 짧고 규칙적인 단음이 작게 들려온다.

그때였다.

[여보세요?]

경석이 전화를 받았다. 그 순간, 문고리가 제멋대로 돌아가기 시작했다.

철컥.

[여보세요?]

유현은 화들짝 놀라 뒷걸음질 치고 말았다.

철컥, 철컥.

철컥, 철컥, 철컥.

[유현 씨?]

어느새 현관 바닥에 떨어진 휴대폰에서 경석의 목소리가 흘러나온다. 유현은 한 손으로 입을 틀어막았다.

철컥, 철컥, 철컥, 철컥.

광기랄 정도로 요동치는 문고리는 곧 큰 소리를 내며 떨어져 나갈 것 같았다.

철컥, 철컥, 철컥, 철컥.

곧이어 문을 발로 차는 듯한 굉음이 집 전체를 울렸다. 그 소리가 어찌나 큰지 바닥에 주저앉은 유현의 몸이 떨릴 정도였다.

[유현 씨! 무슨 일 있어요?]

고막으로 달려드는 굉음 속에서 경석의 목소리가 작게 흘렀다. 유현은 힘겹게 손을 뻗었다. 벌벌 떨리는 손이 휴대폰을 낚아채자마자 소음이 사라졌다. 문고리는 움직임을 멈추었다. 어찌 된 영문인지 파악할 겨를도 없이 오한이 등줄기를 휘갈겼다.

[유현 씨!]

유현이 휴대폰을 귀에 가져다 댔다.

"네……."

나지막이 내뱉은 말이 바닥으로 힘없이 추락했다. 곧이어 현관 조명이 꺼졌다. 그녀의 주위로 칠흑이 가라앉았다.

[하……, 무슨 일 있어요?]

경석이 걱정했다는 어조로 묻는다.

"못 들었어요……? 방금…… 그 소리…….”

[네? 무슨 소리요?]

그럴 리가 없다. 그 굉음을 못 들었을 리가 없다. 아무리 한 뼘 통화를 켜 두지 않았더라도 그 정도의 굉음은 경석에게도 들렸어야 마땅하다.

"아무런 소리도…… 안 들렸어요?”

그녀의 턱과 입술이 덜덜 떨렸다.

[잘 모르겠는데요……. 아무런 말도 안 하시길래 혹시 어디 아프신 건가 싶어서……. 지금 직장 회식 중이었는데 놀라서 잠깐 밖으로 나왔어요. 그럼…… 아무 일 없으신 거죠?]

"회식 중……이셨다구요?”

유현의 목소리엔 믿을 수 없다는 기색이 서려 있었다.

[네. 요근래 한 번도 회식을 못 했다면서 부장님께서 마련한 자리거든요. 빠지고 싶어도 빠질 수가 없었어요.]

살가운 웃음소리가 넘어온다.

"몇 시부터……?”

[한 시간쯤 된 것 같은데요? 정확히는 모르겠어요.]

그렇다면 조금 전, 비디오폰 화면에 나왔던 존재는 경석이 아니라는 이야기가 되고 만다.

"오늘 전화 거신 적 있으세요?"

[누구한테요? 유현 씨한테요?]

"네……."

[아뇨, 건 적 없는데요……? 부재중 찍혀 있던가요?]

유현은 대답할 수 없었다. 두뇌 회전이 멈춘 것 같았다. 아무런 말도 꺼낼 수가 없었다. 이 상황을 받아들일 수가 없어서 눈앞의 어둠을 가만히 응시하고 있을 뿐이었다.

[참, 유현 씨랑 같이 가고 싶은 사무소가 있는데, 평가가 좋은 모양이에요. 시간 괜찮으신가요?]

문득 경석이 물었다.

"언제요……?"

[모레는 어떠신가요?]

"아……, 그럼 모레 만나는 걸로 하죠."

[네, 감사합니다. 그럼, 편히 쉬세요. 혹시 무슨 일 있으시면 꼭 연락 주세요.]

"네, 감사합니다."

통화가 끊기고, 휴대폰 화면의 밝은 빛이 시야를 휘감았다. 유현은 자기도 모르게 눈살을 찌푸렸다. 화면을 끄자 주변은 또다시 칠흑으로 가라앉았고, 아무것도 보이지 않게 되었다. 돌연 뺨이 간지러운 탓에 손바닥을 가져다 댔다. 왜인지 뺨이 젖어 있었다.

이건 눈물인 걸까, 땀인 걸까.

곧이어 몸 구석구석 통증이 나타나기 시작했다. 특히 어깻죽지에 격통이 심했는데, 몸에 힘이 강하게 들어간 탓이리란 생각이 들었다.

그녀는 자리에서 일어났다. 찰나의 움직임으로 현관 전등이 밝게 켜졌다. 동시에 어디선가 엄청난 악취가 밀려들었다. 그 근원지가 문 뒤라는 것을 깨닫고, 외시경에 안면을 들이밀었다.

뭔가가 보인다.

뭔가가…….

"히익!"

심장이 쿵 내려앉았다. 유현은 세차게 내지를 뻔한 비명을 간신히 집어삼켰다. 그 작은 구멍으로 보인 것은…… 사람이라 일컬을 수 없을 정도로 부패한 모습의 여동생 서현이었다.

"언니……."

"서, 서현아…….”

제 3 장 심령사 S 씨

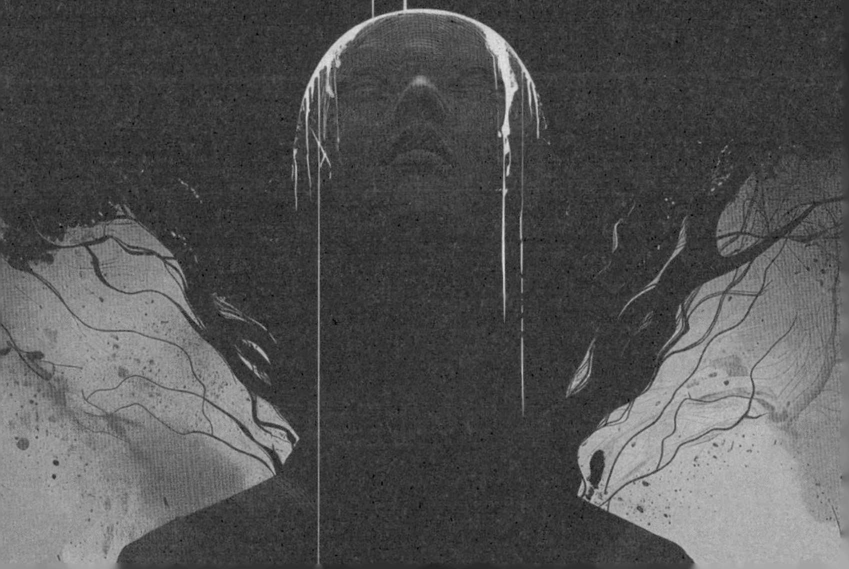

1

K시의 S 씨라고 하면 단박에 그녀를 떠올리는 사람은 아마 없을 것이다. 그러나 심령 해결사 S 씨라고 하면 모두 입을 모아 그녀를, 단 한 사람을 말할 것이다.

홈페이지에 적힌 주소를 따라 심령 해결 사무소에 도착한 경석과 유현은 사무실 문을 열었다.

두 사람의 눈앞에 다소 음침한 광경이 펼쳐졌다. 고딕 양식을 연상케 하는 전체적으로 어둡고 붉은 색감의 벽지와 사무소 전체를 휘감고 있는 진열대가 눈에 들어왔다. 그 진열대는 알 수 없는 물건으로 가득 차 있었다. 사무소의 끝부분엔 검은 탁자가 놓여 있었다. 그리고 그 책상 앞에 앉은 여성이 노트북 옆으로 머리를 빼꼼 내밀었다.

"어떻게 찾아오셨나요?"

여성이 자리에서 벌떡 일어나 두 사람에게로 다가왔다. 하얀 셔츠와 검은 넥타이, 검은 치마의 복장은 주변의 음침한 분위기와는 전혀 어울리지 않았다. 복고풍 융단을 지나 두 사람 바로 앞에 멈춰 선 그녀가 소매를 걷었다. 그러곤 눈을 게슴츠레 뜨더니 경석을 유심히 바라보았다.

"홈페이지 보고……. S 씨 맞으신가요?"

경석이 물었다.

"맞아요. 이쪽으로 오세요."

경석과 유현은 S의 안내를 따라 책상 앞에 착석했다. S는 노트북을 옆으로 치운 다음 유현을 뚫어져라 쳐다보았다. S의 작은 얼굴 속에 깃든 오밀조밀한 이목구비는 세미 스모키 화장이 잘 어울릴 정도로 화려했다. 특히 높은 코가 돋보였는데, 그리 크지 않은 체구 때문인지 경석의 짐작으로는 사회 초년생 같아 보였다. 문득 S가 고개를 움직여 경석을 유심히 쳐다보았다.

"우리 어디서 본 적 있나요?"

경석은 당황하며 "저희가요?"라고 되물었다.

"존함이 어떻게 되시나요?"

S가 안경을 쓰고 물었다.

"한경석……입니다."

그의 뒤를 이어 유현이 자신의 이름을 말하려던 순간, S가 자리에서 벌떡 일어났다. 화들짝 놀란 듯 휘둥그레진 눈으로 입을 떡 벌렸다.

"정말요? 저 모르시겠어요?"

S가 활짝 웃었다. 반면, 경석은 영문을 모르겠다는 표정으로 고개를 절레절레 내저었다.

"저 세령이에요. 류세령!"

세령이라는 이름을 듣자마자 경석은 망치로 후두부를 가격당한 듯한 느낌이 들었다. 류세령이라면 경석이 대학생일 때 자원봉사를 했던 보육원의 한 아이이다.

"어? 류세령? 정말이에요?"

경석은 말문이 막혔다. 이런 곳에서 다시 재회할 줄은 꿈에도 몰랐기 때문이었다. 세령은 특히 경석을 잘 따랐던 아이 중 한 명에 속했다.

두 사람이 간만의 인사를 나누고 본격적인 이야기에 돌입했을 때, 창밖으로 비바람이 몰아치기 시작했다.

"아……, 그러니까 그 마귀 사건이 실제로 초자연적인 존재와 연관이 되었을지도 모른다는 이야기인 거죠? 게다가 유현 씨는 괴이 현상을 겪고 있고…… 그래서 심령 해결사인 절 찾아온 거구요?"

턱을 괸 세령이 자신이 들은 바를 정리하여 도로 뱉어내었다. 경석과 유현은 거의 비슷한 순간에 "네."라고 답했다.

"일단 제 눈에는 아무것도 안 보여요."

"네?"

유현이 되물었다. 세령은 말없이 자신의 눈을 가리켰다.

"영감이 있어서 뭔가가 보이거든요. 신기 있는 사람이나 무당이 귀신을 보는 것과 비슷한 맥락이라고 생각하시면 편해요. 근데 지금 제 눈엔 유현 씨의 주위를 맴돌고 있는 것 같다는 그 뭔가가 전혀 보이질 않아요. 흔적도요. 그런데⋯⋯ 좀 이상한 냄새가 나요."

"이상한 냄새?"

경석과 유현이 앵무새처럼 세령의 말을 따라 했다.

"네. 유현 씨한테서 바다 비린내 같은 게⋯⋯. 그게 뭐랄까, 아주 오래된, 가늠할 수 없을 정도로 깊은 세월 속에서 썩어 버린 비린내랄까요. 지금으로서는 그렇게밖에 표현할 수 없네요."

세령은 아무 생각 없이 내뱉었지만, '비린내'라는 키워드에 경석과 유현은 소스라치게 놀랐다.

"그럼, 어떻게 하면 되는 건가요⋯⋯?"

유현이 복부에 가방을 밀착시켰다. 어쩐지 수척해진 얼굴이다.

"원래 실종자를 찾거나 기이한 현상이 벌어지는 장소에 가서 귀를 쫓아내거나 그런 류의 의뢰가 대부분이에요. 그런데 두 분의 사례 같은 경우는 정말 한 치 앞도 예상이 가질 않네요. 좋은 뜻으로 보면 제게도 새로운 경험이 될 수도 있지만, 나쁜 쪽으로는……."

시선을 내리깔고 말끝을 흐리는 세령의 모습에 경석은 침을 꼴깍 삼켰다. 이윽고 다시 시선을 두 사람에게 맞추는 세령. 그녀의 입이 꾸물꾸물 움직였다.

"돌이킬 수 없게 될 수도 있다는 거죠."

그 말을 듣고 유현은 심장이 쿵 내려앉았다. 그만큼 위험하다는 뜻일까?

"위험하다는 건가요……?"

"맞아요. 비유를 하자면 메스키트예요."

"메스키트……?"

경석이 물었다.

"네. 메스키트는 지상부로 뻗어 나오는 줄기가 그리 크지 않은 북미 나무의 종류 중 하나예요. 하지만 뿌리의 길이는 무려 50m로 세계에서 가장 뿌리가 긴 것으로 유명하죠."

거기까지만 들어도 유현과 경석은 세령이 무엇을 말하고 싶어 하는지 단번에 파악할 수 있었다.

"그러니까 지금 제 영감으로는 아주 미세한 것밖에 포착할 수 없지만, 그것을 쉬이 여겨 막상 뿌리를 뽑아내려고 하면 그 뿌리가 상상 이상으로 깊게 박혀 있어 오히려 제 쪽이 심한 피해를 볼 수도 있다는 거죠. 제가 괜히 이런 이야기를 하는 게 아니에요. 제 눈에는 아무것도 안 보여도 뭔가…… 아주 깊은 것이 꺼림칙한 형태로 서려 있다는 것만큼은 감각적으로 느낄 수 있어요.”

세령이 뿔테 안경을 벗었다. 그러자 눈망울이 더욱 커졌다. 그녀가 말없이 자리에서 일어났다. 이윽고 팔을 위로 쭉 뻗어 스트레칭을 한번 하더니 커튼을 걷었다. 드러난 창문에 무수한 빗방울이 달라붙어 있었다. 세령은 볼펜 끝부분을 입술에 가져다 댔다.

경석이 세령의 뒷모습을 바라보았다.

“그럼…… 역시 조사를 그만두는 편이……?”

이에 세령이 뒤돌아 단호히 말했다.

“아뇨, 도와드릴게요.”

“정말?”

예상외의 응답에 경석은 놀라면서도 감사함에 자리에서 일어서서 고개를 꾸벅 숙였다.

“그럼, 착수금은 지금……?”

유현과 경석이 세령을 쳐다보았다. 두 사람은 세령의 보수가 세다는 것을 사전에 알고 왔기 때문에 현찰 다발을 미리 뽑아 온 참이었다. 그러나 세령은 그게 무슨 말이냐는 표정으로 두 사람을 바라볼 뿐이었다.

“착수금을 왜……?”

조심스럽게 묻는 세령.

"엇, 착수금 지불해야 하는 거 아닌가요?"

유현은 자신이 뭔가를 잘못한 것처럼 느껴져 얼굴을 붉혔다.

"지인 의뢰인데 착수금을 왜 받아요."

세령이 그렇게 말하며 살며시 웃었다. 그 어여쁜 미소가 유현의 마음 깊숙한 곳으로 파고들어 왔다.

2

류세령과 두 명의 의뢰인이 밖에서 만난 날은 가을장마 기간인데도 이상하리만큼 날씨가 좋았다. 유현과 서현 자매가 알 수 없는 존재의 기척을 느꼈다던 제방 산책로에 도착하자마자 세령은 비탈길 아래로 내려갔다. 그 과감한 움직임을 따라 경석과 유현도 발걸음을 옮겼다. 조사 최초의 장소는 서현이 괴이의 기척을 느낀 곳이었다.

오후 6시, 세령은 하천 바로 앞에 쭈그려 앉아 수면 위를 하염없이 바라보았다. 잠시 뒤, 반대편 비탈길과 작은 도랑 등을 번갈아 쳐다보며 뭔가를 골똘히 생각했다.

이윽고 그녀는 자리에서 일어났다. 경석과 유현이 꺼림칙함을 느낀 듯한 세령의 표정을 보자마자 긴장감이 주위를 가득 둘러

싸기 시작했다.

"어때……?"

경석이 코를 훌쩍였다.

"……글쎄요."

그렇게 말하는 세령의 표정이 심상치 않았다. 오히려 그 심각한 표정 때문에 경석과 유현이 겁을 먹을 정도였다.

"이 강엔 특별한 문제가 없는 것 같아요. 일단 반대편 산책로로 가 보는 게 낫겠어요."

몇십 분 뒤, 도착한 반대편 산책로에서도 세령은 심각한 표정이었다. 수면이 노을의 울금 빛을 반사해 대고 있었다.

"여기도 똑같아요. 아무것도 안 느껴져요."

이후에도 세 사람은 산책로를 계속해서 걸었다. 이번에는 어떠한 기척을 마주치지 않을까, 하는 기대에서 비롯된 행동이었다.

"분명 두 사람 다 강에서 그 존재를 마주쳤다고 하지 않았나요? 기자님의 추측에 따르면 이곳에서 만난 괴이가 들러붙어 해를 입은 것 같다고……. 솔직히 이곳에선 기척이나 흔적 같은 게 전혀 느껴지지 않아요. 두 사람 다 헛것을 본 것이라고 암시하는 것처럼요."

세령이 의구심 가득한 어조로 물었다.

"저도 잘은……."

경석이 불편한 기색을 표출했다.

노을이 거의 사라질 무렵, 문득 경석이 다시 운을 뗐다.

"우리가 사전에 조사해 둔 게 있어. 『동국문헌비고』에 연와라는 요괴가 기술되어 있는데……."

"연와요?"

세령이 놀란 투로 경석의 말을 단칼에 끊어 냈다.

"네. 혹시…… 아시나요?"

경석이 묻는다. 민속학에 조예가 깊은 세령이 연와를 모를 일은 없었다. 그것을 방증하듯 세령은 곧바로 "고려 시대 때 신성한 연못에 살았다던 그 개구리 요괴 말씀하시는 거 아닌가요?"라고 말했다. 놀라움을 금치 못한 경석과 유현이 동시에 세령을 쳐다보았다.

"아니에요. 혹시 그 존재를 의심하는 거라면 아니에요. 연와는 아닐 겁니다. 두꺼비와 개구리의 차이를 막론하고 말이에요."

세령이 그리 덧붙였다. 그러나 무슨 연유에서인지 이유는 말하지 않는다.

"유현 씨도 말 편하게 하셔도 돼요."

저 멀리 쭉 이어진 산책로를 멍하니 바라보면서 세령이 말했다. 유현은 "그래도 될까요?"라고 물었다.

"네, 아무래도 편한 게 좋잖아요."

비는 오지 않지만 오늘따라 공기가 무겁다. 두 사람과 헤어진 이후, 세령은 사무소로 돌아오자마자 겉옷을 챙겼다. 열쇠로 사무소 문을 잠그고 그녀가 향한 곳은 I 도서관이었다. 해당 도서관은 고문헌실이 넓고 이용 가능한 족보 자료가 많아 민속학과 토속학을 공부할 때 자주 들락날락했던 곳이다.

대개 세령이 찾는 문헌은 아주 깊숙한 곳에 잠들어 있었다. 그리고 그곳은 전등 빛이 거의 죽어 가고 있어서 요즘은 손전등을 필수로 들고 가는 편이었다.

도서관 사서에게 반갑게 무음량 인사를 건넨 뒤 세령은 곧바로 고문헌실로 향했다. 고문헌실 바로 앞에 있는 도서 검색대에서 필요 도서 세 권을 검색했다. 다행히 필요한 서적의 재고가 모두 남아 있었다.

고문헌실의 끝으로 거리낌 없이 발걸음을 옮긴다. 곧 세령의 안면은 당혹스러움으로 물들었다. 필요 문헌들이 모여 있는 곳의 전등이 아예 죽어 있었기 때문이었다. 다음 주쯤에나 고칠 것이라는 이야기를 듣긴 했다만, 예상보다 빨리 생명력을 다했다.

칠흑으로 들어간 세령은 장갑을 낀 다음 손전등을 입에 물고 이리저리 빛을 비추며 문헌을 찾기 시작했다. 빛을 반사하는 먼지가 둥둥 떠다녔다.

가장 먼저 찾아낸 서적은 『민간풍토실록』이었다. 작자는 미상이나 민간 전승이나 전설 등이 적혀 있는 서적이다. 그다음으로 『귀곡야담』, 『신설요괴전』을 차례로 찾아냈을 때였다. 문득 옆에서 기척을 느낀 세령이 고개를 돌렸다. 책 진열대로 양쪽이 막혀 길게 뻗은 터널처럼 보인다. 눈을 게슴츠레 뜨고 시선을 멀리 던져 보지만, 기척의 주인으로 의심되는 사람은 없었다.

세령이 손전등을 입에서 빼내었다. 턱이 얼얼했다. 손전등 전원을 끄고 서적을 챙겨 열람석으로 향했다. 도서관 폐관까지 남은 시간은 약 한 시간이었다. 세령은 빠르게 필요 내용을 찾아갔다. 세 권의 서적 모두 한자로 적혀 있었지만, 해석하는 데에는 크게 무리가 없었다.

『민간풍토실록』에서는 물과 관련된 요괴의 이야기는 찾을 수 있었어도 두꺼비와 관련된 요괴는 찾을 수 없었다. 반면, 『귀곡야담』에선 어쩐지 연관성이 다분해 보이는 주술적 내용을 찾을 수 있었는데, 그 내용은 과연 다음과 같았다.

조선 중기 무렵, 우리나라에선 한 가지 괴이한 주술 사건이 발생했다.

여러 집락을 벌컥 뒤집어 놓을 정도로 외모가 뛰어난 한 여자 아이가 어느 평민 집안에서 태어난다. 그 아이는 대단히 아름다워 모든 이의 환심을 샀다. 그 아이가 열 살이 되던 해, 소문을 들은 어느 문무 양반 집안에서 거액을 주고 아이를 사겠다는 제안을 한다. 부모는 곧장 그녀를 해당 집안에 팔았고, 부귀영화를 누리게 된다.

팔려 간 그 아이는 양반 집안에서 풍족히 살았는데, 여름이 되

자 어느 곳간으로 끌려가게 된다. 그 곳간은 보이는 곳곳이 휑한 데다 매우 좁아 몸이 작은 어린애라도 아무것도 할 수 없었는데, 양반 집안은 그곳에 아이를 가두었다. 그리고 그 아이가 꼼짝없이 굶어 죽어 갈 무렵, 문을 연다.

마을의 무당과 양반 집안 사람들이 문 앞에 서 있는 것을 확인한 아이는 기어서라도 재빨리 밖으로 나가려고 했으나, 곧 기겁하며 움직임을 멈췄다. 무당이 어떤 상자를 열더니 내용물을 곳간에 쏟아부었기 때문이었다. 내용물은 순식간에 곳간의 흙바닥을 장악했다. 무당은 재빨리 곳간 문을 닫았다. 굶주린 지네, 전갈, 독사, 두꺼비, 구더기, 거미 등이 땅바닥을 기어 아이의 몸에 올랐다. 암흑 속에서 굶주린 아이는 처절한 사투를 벌였다.

며칠 뒤, 무당과 양반 집안 사람들이 다시 곳간을 열었을 때, 아이는 죽어 있었다. 지네와 전갈, 독사 등도 모두 메말라 죽어 있었다. 그곳에 남은 생물체는 아이의 입속에 숨어 있던 두꺼비뿐이었는데, 무당은 그 두꺼비의 머리를 잘라 절구에 빻아 덩어리로 만든 다음, 구슬처럼 동그랗게 말았다. 그리고 그것을 태양 아래에 말렸고, 양반 집안 사람들에게 천하절색이 될 자를 제물로 바쳤으니 꼭 간직하고 있어야 길조가 가득하리라 일러두었다. 그런 다음, 두꺼비의 몸통을 강가에 던져 버렸다.

그러나 며칠 뒤, 그 양반 집안의 모든 사람과 무당이 기묘한 몰골로 사망한 채 발견되었다. 마을의 어느 주민은 네발로 기어

다니는 뭔가가 그 집안에 들어가는 것을 똑똑히 보았다고 했다.
그 주민의 증언에서 비롯해 마을 사람들은 그 존재를 '사족귀'라
부른다 하였다.

　이 글을 읽고 서현의 머릿속에 가장 먼저 떠오른 것은 '고독(蠱毒)'과 '염매(魘魅)'라는 주술이었다. 두 주술은 모두 동양에서 사악하기로는 최고봉을 다투는 주술이라 모두가 두려워했다.

　간단히 말해 고독은 맹독을 지닌 동물, 곤충을 항아리에 마구 집어넣은 뒤 서로를 잡아먹도록 하여 마지막까지 살아남은 생명체의 독을 채취한 다음, 그 독으로 사람을 죽이는 주술이다. 과거 중국의 어느 나라에서는 고독 주술을 행하거나 이 주술로 사람에게 해를 가하였을 경우, 사형에 처하는 법률이 있었을 정도다.

　이와 비슷한 폭력성을 자랑하는 염매 역시 그 방법이 매우 악랄하다. 아이를 납치한 뒤, 어느 곳에 가두어 아이를 굶긴다. 이후, 아이가 죽어 갈 때쯤 음식을 근처에 둔다. 아이는 필사적으로 음식을 향해 손을 뻗을 테다. 이때, 아이의 손을 잘라 통에 보관한다. 아이의 시체는 조각을 내어 불태운다. 이후, 손이 담긴 통을 흔들어 아이의 영혼을 부르거나 조종하여 점을 치게 하는 것이다.

　『귀곡야담』에 적힌 주술은 '고독'과 '염매'를 적절히 조합시킨 새로운 주술처럼 보였다.

마지막으로 읽은 『신설요괴전』에선 일본의 갓파와 비슷한 외모에, 비슷한 행동 특성을 보이는 요괴가 언급되어 있었는데, 이 요괴 또한 물과 관련된 요괴라고만 기술되어 있었다. 비슷한 모습으로 언급된 동물조차 두꺼비나 개구리가 아닌 거북이니 더 보고 말 것도 없었다.

세 권의 서적을 모두 완독했을 때의 시각은 오후 8시 49분이었다. 세령은 『귀곡야담』의 사족귀에 관한 내용을 사진으로 남긴 뒤, 서적을 모두 제자리에 돌려 두었다.

바깥은 시린 바람으로 가득했다. 해는 이미 저 버려 어두웠지만, 곳곳에 가로등 빛이 환해 시야 확보엔 불편함이 없었다. 얼마 걷지 않았는데 머리가 어지러웠다. 눈앞에서 섬광이 번쩍번쩍 발하는 것 같기도 하다. 왜 이럴까. 도서관의 공기가 조금 탁하긴 했어도 지금에서야 머리가 어지러운 건 조금 이상하다.

그때, 세령에게 한 통의 전화가 걸려 왔다. 휴대폰 화면에 적힌 이름은 '엄마'였다. 보육원에 살았던 세령은 어느 부유한 부부에게 입양되었다. 불임으로 인해 자녀를 가질 수 없던 부부는 보육원의 세령을 눈여겨보고 있었는데, 세령이 열한 살이 되던 해에 그녀를 입양하였다.

처음 세령은 부부에게 마음을 열지 않았으나, 서서히 커 가며 어른의 마음을 조금이나마 이해할 수 있게 되는 시점부터 점차 마음을 열어 갔다. 물론 거기엔 부부의 부단한 노력과 정성이 있었기 때문이리라.

두 사람은 세령을 정말 아꼈다. 세령이 총명했기 때문도, 외모가 출중했기 때문도 아니다. 두 사람에게 있어서 세령은 '자식'이었기 때문이다. 설령 같은 핏줄이 아니더라도 사랑으로 키운 아이는 같은 피를 나눈 자식이나 다를 바가 없다. 부부는 그 사실을 누구보다도 잘 알고 있었고, 세령이 누군가에게 기쁨과 사랑을 나눌 줄 아는 사람으로 거듭나게 하였다.

"여보세요?"

[어, 세령아. 어디야? 자취방?]

"응, 집 가고 있어."

[밥은?]

"집 가서 먹으려구. 엄마는?"

[엄마는 아빠랑 진즉 먹었지. 시간이 몇 신데.]

상냥한 웃음소리가 세령의 고막을 향해 부드러운 모양으로 다가왔다.

"그렇긴 하네."

세령도 예쁘게 미소 지었다.

[밥 잘 챙겨 먹고. 힘든 일 있으면 엄마, 아빠한테 꼭 말하고. 알았지?]

"알았어."

[일은 잘돼 가니?]

"나름? 엄마 아빠가 믿고 지원해 준 만큼 열심히 해 보고는 있어. 근데 요즘 나도 대학교를 나와야 하나 싶은 생각이 들기도 하고⋯⋯."

[세령이 마음 가는 대로 하는 거지. 근데 대학교를 안 다녀도 세령이는 자기 분야에 있어서 열심히 하고 있잖아? 엄마는 그게 더 값진 거라고 생각해. 그리고 제일 중요한 건, 건강이야. 자식이 공부 잘하는 거, 돈 잘 버는 거, 그런 게 1순위가 되면 부모 자격 박탈이지. 안 그래?]

그 말을 들은 직후, 세령의 표정이 굳었다. 가해 부모가 머릿속에 떠올랐기 때문이었다. 그들이 딸아이에게 가했던 입시 압박도 말이다. 이후, 세령은 어색한 표정을 지으며 머쓱하게 웃었다.

"그렇지⋯⋯. 나 집 들어가기 전에 잠깐 편의점 들러야 해서 그런데 나중에 다시 연락해도 돼?"

[그럼, 당연하지. 맛있는 거 사서 먹고. 돈 필요하면 말해. 사랑해, 딸.]

세령은 부끄럽다는 표정을 띠었다. 이윽고 낯간지러움을 느끼는 말투로 "나도 사랑해."라고 답했다.

편의점 내부는 환한 조명 때문인지 냉랭한 창고처럼 비쳤다. 손님은 없었다. 세령은 A4 용지 100매 묶음과 계란, 케첩을 구매했다. 저녁으로 오므라이스를 요리해 먹고 싶었기 때문이었다. A4 용지는 집에서 사용하는 프린터기 용지가 다 떨어졌기에 구매한 것이었다.

집에 도착하자마자 씻었다. 레이스 잠옷으로 갈아입은 뒤, 세령이 부엌으로 향해 요리를 끝마친 시각이 오후 10시 12분이었다. 세령은 휴대폰을 보며 오므라이스를 다 먹고 나서 방에 들어가 작업을 시작했다. 대개는 웹서핑을 하며 오컬트 주물을 찾아보거나 뉴스를 탐독한다. 홈페이지 정리를 하기도 하고, 무속에 관해 공부하기도 한다.

세령은 검색창에 '마귀 살인 사건'을 입력했다. 그러자 셀 수 없이 많은 기사가 그녀의 시야를 휘갈겼다. 마지막으로 발행된 기사는 1년 전. 지금은 기이할 정도로 관심이 없다. 어쩌면 당연할지도 모른다. 시간의 흐름에 따라 어느 사건에 대한 감각은 무뎌지기 마련이다. 기억은 희미해져 가니까.

이번에는 지도 앱을 켜 두 자매가 괴기 현상을 경험했던 금하천 근방의 지리를 살펴보았다. 곧이어 그녀는 금하천과 도수로로 연결된 금하 저수지를 주목하기 시작했다.

순간 머릿속이 번뜩였다.

왜 이곳을 생각하지 못했을까.

우천 시, 금하천의 물은 금하 저수지로 흘러들어 간다. 그 말인즉, 금하천과 금하 저수지는 서로 연결되어 있다는 것이다. 그렇다면 괴이의 이동 방향 역시 금하천으로 국한할 것이 아니라 금하 저수지까지 이어져 있다고 생각하는 것이 맞지 않을까.

"어?"

그때 노트북 화면이 꺼졌다. 검게 물든 화면에 세령 자신의 얼굴이 비쳤다. 전원 자체가 나간 것이었다. 분명 충전 선이 연결되어 있는데. 전원 버튼을 누르자 기기가 우웅 하고 재진동했다. 어쩐지 불안한 감각이 돋아나는 바람에 노트북을 닫고 자리에서 일어났다.

묘한 기운이 감돈다. 이 방 안에. 음습한 공기가, 뭐랄까, 둥그런 기포 같은 것이 여럿 떠다니는 것 같다. 하나 도무지 위치를 헤아릴 수 없다. 그것은 마치 등 뒤에 달라붙어 있어 자력으로는 실체를 확인할 수 없을 것 같은 느낌이었다.

세령은 걸고 있는 십자가 목걸이의 십자가 부분을 꽉 쥐었다. 다음 순간, 거실에서 굉음이 울렸다. 유리가 산산조각 나는 소리에 세령의 심장이 쿵 내려앉았다. 몸이 굳었다. 곧이어 천둥소리가 요란하게 천지를 울렸다. 머리 뒤의 창문에 빗방울이 날아들기 시작했다.

정신이 없다. 세령의 급한 호흡 소리가 세령 본인의 귓가를 쿵쿵 때렸다.

침착해.

그녀는 마음을 다잡고 발걸음을 옮겨 방문을 열었다. 그 순간, 비린내가 살인적인 기세로 달려들었다. 일상에서 쉬이 맡을 수 있는 비린내가 아니다. 구역감을 불러일으킬 정도로 심한 악취가 비린내를 흉내 내고 있다고나 해야 할까. 세령은 손바닥으로 코와 입을 틀어막았다.

심장이 요동친다. 그 격렬한 고동이 온몸을 쾅쾅 울린다.

뭘까…….

도대체…… 뭐가 이곳에 들어온 걸까.

시야 끝에 놓인 거실 통창이 훤하다. 중층 오피스텔이기에 통창이 풍경을 막힘없이 영사하는 것은 일상적이었으나, 오늘은 조금 더 다르다. 검은 하늘이 몹시 훤히 보인다. 창이 깨져 버렸기 때문이었다.

유리 파편이 거실 바닥을 나뒹굴고 있었다. 파편뿐만이 아니다. 까마귀 한 마리가 엎어져 있었다. 유리 파편이 온몸에 박혀 있었다. 뻥 뚫린 구멍을 통해 빗물이 세차게 들어온다. 세령은 그곳으로 조심히 걸어갔다.

쭈그려 앉아 확인한 결과, 까마귀는 죽은 상태였다.

그때, 그녀의 시야에 의아한 것이 포착되었다.

까마귀의 부리에 뭔가가 있었다.

정확히는 입속에 뭔가가 있었다.

세령은 조심히 손을 뻗어 입속에 들어 있는 것을 꺼냈다.

의문의 물체는 계속해서 딸려 나온다.

그건…… 긴 머리카락 뭉치였다.

문득 소름이 돋아 세령은 자리에서 벌떡 일어났다.

숨을 가다듬고, 유리 파편을 피해 창틀 가까이 다가간다.

곧 세령의 얼굴이 빗물로 뒤덮이기 시작했다. 그럼에도 그녀는 멍하니 칠흑으로 뒤틀린 하늘을 바라보았다.

아무것도 보이지 않았다.

아무것도…….

3

토요일 오후 5시.

하늘은 잿빛으로 뒤덮여 있었고, 먹구름으로부터 장대비가 끊임없이 쏟아져 내리고 있었다. 비닐우산을 쓴 채 마귀 살인 사건이 벌어졌던 주택 마당에 우두커니 선 세령은 스산한 기운을 느끼기 시작했다.

"글쎄요."

세령의 부탁으로 동행한 김현고 신부가 나지막이 내뱉었다. 이윽고 그는 "저로서는 가부를 판단하기가 어렵지만, 세령 씨의 직감이 틀렸다고는 생각하지 않습니다."라고 덧붙였다.

세령은 말없이 고개를 끄덕거렸다.

"이 집……, 역시 이대로 두면 안 되겠다는 생각이 들어요."

돌연 세령이 낮은 목소리로 말했다. 그 목소리가 김 신부에게 섬뜩한 모양새로 다가왔다. 눈앞의 평범한 2층짜리 독립 주택이 이토록 두렵게 느껴질 수는 없었다. 찝찝한 날씨와 과거에 벌어졌던 사건이 맞물려 끔찍한 흉가로 거듭난 이 장소는 살갗이 떨릴 정도로 살기가 가득했다. 정원의 식물은 전부 메말라 비틀어졌고, 계단은 알 수 없는 분비물로 가득했으며, 이곳저곳 파손된 부분이 한가득이었다. 대문 밖에서 보았을 때와는 전혀 딴판이었다.

김 신부는 발걸음을 옮겨 집 안으로 들어갔다. 류세령이 뒤따라 집 안으로 들어가자마자 그가 입을 열었다.

"아무래도 이대로 방치하는 건, 문제가 있어 보입니다. 세령 씨는 영적 세계를 볼 수 있다고 들었는데, 세령 씨가 보시기에 이 사건은 어떠하던가요?"

이에 세령은 고민하는 듯싶더니 먼지가 층으로 쌓인 마룻바닥에 발을 올리며 말했다.

"신부님께서도 아시다시피 제가 기독교, 그중에서도 개신교 신자임에도 무속과 주술 등을 공부하는 이유는 단순한 학문적 호기심과 연구도 있지만, 종교 간의 유기성을 찾아보기 위함에 있어요. 물론 지금까지 이렇다 할 종교적 공통점을 찾지는 못했지만요. 다만, 무속의 영안과 엘리사나 사도 요한처럼 하나님의 허락으로 열리는 영적 시야 사이에는 요괴, 괴이, 사탄, 악마 등, 즉, 악한 존재 혹은 신령, 보살, 불병거, 천사 등 신성한 존재를 볼 수 있다는 공통점이 있죠. 그런 제가 영적 시야를 통해 마귀 살인 사건과 관련된 사람을 보았을 때, 틀림없이 악한 존재가 배후에 있다는 것을 알아냈구요. 우리나라 고문헌에서 사족귀라는 괴이한 존재에 관한 내용을 찾았습니다. 확실하진 않지만, 가능성을 열어 두고 있어요.”

한 치의 흔들림 없는 세령의 목소리는 김 신부와 함께 꺼림칙한 기운으로 가득한 집 전체를 돌아보고 현관문 앞으로 되돌아올 때까지도 멈추지 않았다.

“저는 요괴 또한 마귀나 악마의 일환이라 생각하고 있습니다. 모두 공통된 악한 존재이니 뭐라 불러도 사실 상관은 없겠지만요. 그저 동양과 서양의 문화적 차이 때문에 다르게 보이는 것이고 다르게 불리는 것일 테죠. 신부님께서는 가톨릭 사제이시니까, 칼뱅의 신학을 따르고자 하는 제 말을 온전히 신뢰하지는 않으시겠죠. 저보다도 더 신학에 조예가 깊으실 테고, 경험이 많으실 테니까요. 더군다나 구마 경험까지 있으시니 절대적으로 저보다 우위에 서 계시죠. 다만, 제가 말씀드리고 싶은 건, 저 혼자서는 이 일을 해결하는 게, 그 존재를 잡는 것이 불가능에 가깝다는 겁니다. 가톨릭과 개신교, 두 종교 간의 교리적 차이를 배제하고.”

그 말을 끝으로 세령은 현관문을 열었다. 먼저 바깥으로 나온 세령이 뒤를 돌았다. 뒤따른 김 신부의 표정이 한층 더 진지해져 있었다.

"세령 씨가 느낀 건, 그렇게나…… 심각한 존재였나요?"

그의 목소리가 갈대처럼 흔들렸다. 마음 깊은 곳에서 알 수 없는 두려움이 피어올랐기 때문이었다. 세령은 그의 물음에 답하지 않았다. 그저 굳센 눈망울과 무표정으로 김 신부를 바라볼 뿐이었다.

잠시 뒤, 김 신부가 대문 밖을 나서다 말고 뒤돌아 세령에게 말을 건넸다.

"세령 씨를 도울 수 있을 만한 사람을 알고 있습니다. 연락이 닿을지는 모르겠지만……."

일요일의 이른 아침, Y시 외곽에 자리한 엘리온 대성당은 미사 준비로 한창이었다. 곧이어 분주한 분위기 속에서 뚜벅거리는 워커 소리가 낮고 짙은 모양새로 성당 내부를 울리기 시작했다. 장의자에 앉은 채 기도를 드리던 도결 요한 신부는 미상의 발소리를 따라 중앙 통로 쪽으로 고개를 돌렸다. 그러자 낯선 여성의 옆모습이 시야에 들어왔다. 어깻죽지까지 내려온 갈색 머리, 갈색 가죽 재킷, 짧은 반바지, 굽 높은 워커. 류세령이었다.

이윽고 그녀는 자연스럽게 도결의 옆에 착석했다. 다만, 도결에게는 단 한 번의 눈길도 주지 않는다. 도결은 잠시 그녀를 바라보다가 눈을 감고, 기도를 시작했다. 로만 칼라를 착용하고 있는 그는 젊은 나이에 구마 의식을 맡아 본 경험이 있는 유능한 구마 사제였다.

그러나 세령은 성찬례가 끝날 때까지 가만히 앉아 있을 뿐, 아무런 행동도 취하지 않았다. 그 모습에선 다른 종교의 행사에 개입하지 않고 관찰만 하겠다는 목적이 다분히 비쳤다.

성찬례가 끝난 뒤, 성당이 고요로 잦아들었을 무렵에야 세령은 용건이 있는 듯 그에게 휴대폰을 건넸다. 진하고도 이국적인 인상의 도결은 잠시 당황한 듯 보였으나, 곧 세령의 휴대폰을 받아 들고 화면을 주시했다.

화면 속에 떠오른 글자는 차마 입에 담을 수 없을 정도로 끔찍한 단어들의 연속이었다. 보아하니 재작년, 대한민국을 떠들썩하게 했던 마귀 살인 사건에 관련된 보도 기사인 것 같았다. 기사를 정독하고 나서 도결은 세령을 쳐다보았다.

“류세령 씨죠? 김 신부님께 이야기 들었습니다.”

그 물음에 답하듯 세령은 고개를 천천히 끄덕인 뒤, 제대의 십자가를 바라본 상태로 입을 열었다.

“네, 용건만 간단히 할게요. 워낙 유명해서 아시겠지만, 2년 전에 발생했던 이 사건, 그쪽 구마 단체에선 조사가 안 들어갔던 걸로 알고 있습니다. 정신병인 것으로 판명 났기 때문이라고 하죠?”

이에 도결은 잠시 생각을 정리하는 표정으로 세령에게 휴대폰을 되돌려주었다.

“잘 알고 계시는군요. 그런데 이미 끝난 사건은 왜 물으시는 거죠?”

굵은 목소리가 세령의 고막에 닿았다.

“의뢰가 들어왔어요.”

그 무렵, 알 수 없는 한기가 두 사람의 곁을 배회하기 시작했다.

“누구한테서?”

“부마자의 친언니요.”

세령의 말을 듣고, 도결은 의아하다는 표정이었다. 세령이 마귀 살인 사건의 중심에 있는 이서현을 ‘부마자’라고 일컬었기 때문이었다.

“부마자?”

“네. 사망한 피해자는 정신병을 지녔던 것이 아니라 아무래도 악령에 씌었던 것 같습니다.”

“그렇게 생각하신 이유를 들어 볼 수 있을까요?”

도결의 물음을 끝으로 적막이 내려앉는가 싶더니 세령이 휴대폰을 또다시 도결에게 건네며 입을 열었다.

“사건 발생 당시 홈캠에 찍힌 영상이에요. 보셨을 수도 있겠지만.”

“본 적 있습니다.”

도결이 나지막이 답했다.

“여길 자세히 봐 보세요.”

세령은 아랑곳하지 않고, 어느 구간에서 동영상을 일시 중지

했다. 어스름으로 뭉개진 화면 속, 붉게 빛나는 서현의 두 눈이 도결의 시선을 휘감았다. 세령은 휴대폰 화면 가장자리를 가리켰다.

세령의 손가락 끝을 따라 도결이 시선을 옮겼다. 손가락이 멈춘 곳은 서현의 등 뒤쪽이었는데, 그곳에 검은 덩어리로 보이는 의문의 형체가 어슴푸레 떠올라 있었다.

"이게 뭔가요? 예전엔 이런 게 없었던 것 같은데."

"이 영상은 저조도 환경에서 찍힌 영상이에요. 그러니 해당 환경에서 아무것도 볼 수 없는 인간의 눈과는 달리 홈캠의 고감도 센서는 민감하게 반응할 수 있었죠. 이 검은 존재가 방출하는 근적외선 빛과 미세한 전자기 펄스를 포착한 거예요. 물론 원본 영상은 너무 어두웠기 때문에 이 존재를 인간이 인지하는 것은 거의 불가했으나, 후처리로 밝기를 높이니 센서가 감지한 미세한 신호가 드러나 이것처럼 실루엣의 형태로 화면에 나타나게 된 거예요. 전문가의 소견에 따르면 역시 합성이나 편집은 아니고요."

도결의 표정이 한층 진지해졌다. 그러나 그는 세령이 무엇을 위해 이미 끝난 사건을 되짚으려는 것인지 아직 이해할 수 없었다. 아니, 그보다도 의뢰 내용이 궁금했다.

"이게 악령이라고 칩시다. 그럼, 의뢰 내용이 뭐죠?"

세령은 아무 말 없이 휴대폰을 도로 가져갔다. 그러곤 자리에서 일어나더니 불길한 목소리로 이리 답했다.

"악령을 쫓아내 달라는 의뢰였습니다. 찰나의 순간 느낀 거라 확신할 수는 없지만…… 그것이 의뢰인의 주위를 돌아다니고 있는 것 같습니다."

도결은 단박에 세령이 말하고자 하는 바를 파악할 수 있었다. 그것은 바로 의뢰인, 즉, 잔혹하게 살해당한 서현의 친언니인 유현이 빙의될 가능성이 농후하다는 것이었다. 서현이 그랬던 것처럼. 그것은 유현의 주위를 맴돌며 정신을 갉아먹을 테고, 유현의 정신이 약해진 틈을 타, 빙의를 이룩하고 말 것이다. 그 전에 유현의 곁을 맴도는 그것을 없애야 했다.

4

한경석이 X시의 고가 도로 괴담에 관한 취재를 끝마치고, 집에 도착한 시각은 오후 8시 27분이었다. 그는 마귀 살인 사건에 관한 내막을 심령 잡지에 싣지 않기로 결정했다. 지금껏 유현을 도운 이유와 의미가 퇴색되어 버릴 것이라고 생각했기 때문이었다.

물론 이 사건과 관련하여 심령 기사를 싣게 된다면 판매 부수는 유의미한 기록을 세울지도 모른다. 워낙 자극적인 사건이기도 하니 말이다. 그러나 취재를 허락받기 전의 마음가짐과 지금

해당 사건을 대하는 마음가짐은 현격한 차이를 보이고 있다. 유현과 이야기를 나누면서 사건과 관련된 인물을 만나 보면서 변화가 인 것이겠지.

지금은 실적을 올리거나 돈을 벌고 싶다는 마음보다는 유현을 처음 만났을 때 그녀에게 말했던 것처럼 억울함을 풀어 주고 돕고 싶다는 마음만이 가득해졌다. 취재를 멈추지는 않겠으나, 그것의 결과가 잡지 발간 및 사람들의 이목을 집중시키는 것이 아닌 오로지 문제 해결에 초점이 맞춰질 것이다. 경석은 자신의 결정이 오지랖일 수도 있겠다고 충분히 생각했지만, 부끄러운 일이라고는 전혀 생각하지 않았다.

잠시 뒤, 그는 화장실에 들어가 씻기 시작했다. 그러면서도 생각을 멈추지 않았다.

다시 조사로 돌아가자. 세령은 왜, 도대체 무슨 연유로 그 괴이가 연와는 아닐 것이라 말한 걸까. 그렇다면 내가 생각했던 가족 구성원 중 누군가가 연와를 건드렸다는 추론도 틀린 걸까. 자세히 조사하지는 않았지만, 해당 괴이가 수금아일 수도 있겠지. 유현이 괴현상에 시달리는 것은 여전히 괴이가 그녀의 주위를 맴돌고 있다는 뜻일 테다.

경석은 유현이 괴현상을 겪는 원인이 정신적인 문제일 가능성을 낮게 평가했다. 그가 만난 유현이라는 사람은 그 누구보다도 정신이 온전한 사람이다. 물론 죽은 동생에 관한 이야기나, 부모에 관한 이야기가 나올 때는 필사적으로 회피하려는 모습을 보이기는 하지만.

경석은 수도를 잠그고 수건으로 물기를 닦았다. 화장실 거울이 뿌옇게 덧칠해져 있었다. 수건으로 거울을 닦는 순간, 심장이 철렁였다. 머리 뒤, 벽에 뭔가가 붙어 있었기 때문이었다.

경석은 고개를 돌려 벽에 붙어 있는 것이 뭔지 확인했다. 그것은 개구리였다. 손바닥에 다 들어올 정도로 작은 개구리가 벽에 딱 달라붙어 있다. 경석은 조심스레 개구리를 잡아 손바닥에 올려 두었다.

웬 개구리일까. 어디서 들어온 거지?

의구심을 품으면서 화장실 밖으로 나온 그는 개구리를 방 책상에 올려 두고 옷을 입었다. 집에 있을 때는 머리를 잘 말리지 않아 화장실 불을 끈 후 다시 방으로 돌아왔다.

책상 앞에 앉아 조용히 개구리를 보고 있는데, 또 한 번 심장이 철렁였다. 돌연 전화벨 소리가 정적을 부수고 고막을 강타했기 때문이었다. 경석이 휴대폰을 확인한 결과, 발신인은 류세령이었다.

"여보세요?"

[아, 안녕하세요. 혹시 잠깐 통화 가능하신가요?]

바람 소리로 유추되는 잡음이 그녀의 목소리와 함께 들렸다. 밖인 듯하다.

"어어, 괜찮아. 왜?"

[그냥 문득 생각이 나서 말씀드리는 건데, 금하 저수지에 가 본 적 있어요?]

"금하 저수지? 거기가 어디지? 아, 그 전에 같이 갔던 금하천 옆에 있는 곳인가?"

[아! 네, 맞아요.]

"가 본 적은 없지. 왜?"

[다 같이 가 보는 게 좋겠어요. 금하천이랑 금하 저수지가 이어져 있으니까요.]

세령의 목소리가 사라지자마자 경석의 눈이 번뜩였다. 어떠한 사실을 깨달았기 때문이었다. 유현과 서현 자매가 괴이 현상을 목격했던 장소는 금하천이다. 하지만 이전에 경석, 유현, 세령이 금하천을 조사했을 때는 괴이를 목격하지 못했다. 그렇다면 괴이는 금하천을 넘어 금하 저수지까지 활동 반경을 넓힌 상태라는 건가?

"아, 무슨 말인지 알겠어."

[근데 그 전에 개인적으로 궁금한 게 있어요. 왜 연와라고 생각하신 거예요?]

세령의 질문을 듣고 경석은 잠시 생각에 빠져들었다. 강변 산책로에서의 일이 머릿속에 떠올랐다. 경석이 연와에 대해 말하자 세령이 연와는 아닐 것이라며 단호하게 말했던 그 일이.

"아, 그건…… 문득 가족 중에 누군가가 괴이를 건드렸기 때문에 저주를 받은 게 아니겠냐는 생각이 들었거든."

[괴이를 건드렸다……?]

"아는 지인한테 들은 이야기가 있어. 연와라는 영적 존재는 지신이라고 하던데. 제사를 지내지 않거나 함부로 대하면 터를 뒤틀어 버리는 등의 화를 내릴 수 있는 신 말이야."

[아……, 근데 제사를 지내지 않거나 함부로 대한다는 건, 건드렸다는 개념과는 조금 상이한 부분이 있지 않나요?]

"그건…… 그렇지. 그런데 어느 정도 일맥상통하는 부분도 있어. 함부로 대한다는 것……, 역시 건드렸다는 의미로도 치환할 수 있을 거야."

[만약 기자님의 말씀이 사실이라면…… 괴이, 즉, 연와를 건드린 사람은…….]

세령의 목소리가 사라졌다. 경석은 어쩐지 입이 떨어지지 않았다. 그럼에도 머릿속에선 누군가의 이름이 광기랄 정도로 요동치고 있었다. 결국 그는 입술을 떼고 말았다.

"서현일 거야."

[……그렇군요.]

경석이 책상 위에 올려 둔 개구리가 슬금슬금 움직이기 시작했다.

"그럼, 반대로 세령이가 해당 존재를 연와라고 생각하지 않는 이유는 뭐야?”

[그건 간단해요. 연와는 존재하지 않아요.]

휴대폰으로 넘어온 음성에 경석은 돌연 두뇌 회전이 멈춘 듯한 기분이었다. 존재하지 않는다니? 그게 무슨 말일까?

“그게 무슨……? 오컬트 전문 스트리머분께 분명 연와는 고려 시대의 요괴라고 들었는데.”

[아니에요. 연와는 『연공수전』이란 고전 소설에 나오는 존재예요. 그런데 이게 말이죠, 아는 사람이 극히 드물어요. 그러니 소문만 무성하여 현대에 와서는 『동국문헌비고』에 나오는 수금아라는 요괴처럼 실제 기록된 존재라며 와전이 된 거예요.]

“그럴 리가 없어. 우리 외할머니께서도 연와라는 존재에 대해 알고 계셨어. 외할머니께서 말씀하시길, 자기 할아버지께서는 전라도 쪽 출신이셨는데, 그곳에 연와와 관련된 전설이 있다고 전해 들었다 하셨어. 고려 시대 때 해당 마을 주민이 연못에서 신묘한 개구리를 발견했는데, 연꽃 위에 있는 개구리다라고 하여 연와라고 이름을 붙였다 하셨어.”

[아무래도 『연공수전』이라는 고전 소설의 내용이 시간이 흘러 전설처럼 전해진 모양이에요. 『연공수전』은 필사본도 남아 있지 않은 소설인데, 작자 미상의 『조선풍토기』에 필자가 『연공수전』을 읽었다는 기록이 남아 있어요. 고려 시대를 배경으로 한 소설인데 연와라는 연못 개구리 신령이 등장하여 마을의 풍요를 돋운

다는 내용이 짤막하게 기술되어 있죠. 아무래도 그 서적, 『조선풍토기』 외에는 판본이 남아 있지 않아, 책의 내용이 입과 입으로 전해지다 보니 그것이 실화인 양 왜곡되어 전해진 것 같아요.]

어느 정도 일리 있는 말인 것 같았다. 경석은 힘이 빠졌다. 그럴 것이라 믿었던 생각이 무너지니 의욕이 사라져 간다.

어느새 개구리가 책상 모서리 쪽에 다다랐다.

[그래도 기자님께서 말씀해 주신 '뭔가를 건드렸다.'라는 게 마음에 걸려요. 어쩌면 그것만큼은 사실일지도 모르겠어요. 서현이라는 분이 일테면 주물이나 터부시되는 물건을 건드려 자기도 모르게 악한 존재를 불러들였다……. 충분히 그럴 가능성이 있는 것 같아요.]

"확실하진 않지만……, 우선은 그랬을 수도 있다고 생각해."

[유현 씨께 그 추측을 말씀드렸나요?]

"아니, 아직……."

[일단 피해자가 어디서, 무엇을 건드렸는지를 파악하는 게 가장 중요할 것 같아요. 이렇다 할 증거가 나오지 않는다면 금하 저수지에 먼저 가는 걸로 하는 건 어떨까요?]

"좋아. 그렇게 하자. 뭔가를 알아내면 다시 연락할게."

[네. 시간 내주셔서 정말 감사합니다. 다시 연락드릴게요!]

조금 전까지의 진중한 목소리는 사라지고 쾌활한 목소리가 등장한다. 어렸을 때의 세령이 연상되는 목소리다. 경석은 자기도 모르게 활짝 웃었다.

"그래."

통화가 종료된 뒤, 적막은 꽤 빠른 속도로 주변을 에워쌌다. 책상 반대편 끝에 선 개구리가 보였다. 멍하니 바라보고 있는데, 문득 개구리가 폴짝 뛰어 아래로 떨어졌다. 경석은 깜짝 놀라 어깨를 들썩였다. 그러곤 재빨리 자리에서 일어나 책상 반대편으로 이동했다.

그런데…….

놀랍게도 바닥엔 아무것도 없었다. 주변을 두리번거렸지만, 개구리는 보이지 않았다.

지금까지 헛것을 본 걸까?

아니, 그럴 리가 없다. 말도 안 된다.

애써 부정하며 몸을 낮춰 이곳저곳의 틈을 살펴보아도 초록 살갗의 개구리는 없었다. 오로지 그곳엔…… 뭔가가 금세 지나간 듯, 묘한 비린내만 뭉게뭉게 피어오르고 있었다.

5

택시의 냄새가 고리타분하다. 담배 냄새랑 방향제의 향기가 섞인 듯 좋지 못한 냄새였다. 세령은 인상을 찡그린 상태로 휴대폰을 만졌다. 그러나 곧 멀미까지 몰려오는 바람에 휴대폰조차 할 수 없게 되었다. 하는 수 없이 한숨을 푹 내쉬고 머리 받침대에 머리를 기댔다. 눈을 감고 헤드폰에서 흘러나오는 음악 소리에 집중했다. 그러다 깜빡 잠이 들었다.

문득 그녀는 헤드폰 너머로 들려오는 소리에 정신이 들기 시작했다. 남성의 목소리다. 진한 울림이 신경을 자극했다. 세령은 힘겹게 눈을 뜨며 헤드폰을 벗었다.

"아가씨, 여기 맞아요?"

택시 기사가 이해할 수 없다는 표정으로 세령을 쳐다보았다. 이에 세령은 재빨리 고개를 돌려 창밖을 보았다. 시야 저 멀리에 위태롭게 서 있는 교회가 보였다. 주변 일대가 전부 폐허였다. 곧 무너져도 이상하지 않을 만큼 오래 방치된 듯하다. 그제야 세령의 머리가 맑아졌다. 뇌에 팽팽히 펼쳐져 있던 안개가 걷혔다.

저건…… H 교회다.

"아무리 봐도 잘못 찍어 준 것 같은데."

택시 기사가 멋쩍게 웃었다. 세령의 실수라 생각해 가볍게 넘기려는 모양이었다. 곧 그가 다시 전방을 쳐다보면서 기어를 D로 옮겼다. 액셀을 밟는 순간이었다.

"아뇨, 여기 맞아요."

전혀 예상치 못한 답이 돌아오는 바람에 택시 기사가 다급히 차를 멈춰 세웠다.

"네?"

"내릴게요. 감사합니다."

"아니……."

택시 기사는 말문이 막혔다. 이런 폐허가 목적지라니?

"뭐, 방송하는 사람이에요?"

가방에서 붉은 목도리를 주섬주섬 꺼내는 세령에게 택시 기사가 묻는다. 찰나의 순간, 택시 기사의 머릿속에 안 좋은 광경이 떠올랐기 때문이었다. 혹여 이런 외진 곳에서 좋지 못한 선택을 하려는 것은 아닌지. 그런 경우가 더러 있다고 동료 기사에게 들은 적이 있다. 만약 그렇다면 경찰에 신고해야 한다.

세령은 말없이 목도리를 맸다. 흰 스웨터 위, 고리형으로 예쁘게 매진 목도리가 기사의 시선을 훔쳤다.

"……프리랜서 기자예요."

세령이 거짓말을 내뱉었다. 마땅히 할 말이 없었기 때문이기도 했고, 이리 말하지 않으면 놓아주지 않을 것 같았기 때문이리라.

"아…… 이런 데도 조사할 게 있나요?"

택시 기사의 얼굴에 떠올라 있던 불안함이 사라지고 그 자리를 호기심이 메꾸었다.

"선신교라고 아세요?"

"선신교? 그게 뭐죠? 교회 이름인가? 아, 저 교회가 선신교?"

그는 조수석 창문을 통해 H 교회를 본다.

"네. 사이비 교회인데, 지금은 교주가 감옥에 있대요. 그래서 저렇게 폐교회가 된 거죠. 위치는 잘 모르는 사람이 많은 모양이에요. 아무튼…… 안전히 데려다주셔서 감사합니다."

세령은 대화가 길어질 것 같자 서둘러 말을 끝맺고 하차했다. 택시는 약 3분간을 그 자리에 서 있다가 세령이 교회 안으로 들어가기 직전, 자리를 떠났다. 그 즉시 세령의 휴대폰이 울렸다. 택시 요금 자동 결제 알림이었다.

세령이 교회의 작은 행사가 끝나자마자 곧바로 이런 폐건물을 찾은 이유는 간단했다. 악령이나 그 가족이 겪었던 기괴한 현상 등이 선신교와 어떠한 연관이 있을 수 있지 않을까, 싶은 생각이 들었기 때문이었다.

H 교회의 내부는 외부에 비해 상태가 좋았다. 그렇다고 해도 그곳은 거미줄로 가득했고, 이곳저곳 먼지가 가득 쌓인 데다가 들어오는 빛이라곤 깨진 창문을 통해 들어오는 저광뿐이었지만.

교회는 총 4층으로 구성되어 있었다. 1층엔 홀과 식당이 있었고, 2층과 3층엔 교회당과 방송실이, 4층엔 목양실과 소예배실 등이 자리해 있었다. 건물 외견만 보았을 땐 계단을 오를 수 없을 줄 알았으나, 의외로 대리석 계단은 건재했다. 물론 세령은 몇 번이고 계단의 강직도를 시험해 보며 정말 계단이 안전한지 확인했다.

폐교회가 된 지 1년 정도밖에 지나지 않았기 때문일까, 내부는 더 볼 것도 없이 안전했다. 그런데 겉모습은 왜 그렇게나 위험해 보였을까. 그것이 경고일지도 모른다고 생각하면서도 그녀의 발걸음은 멈출 줄을 몰랐다.

세령이 2층의 교회당에 들어섰다. 장의자에 누군가가 앉아 있었다. 교단에도 누군가가 서 있었다. 세령이 발걸음을 옮길 때마다 갖은 파편과 깨진 창문을 통해 들어온 낙엽들이 즈려 밟히는 소리가 교회당 내부를 크게 울렸다. 그 소리에 눈앞의 존재들이 움찔거렸다.

세령은 중앙 통로를 통해 장의자에 앉아 있는 사람 곁으로 천천히 다가갔다. 긴 머리를 한 여성의 뒷모습이 점점 가까워진다. 그녀는 시스루 블라우스를 입고 있었다. 이윽고 세령은 여성의 얼굴을 볼 수 있을 만큼 가까워졌다.

한참 전부터 알고 있었다. 이 장소에 있는 것들이 사람이 아니라는 것은. 그렇기에 여성의 얼굴이 뻥 뚫려 있는 꺼림칙한 모습이었어도 세령은 그리 놀라지 않을 수 있었다. 대개 이런 폐건물에는 인간이 아닌 존재들이 모여들기 마련이다. 시간이 지날수록 더 많아지겠지.

어느덧 그녀는 2층과 3층을 전부 둘러본 뒤 4층의 목향실 앞까지 다다르게 되었다. 문이 굳게 닫혀 있었다. 세령은 먼지 쌓인 문고리를 잡고 안으로 밀었다. 경첩의 꺼림칙한 비명과 함께 문이 덜그럭거리며 밀려났다.

각종 서류와 쓰레기가 목향실 바닥에 널브러져 있었다. 창문을 투과한 옅은 햇볕에 먼지가 두둥실 떠다니는 광경이 보였다. 먼지가 굉장히 많이 떠다니고 있어 코와 목이 간지러울 정도였다. 목향실 안쪽에 한 책상이 놓여 있었다. 그 위의 검은색 명패가 그녀의 눈에 들어왔다. 명패엔 심 목사의 이름 석 자가 적혀 있었다.

잠시 뒤, 세령은 목향실을 샅샅이 뒤지기 시작했다. 그러다 책상 서랍에서 무언가를 발견했다. 서류 아래에 깔려 있던 물체, 그것은 둥그런 쇠붙이였다. 자세히 보니 반지였다. 어쩐지 낯이 익다.

무슨 반지일까?

별안간 세령의 머릿속에서 누군가가 떠올랐다.

이건…….

유현이 끼고 있던 반지와 비슷하게 생겼다. 언젠가 그녀가 말한 적이 있다. 동생에게 선물한 반지가 사라졌다고. 경찰 측에 여쭈었는데, 시체에서 반지는 발견되지 않았다고. 온 집안을 다 뒤졌으나, 동생의 반지는 전혀 찾을 수 없었다고.

설마…….

그때였다.

세령의 눈앞에 알 수 없는 광경이 영사되기 시작했다.

그것은…….

심 목사와 두 어른이 서현에게 저지른 끔찍하고도 충격적인 만행이었다.

울부짖는 서현을 보자마자 눈물이 울컥 쏟아져 나왔다.

심 목사는 서현의 입에 성화수를 미친 듯이 들이붓는다.

부모는 딸아이가 도망치지 못하게 달라붙어 온몸으로 속박한다.

서현이 발버둥 친다.

계속.

계속.

어떻게 사람이 그런 짓을 할 수 있을까.

도대체 어떻게…….

환시에서 빠져나온 직후, 세령은 깨달았다. 이 반지에 서현의 일부가 깃들었다는 것을.

6

다음 날, 심령 해결 사무소 안.

"그 산이 아닐까 싶어요."

유현이 부르튼 입술을 벌려 고심 끝에 내놓은 답변이었다. 경석은 고개를 끄덕였고, 세령은 팔짱을 낀 채 날카로운 눈빛으로 유현을 쳐다보았다.

세령은 유현이 상태가 좋지 않다는 것을 일찌감치 눈치채고 있었다. 이전보다도 더 수척해진 것 같달까. 얼굴에 생기가 사라졌다. 그런데 유현에게서 풍겨 오던 비린내가 아예 사라졌다. 그것을 의아하게 여긴 세령이 고개를 갸우뚱했다.

이럴 수가 있나?

비린내가 사라졌다는 사실에 주의를 기울이다 보니 그녀는 어제 H 교회에서 찾아낸 서현의 반지를 돌려주려 했던 것을 새까맣게 잊고 말았다.

"산이라면 어떤……?"

경석이 물었다. 유현은 조금 느린 반응으로 "네?" 하고 되물었다. 그러다가 이해했다는 표정으로 느릿느릿 말을 이었다.

"아…… 그게, 처음엔 제 동생이 금하천에서 기묘한 현상을 겪은 뒤부터 이상해진 것이라고 생각했어요. 보면 일기장도 그래요. 그날을 기점으로 동생의 글이 무너져 내리기 시작했어요. 그런데 문득 동생이 했던 말이 떠올랐습니다. '산에서 뭘 봤어…….'라고……."

유현이 말끝을 흐렸다. 경석과 세령은 의구심에 사로잡혔다. 유현이 변죽을 울리고 있었기 때문이었다. 무슨 말을 하고 싶은 걸까? 두 사람은 잠자코 유현의 다음 목소리를 기다렸다.

"서현이는 입시 특강 캠프에 참여했었어요. 금하천 제방에서의 일이 발생하기 대략 일주일 전이었을 겁니다. 입시 특강 캠프가 진행된 장소는 산골의 A 고등학교였구요."

"A 고등학교……."

경석이 나지막이 유현의 말을 따라 했다. 이어서 "그럼 그 특강 캠프를 진행하던 도중 뭔가를 봤다는 건가요?"라고 질문했다.

"맥락상 그런 것 같아요. 저도 자세히는 듣지 못했어요. 산에서 뭔가를 봤다고 이야기할 때 동생의 모습은 넋이 나간 것 같았어요……."

검은 원목 책상을 하염없이 바라보는 유현.

"산에서 본 게 뭔데요?"

답답한 마음이 든 세령이 대답을 강요하는 어조로 물었다.

"그게……."

유현은 왜인지 한동안 말을 잇지 못한다. 기억이 떠오르지 않아 고민을 하는 것처럼 보이진 않았다. 경석과 세령에겐 그녀가 뭔가를 두려워하기 때문에 입이 떨어지지 않는 듯 비쳤다.

사무소 내부를 긴장감이 가득 메우고 있었다. 음습한 분위기에 경석은 침을 꼴깍 삼키는 반면, 세령은 이 속도로는 사건을 해결하기 힘들 것이란 생각에 조용히 한숨을 내쉴 뿐이었다.

이젠 뒤로 내뺄 수 없다. 한번 발을 들인 이상, 이 사건을 무시할 수는 없는 노릇이다. 그건 이 두 사람에게도 마찬가지겠지. 세령은 이성적으로 판단하기 시작했다. 머릿속으로 결괏값을 도출해 낸 다음, 유현에게 말을 건네려던 순간이었다. 유현의 입에서 흘려들을 수 없는 말이 터져 나왔다.

“사당…….”

전혀 예상치 못한 단어였다.

“네?”

경석과 세령이 동시에 되물었다.

“사당이라고 했어요. 아주 오래되어 보이는 사당이 있었다고……. 빛을 따라갔더니 산속 깊은 곳에 있었다고…….”

“그 사당을 발견한 다음엔요?”

세령이 곧바로 질문했다.

“모르겠어……. 잘 기억이 안 난다고 했는데, 딱 거기까지만 듣고 출근했거든.”

유현의 얼굴에 죄책감이 가득 떠다녔다. 그날의 출근을 지금에서야 후회하는 듯한 표정이었다. 그녀의 머릿속엔 당시의 상황이 그려지고 있었다.

소파에 앉아 있는 동생 서현. 서현은 꺼져 있는 TV 스크린을 멍하니 주시하면서 부엌에 서 있는 언니에게 말한다.

“거기에 사당이 있었어. 아주…… 오래되고…… 낡아 보이는 사당이…….”

유현은 그렇게 말하는 서현의 모습을 묘하다고 여기면서도 눈치 없이 울리는 전화벨 소리에 화들짝 놀라고 말았다. 병원 관계자에게서 온 전화에 서둘러 발걸음을 옮긴다. 유현이 집을 나서는 순간까지도 서현은 TV 스크린을 주시한다. 그 어두운 화면 속에 자신의 얼굴이 반사되어 보인다. 그곳에 또 다른 뭔가가 반사되어 보이기라도 한 걸까. 유현은 현관에 서서 서현을 잠깐 바라보다가 집 밖으로 나섰다.

"그 산으로 가요."
갑작스럽게 달려든 세령의 미성에 유현은 정신이 번쩍 들었다.
"아, 응?"
"지금 가요, 그리 먼 곳이 아니라면."
세령의 목소리엔 뭔지 모를 위압감이 담겨 있었다. 유현은 그 목소리에 홀린 듯 고개를 천천히 끄덕거렸다. 경석은 개인 사정으로 회사를 조퇴한 참이었기에 세령의 제안을 흔쾌히 수용했다. 이윽고 그는 가방 안에 카메라가 잘 담겨 있는지 확인했다.

제4장 사당

1

문제의 산은 수마산이란 정식 명칭을 지니고 있던 것으로 밝혀졌다. 해당 산의 중턱에 자리한 Ａ 고등학교는 불편한 지리적 위치와 저출산 때문에 폐교를 결정하게 된 모양이었다. 낮은 능선을 따라 조성된 산책로도 오랜 시간 발길이 끊긴 듯 잡초가 무성했다.

"여긴가요?"

경석이 산의 입구 앞에 가만히 서서 안쪽을 빤히 쳐다보았다. 안쪽으로부터 스산한 바람이 불어왔다. 그래서인지 햇볕이 꽤 뜨거웠음에도 몸이 살짝 떨렸다.

“아마 맞을 거예요. 저도 와 본 적이 없어서…….”

그렇게 말하는 유현의 몸 상태가 그리 좋지 않아 보였다. 경석은 걱정되는 눈빛으로 그녀를 바라보다가 몸을 돌렸다. 자동차 측면에 서서 누군가와 통화하고 있는 세령이 보였다. 꽤나 진지한 표정인 것으로 미루어 보아 업무와 관련된 통화를 하는 것 같다.

잠시 뒤, 통화를 종료한 세령이 빠른 걸음으로 두 사람 곁에 다가오며 흥미롭다는 듯 상기된 어조로 말했다.

“나무가 높네요. 상수리나무 같은데.”

세령의 목소리가 사라진 직후, 경석과 유현이 고개를 들었다. 가을임에도 산림은 푸르고 울창했다. 이윽고 세령이 “들어갈까요?”라며 말을 이었다.

세 사람이 입산한 시각은 오후 3시 17분이었고, A 고등학교를 발견한 시각이 그로부터 약 10분 뒤인 3시 27분이었다.

세 사람은 학교의 전경을 잠깐 눈에 담았다. A 고등학교는 규모가 생각 이상으로 컸다. 대략 500명가량의 학생을 거뜬히 수용할 수 있을 듯 보였다. 시간이 많았다면 학교를 둘러봤을 테지만, 해가 언제 질지 모르는 데다가 사당을 찾는 것이 급선무이기 때문에 하는 수 없이 발걸음을 옮겼다.

산의 고도 자체는 그다지 높은 편이 아니었다. 그런데도 살갗이 오들오들 떨릴 정도로 추웠다. 햇볕이 전혀 들어오지 않는 탓일까. 얼마나 산을 올랐을까, 어느덧 산책로가 끊기고 말았다. 정상에 도착한 것이 아닌데도 말이다.

"길이 왜 끊겨 있지?"

카메라를 든 경석이 의아스럽다는 듯 말했다. 평탄해진 경사에 세 사람은 주변을 둘러보기 시작했다. 세령은 빠른 걸음으로 산을 탐색해 나갔고, 경석은 카메라로 영상을 찍으며 옆으로 나아갔다. 반면 유현은 몸을 부르르 떨면서 가쁜 숨을 몰아쉬기에 급급했다. 그 모습은 등산에 지쳤다기보단 이 산의 분위기 자체를 감당하지 못하는 것처럼 비쳤다.

카메라의 배터리를 확인하고, 경석은 레코딩을 시작했다. 주변을 카메라에 담았다. 심히 조용하다. 심산이라 하면 조용한 것이 정상일 테지만, 이 산은 지나치게 조용한 나머지 자그마한 발소리나 경석 본인의 숨소리조차도 신경에 거슬리게 들릴 정도였다.

몇 초 뒤, 앞서 나가며 영상을 찍던 경석은 유현이 뒤따라오지 않고 있다는 사실을 알아차렸다. 등 뒤에서 들려오는 발걸음 소리가 없었기 때문이었다. 고개를 돌리자 저 멀리 흰색 플리스를 입은 유현이 시야에 들어왔다.

"유현 씨!"

경석의 목소리가 크게 울렸다. 그러나 유현은 그 목소리를 듣지 못한 듯 가만히 멈춰 서 있을 뿐이었다.

경석이 발걸음을 옮겨 유현에게 다가간다. 울창한 산림이 바람에 흔들리기 시작했다. 사락거리는 소리가 경석의 머리 위로 모여들더니 파도 소리처럼 강렬한 모양새로 둔갑하여 고막을 강타했다.

그 소리에 의구심을 품을 틈도 없이 경석은 묘한 감각에 휩싸였다. 약 5m 정도의 거리를 두고 언뜻 보이는 유현의 얼굴이 조금 이상했기 때문이었다.

경석은 본능적으로 위화감을 느꼈다. 그런즉, 카메라를 얼굴에 가져다 댄 뒤 피사체인 유현을 확대해 보았다. 놀랍게도 그녀는 만면에 미소를 짓고 있었다. 입이 귀에 걸릴 정도로 크게 웃고 있다. 가만히 선 채로 경석을 뚫어져라 쳐다본다.

이윽고 산 이곳저곳에서 바람이 불어닥쳤다. 어쩐지 경석은 몸을 움직일 수 없었다. 발 아래에 잠들어 있던 나무의 뿌리가 솟아올라 발목을 옭아매기라도 한 것처럼 꼼짝하지 않는다. 그 순간, 바로 옆에서 미성이 날아들었다.

"모른 척하세요."

류세령이었다.

"응?"

경석이 되묻자 세령은 사뭇 진지한 어조로 받아쳤다.

"이쪽으로 오세요."

세령은 멋대로 경석의 팔목을 붙잡고 나무 사이로 난 작은 짐승 길로 빠져 들어갔다. 그러나 경석의 시선은 여전히 유현에게

머물러 있었다. 두 사람의 이동 경로를 따라 힘겹게 고개를 돌리는 유현의 모습. 정확히 말하자면 돌렸다기보다는 고개를 비틀었다에 가까웠는데, 그 모습이 마치 관절이 뻣뻣한 인형과도 같았다. 정상적인 인간이라면 하지 않을 행동에 말 못 할 거부감과 불쾌감이 경석의 마음속에서 급속도로 팽창했다.

“쳐다보지 마세요. 대개 이런 음습한 산에는 말이에요. 불경한 존재가 살아요.”

“불경한 존재……?”

“네. 등산하다 보면 이따금 헛것이라 치부하기 힘든 것들을 보는 경우가 더러 있어요. 그것들은 전부 인간을 흉내 내죠. 물론 완벽히 흉내 내는 것은 불가능에 가까워요. 그러니 저희는 그런 존재를 보면 어떠한 위화감을 느끼기 마련이에요. 인간은 방어 본능으로 이질적인 존재를 보면 자연스레 불쾌감을 느껴요. 조금만 이상해도, 조금만 비상식적이어도 인간은 자기도 모르게 그 대상을 경계하게 되는 거예요. 분명 방금 기자 님도 뭔가 이상함을 알아차렸을 거예요. 그러니 경계하게 되었구요. 안 그래요?”

세령이 고개를 비스듬히 올려 경석을 쳐다보았다. 경석은 당황해하다가도 천천히 고개를 끄덕거렸다.

“그럼……, 방금 그건 서현이 건드렸을 것으로 예상되는 존재와는 관련이 없는 거야?”

이에 세령은 잠깐 고민하는 듯 허공을 응시하며 앞으로 걸어

나갔다.

“일단 제가 봤을 땐 관련 없는 것 같아요. 다만…… 일반인들의 눈에도 보이는 영적 존재는요. 꽤 위험한 존재예요. 제 말 새겨들으시는 편이 좋을 거예요”

“그래……?”

섬뜩한 이야기다. 경석은 그리 생각했다. 그러거나 말거나 세령은 하고 싶은 말을 거침없이 늘어놓았다.

“참, 유현 씨한테서 나던 비린내가 사라졌어요.”

“아예 사라졌어?”

“네. 그래서 한시름 놓고 있긴 하지만, 몸 상태는 어째서인지 많이 안 좋아지신 것 같아요.”

“그게 떨어져 나간 걸까……?”

“저도 확신할 수는 없어요. 그리고 이 산 말인데요. 어쩐지 빈집 같은 느낌이 들어요.”

“빈집?”

이 무렵, 두 사람의 눈앞에 유현이 나타났다. 세령의 권유로 한 자리에 계속 멈춰 서 있던 그녀는 불안한 표정이었다.

“찾았나요?”

기다렸다는 듯 유현이 내뱉은 물음에 세령은 고개를 절레절레 저었다.

“뭐랄까, 텅 빈 느낌이라고 해야 할까요? 껍데기만 남은 느낌?”

알 수 없는 말의 연속에 유현은 두 눈을 끔뻑거릴 뿐이었다. 반면 경석은 진지한 표정으로 세령의 다음 말을 기다렸다.

"그냥 제 눈에 아무것도 안 보이니까 하는 이야기예요. 못 찾았을 수도 있지만요. 일단 조금만 더 찾아보기로 하고, 오늘은 마무리하는 편이 좋을 것 같아요. 유현 씨 몸 상태도 조금 안 좋은 것 같으니……."

세령의 말을 끝으로 세 사람은 함께 이동했다. 그러다 돌연 선두의 세령이 어느 지점에서 발걸음을 멈췄다.

"왜 그래?"

의구심을 느낀 경석이 묻자 세령이 팔을 뻗어 전방 끝을 가리켰다. 저 멀리 나무 사이로 희미하게 기와지붕이 보였다.

"저거…… 사당인 것 같은데요."

세령의 손짓을 따라 기와지붕을 포착하자마자 유현은 또다시 알 수 없는 구역감을 느끼기 시작했다. 필사적으로 참으려 애썼지만, 사당에 가까워질수록 속이 부글부글 끓었고 머리가 깨질 것처럼 아려 왔다. 결국 포석길 위에 발을 올리자마자 유현은 헛구역질을 하기 시작하더니 기어코 바닥에 주저앉아 토사물을 쏟아 내고 말았다.

세령과 경석은 예상치 못한 상황에 몹시 놀랐다. 두 사람은 서둘러 유현의 상태를 확인했다.

"유현 씨! 괜찮으세요?"

"유현 씨!"

유현은 몸을 떨고 있었다. 정신은 놓지 않은 듯하지만, 얼굴이 몹시 창백했다.

"괜찮아요……. 속이 울렁거리는 바람에 그만……. 어서 가요."

유현은 천천히 일어났다. 그러나 그 모습조차 심히 위태로워 보였다. 세령과 경석은 그녀를 말리고 싶은 마음이 굴뚝 같았지만, 문제의 사당을 눈앞에 둔 상황에서 지금은 되돌아갈 수 없다고 판단했다. 해는 이미 지기 시작했고, 산 곳곳에서 한기 가득한 바람이 불어닥쳤다.

사당은 오래전 축조된 것으로 짐작되었고, 철거를 행한 흔적이 곳곳에 남아 있었다. 지금은 폐건물인지라 사위스러운 분위기로 물들어 있을 뿐이었다. 세령과 경석은 유현의 상태를 의식하면서 천천히 포석길을 걸었다. 사당 앞 부근의 포석길에 물이 한가득 고여 있었다. 고인 물 위로 나뭇잎이 둥둥 떠다니고 있었다. 길 양옆으로 즐비한 초목이 일제히 흔들거렸다.

"파인 곳인가?"

"그런 것 같아요. 발 조심하세요."

세령이 갓길로 걸었다. 그녀를 따라 경석과 유현도 조심히 이동했다. 사당의 널문이 활짝 열려 있었다. 낮은 돌계단을 오른 다음, 세령은 문지방에 한쪽 발을 올리고 안쪽을 들여다봤다.

……아무것도 보이지 않는다. 묘한 악취만 풍겨 올 뿐이다.

“뭐가 좀 보여?”

“아뇨.”

세령은 그렇게 답하며 거리낌 없이 사당 안으로 들어갔다. 이윽고 휴대폰 플래시를 켜더니 내부를 비춰 본다. 뒤따라 들어온 경석 또한 카메라를 야간 모드로 전환해 사당 내부를 살피기 시작했다. 반면 유현은 꺼림칙한 기분 때문인지 계단에 가만히 서서 두 사람을 지켜볼 뿐이었다.

대략 5분가량 내부를 비춰 보던 두 사람은 거의 비슷한 순간에 탄식했다. 괄목할 만한 물품이나 흔적이 전혀 없었기 때문이었다.

“희한하네, 아무것도 없다니.”

경석의 어조엔 의구심이 가득 담겨 있었다.

“그러게요…….”

세령은 일이 귀찮아졌다는 듯 미간을 구겼다.

그 무렵, 사당 내부를 한눈에 조망하던 유현은 뭔가를 발견하고 소스라치게 놀랐다. 돌연 들려온 유현의 비명에 세령과 경석이 어깨를 들썩이며 고개를 돌렸다.

유현은 눈을 위로 뒤집어 까고 있었다. 처음 두 사람의 눈엔 그렇게 보였다. 그러나 잠시 뒤, 두 사람은 또 다른 사실을 깨달았다.

유현이 **천장을 바라본 채**, 절규하고 있다.

두 사람은 재빨리 고개를 들어 올렸다. 플래시 빛이 닿은 천장이 밝게 빛났다.

그곳에 오망성이 그려져 있었다.

아니다. 그려져 있는 것이 아니다.

"이건……."

경석은 카메라로 천장을 찍던 중 소리 없이 경악했다.

무언가로 오망성이 이루어져 있었다.

셀 수 없이 많은 고양이의 머리와 두꺼비의 머리를 못으로 박아 넣어 역오망성 모양을 만들어 둔 것이었다. 지금은 백골화가 진행되어 가는 듯 부패된 살갗이 덜렁거리고 있었다.

그뿐만이 아니었다.

어쩐지 위화감이 느껴졌다.

오망성의 맨 위 한 개의 꼭짓점이 남쪽을 향해 있었고, 땅 지(地)라는 한자가 적혀 있었다.

그에 따라 오망성의 두 다리 부분은 북쪽을 찌르고 있었으며 그 부근 역시 하늘 천(天)이라는 한자가 적혀 있었다.

즉, 이 오망성은 방위상 거꾸로 **뒤집혀 있는 역오망성**이다.

역오망성 가운데엔 알 수 없는 인장이 그려져 있었다.

바람이 점점 거세지기 시작한다.

산 전체가 사락거린다.

뭔가가…….

뭔가가 있다.

미상의 위압감에 세 사람의 몸이 완전히 굳고 말았다.

좋지 않을 일이 일어날 기색이었다.

좋지 않을 일이…….

"당장 나가요."

세령의 낮은 목소리가 사당 내부를 깊게 진동시켰다. 그럼에도 불구하고 경석은 석고상으로 둔갑한 것처럼 자리에서 움직이지 않았다. 눈앞의 기괴스러운 광경을 도무지 믿을 수 없다는 표정을 띤 채로.

"어서요!"

불현듯 날아든 세령의 호통에 경석이 뒷걸음질 쳤다. 그제야 정신을 차린 그는 서둘러 바깥으로 빠져나갔다. 경석의 뒤를 따라 사당을 빠져나온 세령이 거친 숨을 몰아쉰다. 그녀의 동공이 미친 듯이 요동치고 있었다.

"지금 당장 내려가야 해요."

그러나 세령의 목소리만큼은 여전히 흔들림이 없었다. 경석과 유현은 의문을 품을 틈도 없이 발걸음을 옮겼다. 하산 중에도 맨 꽁무니를 지키던 세령은 자주 뒤를 돌아봤다. 무언가가 쫓아오는 것을 극도로 두려워하기라도 하듯이.

일행이 산을 빠져나온 직후에도 칼바람은 멈출 줄을 몰랐다. 서둘러 경석의 차에 탑승해 해당 산지를 빠져나온 다음, 인접한

국도에 올랐을 때야 세령이 입을 열었다. 그러나 그녀가 내뱉은 말은 도저히…… 정상적인 반응이라 생각할 수 없었다.

"저런 게…… 왜……. 역시 사족귀 따위가 아니었어……."

그녀는 손을 벌벌 떨면서 휴대폰으로 뭔가를 필사적으로 찾고 있었다.

경석은 운전에 집중할 수가 없었다. 본능적으로 어떠한 위험을 느낀 탓이었다. 그리고 그 위험이 돌이킬 수 없을 정도로 가까워지고야 말았다는 것을 직감했다. 그는 고개를 돌려 조수석의 유현을 쳐다보았다. 그녀는 추위를 버티기 위해 팔짱을 끼고 고개를 푹 숙이고 있었다.

하늘이 곧 칠흑으로 뒤덮이기 직전이었다. 어슴새벽과 비슷한 풍경이었다. 곧이어 창문에 빗방울이 달라붙기 시작했다. 차량을 때리는 빗소리에 유현이 고개를 들었다.

"안 돼!"

그때, 갑자기 유현이 큰 소리를 내지르며 경석이 잡고 있던 핸들을 멋대로 오른쪽 방향으로 틀었다. 안전에 대비할 틈도 없이 차량은 굉음을 내지르며 가드레일과 추돌하고 말았다.

'뭐야…….'

곧바로 눈을 번쩍 뜬 세령이 상황을 파악하기 시작했다. 눈 깜짝할 새에 교통사고가 나고 말았다. 다행히 그리 크게 다친 것 같지는 않다. 통증이 전혀 없었다. 흐릿한 시야 너머로 보이는 경석은 핸들과 이마가 맞닿아 있었다.

갑작스레 두통이 일었다. 세령은 눈을 찌푸리고 상반신을 앞좌석으로 들이밀었다. 유현은 좌석에 없었다. 몹시 놀라 경석의 몸을 흔들어 보지만 일어나지 않는다. 휴대폰을 찾아보지만 보이지 않는다.

세령은 하는 수 없이 차량에서 내렸다. 관자놀이가 쿡쿡 찔리는 듯한 고통에 머리를 부여잡았다. 그 순간, 몸이 여러 번 휘청였다. 안개가 잔뜩 낀 국도는 소름 돋을 정도로 고요했다. 흐트러진 정신을 가다듬고 주변을 둘러보는데 문득 차 앞쪽에서 기척이 느껴졌다. 세령은 그쪽으로 발걸음을 옮겼다. 범퍼 앞에 유현이 쭈그려 앉아 있었다.

"유현 씨……."

세령의 부름에도 유현은 답하지 않는다. 유현은 고개를 꺾어 차량 밑을 바라보고 있을 뿐이었다. 두통이 더욱 거세져 세령이 눈살을 찌푸렸다. 이어 힘겨운 어투로 또다시 음성을 내던졌다.

"유현 씨……, 괜찮으세요? 위험하니까……."

그녀가 유현의 어깨에 손을 올린 순간이었다. 유현이 고개를 비틀었다. 뼈가 부러지는 듯 기이한 소리가 주변으로 울려 퍼졌다. 곧이어 유현이 고개를 들어 세령을 올려다본다. 그 즉시, 세령은 기겁했다.

유현의 얼굴은 인간의 것이 아니었다. 튀어나올 듯 팽창한 안구, 동공엔 적과 황이 뒤엉켜 있었고, 입이 있어야 할 자리에 두 꺼비의 눈 한 개가 박혀 있었다. 그뿐만 아니라 뭔가에 난도질 당한 듯, 뭔가가 튀어나오기 직전, 찢어진 듯 너덜너덜한 피부와 벌어진 살갗 사이로 날카로운 이빨이 불균일하게 솟아 있었다. 더군다나 안면을 뒤덮은 핏물은 징그럽기 짝이 없었고, 보는 것만으로도 구역감이 치솟았다. 그 그로테스크한 외관에 세령의 호흡이 가빠 왔다. 심장이 요동쳤고, 피가 거꾸로 솟았다.

그것은 세령을 죽이려는 듯 살의를 가득 담은 눈을 더 크게 벌려 그녀를 쳐다보았다. 세령은 그 존재에 홀린 것인지 좀처럼 눈을 뗄 수가 없었다.

그것이 점점 가까이 다가온다.

고주파 소리가 귀를 찢을 기세로 달려들었다.

멈추지 않는다.

소리가 멈추지 않는다.

소름 끼치는 얼굴이 가까워질수록.

날카로운 마찰음 같은 고주파 음이.

금속판이 서로 긁히는 듯 까슬한 울림이 귀를 찌른다.

속이 메스껍다.

버틸 수 없다.

죽는다.

죽고 만다.

이것에게.

"헙!"

세령이 숨을 크게 들이쉬며 몸을 벌떡 일으켜 세웠다. 그 발작에 놀란 듯 누군가가 꽥 소리를 질렀다. 세령은 반사적으로 소리가 난 쪽을 향해 고개를 돌렸다. 그곳에 웬 여간호사가 서 있었다. 간호사는 세령에게 과호흡이 왔다는 것을 눈치채고 곧바로 그녀를 진정시키기 시작했다.

"어떻게 된 거죠?"

호흡이 안정을 되찾자마자 세령이 병실을 찾은 의사에게 물었다.

"기억이 안 나시는 건가요?"

의사의 물음에 세령의 머릿속이 휘몰아쳤다. 그것의 꺼림칙한 얼굴과 사당의 역오망성을 떠올리자마자 뇌가 부풀어 올라 터져 버릴 것만 같았다.

"기억나요…… 어느 정도는…….."

"교통사고를 당하신 것까지는 기억하시는 건가요?"

세령은 인상을 찡그리며 고개를 끄덕거렸다. 두통 때문이었다.

"국도에 쓰러져 계셨습니다. 우연히 그곳을 지나던 분께서 감사하게도 신고해 주셨어요. 환자분께서는 금일 퇴원이 가능합니다."

어쩐지 의사의 목소리가 귀에 들어오지 않았다. 높은 곳에 오른 듯 귀가 먹먹해진 것 같달까. 그나저나 나머지 두 사람은 괜찮은 걸까?

"저랑 같이 있던 분들은요?"

세령의 물음에 의사와 간호사가 심각한 표정으로 눈빛을 주고받았다.

"지금 어디에……."하고 말하던 세령은 문득 불길함을 느꼈다.

"그게……."

의사는 의료 차트를 한번 본 다음 말을 이었다.

"너무 놀라지 마시고 들어 주세요. 다행히 피해가 제일 클 것으로 예상되었던 이유현 씨께서는 간단한 타박상만 입은 상태인데……."

말끝을 흐리는 의사의 표정이 좋지 않았다. 다음 말을 꺼내기가 버거운 듯한 표정이었다. 세령의 안색이 급격히 어두워졌다.

"한경석 님께서는 뇌출혈로 중태에 빠져 의식이 없는 상태입니다. 경과는 지켜봐야 알겠지만, 죄송스럽게도 아직은 언제 의식이 돌아올지 예상할 수 없어요."

그의 말이 끝나기도 전에 세령은 손으로 입을 틀어막았다.

믿을 수 없다.

중태라고?

그럴 리가 없다.

그럴 리가 없다…….

2

미온 보육원을 처음 방문했을 때, 경석은 대학교 3학년이었다. 과자 꾸러미를 직접 포장해 보육원 아이들에게 나누어 주었고, 아이들과 잘 놀아 주고 보듬어 주는 좋은 심성을 가진 터라 너 나 할 것 없이 아이들에겐 최고의 형이자 오빠였다.

물론 경석에게 있어 보육원 방문은 스펙을 쌓기 위해 필요한 봉사 시간 그 이상도 이하도 아니었다. 처음에는 그랬으나 때 묻지 않은 순수한 아이들과 시간을 보내다 보니 어느 순간 본인도 아이처럼 행복하게 웃고 있다는 것을 깨달았고, 시간이 흘러서는 아무런 보상을 바라지 않은 채 보육원에 자주 방문하게 되었다.

보육원 앞엔 큰 잔디밭과 놀이터가 있었는데, 놀이 시간엔 아홉 살을 기준으로 대개 남자아이들은 잔디밭에서 축구를 하며 놀았고, 여자아이들은 놀이터에서 줄넘기나 공놀이를 했다. 경석은 보육원 건물 내에서 창문을 통해 재밌게 노는 아이들을 바라보며 흐뭇하게 미소 짓기 일쑤였다.

그러던 어느 날, 평소처럼 창밖 풍경을 구경하던 경석은 못 보던 아이를 발견한다. 그 아이는 잔디밭 가장자리를 정처 없이 걷고 있었다. 그러니까 잔디밭 주변을 계속해서 도는 것이다. 놀이 시간 내내 말이다. 이따금 쭈그려 앉아 잔디를 만지기도 하면서.

보육원 교사 D에게 물어보니 해당 아이의 이름은 류세령으로,

원래 보육원에 살던 아이였으나 건강이 악화되어 병원에 입원해 있다가 이틀 전 보육원으로 돌아왔다고 말했다. 그 직후 교사는 세령이는 보육원 아이들과 어울리지 못한다고 덧붙였다. 원래도 소심한 성격 탓에 자기보다 어린 아이들에게도 존댓말을 썼고, 퇴원을 한 이후부터 지금까지 아예 말을 꺼내지 않고 있다고 했다.

경석은 그 말을 듣고 고개를 끄덕이더니 자리에서 벌떡 일어나 잔디밭으로 향했다. 잔디밭에 발을 올리자 들바람이 뺨을 부드럽게 훑었다. 높게 솟은 하늘 아래 공을 차며 놀고 있는 아이들을 지나 가장자리에 쭈그려 앉아 있는 세령에게 다가갔다.

"안녕?"

나지막이 건넨 인사에 세령은 고개를 들어 올렸다. 경석은 당황했다. 아이의 안색이 몹시 창백했기 때문이었다. 세령은 부끄러운지 말없이 고개만 살짝 조아릴 뿐이었다.

"나는 한경석이라고 해. 여기 자주 놀러 오거든. 이름이 뭐야?"

경석이 세령을 따라 쭈그려 앉았다. 세령은 보슬보슬한 잡초를 만지면서 기어들어 가는 목소리로 말했다.

"류세령……."

"세령이구나? 예쁜 이름이네. 이거 먹을래?"

경석은 주머니에서 포장된 쿠키를 꺼냈다. 경석의 손바닥 위에 올려진 작은 쿠키를 보고 세령은 잠시 고민하는 듯했다.

"너무 감사하지만…… 사양할게요."

세령의 목소리엔 정중한 기색이 깃들어 있었다. 그 말을 듣고 경석은 당황했다. 쿠키를 안 받는 것에 당황했다기보다는 평범한 어린아이에게선 느낄 수 없는 예의와 진중함이 보였기 때문이었다.

보통이 아니다.

경석은 미소 지으며 고개를 끄덕거렸다.

"여기서 뭐 하는 거야? 혼자 놀면 안 심심해?"

"네, 원래 혼자였으니까요."

세령은 그렇게 말하면서도 경석을 전혀 쳐다보지 않았다.

"원래 혼자였다니……?"

거기서 경석은 형언할 수 없는 불길함을 느꼈다. 아니, 세령이 문득 고개를 돌려 경석을 빤히 바라보았기 때문이었다. 그녀의 표정엔 공감조차 불가한 슬픔이 서려 있었다.

그때였다.

"경석 씨!"

누군가의 목소리가 멀리서 들려왔다. 경석이 고개를 돌리자 조금 전까지 이야기를 나누었던 보육원 교사 D가 경석을 향해 달려오고 있었다. 경석은 무슨 일인가 싶어 자리에서 일어나 교사에게 다가갔다. 세령은 관심조차 주지 않고 푸릇한 바닥을 바라볼 뿐이었다.

"그렇게 가시면 어떡해요, 아직 말도 안 끝났는데."

D는 눈치를 보기라도 하듯 세령을 힐끔 쳐다보고는 경석과 함께 보육원 뒤편으로 이동했다.

"무슨 일 있나요?"

"아뇨, 무슨 일이 있는 건 아니고……. 세령이 말이에요. 이렇게 말하기 되게 조심스럽지만, 가정 폭력 피해 아동이에요. 그래서 그런지 본능적으로 어른을 기피해요. 저야 꽤 오래 봐 왔으니 괜찮겠지만, 경석 씨처럼 생면부지인 분이 갑작스럽게 다가가면 극도로 경계해요."

"아……."

경석이 탄식했다.

"죄송합니다. 전 그런 것도 모르고……."

"그래도…… 천천히 다가가시면 괜찮을 거예요. 워낙 아이들이 좋아하시는 분이시니까 드리는 말씀이에요."

경석은 세령이라는 아이를 불쌍하다고 여길 마음은 없었다. 누군가를 불쌍하게 여기는 것은 상대에게 실례가 될 수 있으니까. 다만, 돕고 싶은 마음은 가득했다. 최소한의 트라우마로부터는 벗어날 수 있도록 말이다. 평범한 아이들처럼 다른 아이들과 친하게 지내고, 도움을 주려 하는 어른을 더 이상 무서워하지 않도록 말이다.

그날 이후 경석은 세령에게 천천히 다가가기 시작했다. 보육원의 아이들과 함께 세령의 생일날 깜짝 축하 파티를 준비하기도 했고, 읽고 싶어 하던 책을 선물해 주기도 했고, 아이디어 공모전에서 받은 상금의 일부를 보육원 아이들을 영화관이나 뷔페에 데려가는 데 사용하기도 했다.

주변인은 경석에게 그렇게까지 보육원에 힘을 쏟을 이유가 있냐고 묻기 일쑤였지만, 경석은 취직하고 나면 앞으로 시간이 없을 것 같아 미리 도우려는 것이라고 답했다. 경석은 부모의 사랑이 부재한 아이들이 얼마나 힘든지 잘 알고 있었다. 유년 시절, 소꿉친구가 부모님을 먼저 떠나보내고 나서 몹시 힘들어하다가 결국 다른 지역으로 이사를 가게 되었는데, 그때 소꿉친구를 도와주지 못한 것을 후회하고 있었다. 경석은 그 한을 조금이나마 풀고 싶었던 것이리라.

경석의 부단한 노력 덕분일까, 세령은 1년 만에 밝게 웃는 아이가 되었다. 더 이상 어른을 무서워하지 않았고, 다양한 연령대의 보육원 입소자들과도 허물없이 잘 지냈다.

"감사해요."

광의미디어의 인턴 기자로 선발된 뒤 회사가 소재한 서울로 상경하기 전, 보육원 교사 D가 경석에게 그간의 감사함을 털어놓았다.

"아니에요. 저도 너무 즐거웠습니다. 아쉽네요. 아직 믿기지도 않고……."

경석은 복도에 서서 D와 대화를 나누다가 문득 기척을 느꼈다. 기척이 느껴진 쪽으로 고개를 돌렸다. 복도 끝에 세령이 서 있었다. D는 경석에게 어서 세령과 작별 인사를 하라는 듯 "이야기 나누고 오세요."라고 말하며 활짝 웃었다.

D가 교사실에 들어가고 난 뒤 경석이 세령에게 다가갔다.

"다시 올 거죠? 그쵸?"

세령이 장난기 가득 담은 목소리로 말했다. 반면 그녀의 입꼬리는 울음을 필사적으로 참으려는 듯 내려가 있었다. 경석은 말없이 미소 지으며 고개를 끄덕거렸다.

이후 인턴 생활을 하다가 경석은 정직원으로 채용되었고, 휴일에 미온 보육원을 다시 찾았다. 그러나 세령의 모습은 그 어디에서도 찾을 수 없었는데, 교사 D의 말에 의하면 경석이 보육원을 찾기 일주일 전쯤, 부유한 부부에게 입양되었다고 했다.

3

중환자실에서 경석을 보고 나온 세령의 눈시울이 한껏 붉어져 있었다. 여전히 그는 의식 불명 상태였다. 코를 훌쩍이며 그녀가 향한 곳은 3층의 다인실이었다. 해당 다인실엔 환자가 절반 정도 차 있었는데, 가장 끝, 그러니까 창가 자리에 이유현의 침상이 있었다.

낮임에도 다인실은 조용했다. 대부분의 환자가 잠깐 잠이 들었기 때문이었다. 형광등도 전부 꺼져 있어 아늑한 느낌이 가득했다. 유현은 누르스름한 빛으로 뒤덮인 천장을 멍하니 바라보고 있었다. 그런 그녀의 침상 곁으로 세령이 다가왔다. 방염 커튼이 쳐져 있었기 때문에 유현은 여전히 무반응이었다. 조용한 기류 속에서 먼저 말을 던진 것은 세령 쪽이었다.

"대체 왜 그랬어요……?"

그제야 유현이 몸을 움직였다. 상체를 벌떡 일으키더니 이윽고 놀란 표정으로 방염 커튼을 쳐다보았다. 커튼 뒤로 비친 세령의 그림자를 보자마자 유현은 고개를 푹 숙였다.

"미안해……."

유현이 들릴 듯 말 듯한 목소리로 답했다. 세령은 당장이라도 상대방을 욕하고 싶었다. 그러나 이성적인 사고로 감정을 급히 누그러뜨리는 듯 턱이 부들부들 떨렸다. 그것은 울음을 삼키는 모습으로 비치기도 했다. 그러나 다음 순간, 유현이 나지막이 내뱉은 말 때문에 세령의 심장은 쿵 내려앉고 말았다.

"그때…… 도로에…… 서현이가 서 있었어."

유현의 창백한 얼굴이 죄책감으로 물들었다. 세령은 몹시 놀라 눈을 번뜩였다.

"누가 서 있었다고요……?"

"내 동생 말이야……. 이 세상에 없다는 거…… 알고 있는데도 정신을 차릴 겨를이 없었어. 너무 놀라서 차량이 서현이를 들이받기 전에 핸들을 틀 수밖에는……."

하반신을 덮은 이불에 유현 본인의 눈물이 연신 떨어졌다. 거의 비슷한 순간에 세령의 뺨 부근에도 눈물이 미끄러졌다.

세령은 마지못해 고개를 반대편으로 돌리고는 생각에 잠겼다. 처음엔 유현을 탓하고 싶었다. 간신히 화를 삼키고 이야기를 들어 보니 그녀의 심정도 어느 정도는 이해가 갈 것 같았다.

아니, 어쩌면 이건 내 잘못이 아닐까.

그 사당에 들어가면 안 됐다.

애당초 수마산에 발을 들이면 안 됐다.

그 산에 발을 들인 순간, 인명 피해는 예상된 수순이었겠지.

이건 나의 불찰이다.

내가 그곳을 가자고 했기 때문에 이런 일이 발생했다.

그러니 이 일을 해결해야만 한다.

놓을 수 없다.

그것은 유현의 마음을 이용하고 있다.

동생을 지켜야만 했던 마음을…….

동생의 모습을 흉내 내 눈앞에 나타난 탓에 유현이 핸들을 틀 수밖에 없게 만들었다.

생각을 거듭하던 세령은 뭔가를 깨달았다.

분명 세령의 눈에는 아무것도 보이지 않았다. 영적 시야임에도 말이다. 그렇다는 것은 유현이 환영을 보았다는 것이다.

환영이라 함은 결국 정신적인 작용이다.

'그렇다는 건……'

세령은 고개를 돌려 커튼을 유심히 쳐다보았다.

유현의 그림자가 멈춰 있다. 꺼림칙한 기운이 등줄기를 훑었다.

'이미 빙의가 되었을지도……'

그리 떠올리자마자 세령은 커튼을 확 열었다.

'모른다.'

심장이 쿵 내려앉았다. 환자복 차림의 유현이 그 누구보다도 기쁘게 활짝 웃고 있었기 때문이었다. 더군다나 그녀의 동공이 무척이나 커져서는 사람이 아닌 것처럼 비쳤다.

몇 초 뒤, 유현의 잇새로 물음이 새어 나왔다.

"왜?"

그러나 여전히 세령의 영안엔 검은 형체는 고사하고 아무것도 보이지 않았다. 이젠 미상의 비린내도 전혀 나지 않았다. 지금까지 유현의 행동이 단지 정신병자의 소행에 지나지 않는다는 것을 암시하듯이 말이다. 분명 빙의가 이루어진 것이라면 악취가 강해지거나 형체가 어렴풋이나마 보여야 마땅하다.

오후 5시 무렵, 세령이 찾은 곳은 엘리온 대성당이었다. 목적은 간단히 사제 도결을 만나기 위함이었다.

도결은 장의자에 앉아 있는 세령을 포착하자마자 심각한 표정을 띄웠다. 그런즉, 빠른 걸음으로 세령의 곁으로 걸어오더니 "절 보러 오셨다고 들었습니다. 잠시 나가서 이야기 나누시죠."라고 말했다.

바깥은 늦가을의 시린 기색으로 가득했다. 곧 겨울이 도래할 것임을 암시하기라도 하듯 성당 주변의 나무는 앙상한 모습으로 위태로이 서 있었다. 태양은 수평선 근처에서 기웃거렸고, 이 여파로 하늘은 어스름으로 붐벼 있었다.

"차량 블랙박스엔 제가 뭔가에 홀린 듯 범퍼 부근에 가만히 서 있다가 쓰러지는 장면이 담겨 있었어요. 실제 유현 씨가 발견된 곳도 범퍼 앞쪽이었구요. 병원 측에선 저와 유현 씨 둘 다 사고 후 아드레날린 분비로 잠깐 움직였다가 이내 정신을 잃고 다시 쓰러졌던 것으로 추측하고 있는 것 같아요."

도결은 그녀의 말을 가만히 듣고 있다가 문득 말을 꺼냈다.

"유현 씨께서 죽은 동생의 환영을 봤다고 하셨는데, 이것만으로는 빙의를 특정하기 어려울 것 같습니다. 대개 환각을 보는 이유엔 외상후 스트레스라는 게 있는데, 그것을 먼저 의심해 보는 편이 좋을 듯합니다. 좋지 못한 사건을 겪은 피해자이시기도 하니."

"외상후 스트레스…… 저도 아는 이야기입니다. 하지만 이 건은 좀 달라요."

"다르다니요?"

의구심에 도결은 미간을 살짝 찌푸렸다.

"다녀왔다는 산에서 한 사당을 발견했거든요."

"사당이라면 신주나 신체를 모셔 놓은 건물을 말씀하시는 건가요?"

"네. 마귀 살인 사건으로 죽은 이서현이 이상 증상을 보이기 전, 보았다는 사당이었어요. 아까 말씀드렸던 친분 두터운 기자 분께서 산과 사당의 전경을 카메라로 녹화했었는데, 교통사고가 나면서 카메라가 완전히 부서지고 말았어요. 그래서 따로 보여 드릴 수 있는 건 없지만……. 아무튼 말로 간단히 설명하자면 말이죠. 그 사당은 본래 사당의 목적으로는 사용되지 않고 있는 축조물 같아 보였어요. 겉은 예스러움을 한껏 담은 기와지붕에 목조로 쌓아 올린 과거의 주택 같은 모습이었지만, 내부는…… 텅 텅 비어 있었습니다."

"신주나 신체 같은 종교적 물품이 없었다는 말씀이군요. 희한하네요."

언제나처럼 무뚝뚝한 도결의 어조였다. 세령은 고개를 끄덕이고 말을 이었다.

"정확히는 원래 모셔 두었던 뭔가를 내쫓은 것 같았습니다. 다른 목적을 위해서."

세령의 말이 끝나자마자 돌연 한기가 불어닥쳤다. 강한 바람에 두 사람이 동시에 인상을 찡그렸다. 이어서 그녀가 말을 잇기를.

“그곳 천장에…… 역오망성이 있었어요.”

“역오망성이라……. 사탄주의겠군요.”

곧 도결의 뇌에 어떠한 사실이 번뜩였다.

“그러고 보니 근처에 폐교된 학교가 있다고 했었죠? 학교가 정상 운영을 했을 때 학생들이 장난을 쳐 둔 것일 수도 있습니다. A 지역에선 그런 스프레이 낙서가 골칫거리라죠?”

도결의 황당한 주장을 듣자마자 세령이 코웃음 쳤다. 그녀는 유현이 빙의 상태에 있다는 것을 몹시 증명하고 싶었다.

“왜 자꾸 그런 쪽으로 빠져드는 거죠? 구마 사제면 항상 가능성이 있을 수 있다는 것에 힘을 실어 생각해야 하는 게 아닌가요? 축사 기도……, 아니, 구마 의식도 그러한 의심에서 출발하는 게 아닌가요?”

은근히 상대방을 무시하는 듯한 세령의 말투에도 도결은 감정 없는 표정으로 입술을 뗐다.

“잘 모르시는 부분이 있는 모양인데, 악령 빙의 여부나 악령이 사건에 개입되어 있을 가능성에 대해서 그런 식으로 객관성을 배제해 두고 판단해서는 안 됩니다. 이유현이라는 분께서 환각을 경험했다고, 괴기한 현상 여럿을 경험했다고 칩시다. 그러나 빙의가 의심된다고 해도 조사가 들어가면 대부분은 정신병으로 판명 납니다. 그러니 20세기에 들어서는 전문 의사를 먼저 만나 보길 권유해 드리는 방식으로 바뀌었고요. 구마 의식 거행

건수에 대한 실제 통계 자료는 기밀이기 때문에 세상 밖으로 공개되어 있지 않지만, 세령 씨가 생각하시는 것보다 훨씬 적습니다. 그만큼 악령 빙의 및 구마 의식은 드문 일입니다.”

“아뇨, 신부님께서 아셔야 할 것이 있어요. 제가 말씀드린 그 역오망성 말인데요. 신부님도 스프레이 이야기를 꺼내신 걸 보니 역오망성을 그렸다고 생각하는 모양이죠? 그러니 그리 심각하게 안 받아들이시는 거죠?”

세령은 도결의 대답을 기다렸지만, 그는 대꾸하지 않았다. 세령의 다음 말을 별로 기대하지 않는 모양이었다. 그런 모습을 보고 부아가 치밀어 올랐는지 세령이 토해 내듯이 말을 잇기 시작했다.

“아니에요. 그려진 게 아니라 만들어져 있었어요.”

그제야 도결은 세령이 있는 방향으로 고개를 돌렸다. 그의 눈썹이 움찔거렸다.

“잘린 고양이 머리랑 두꺼비 머리로요. 누군가가 못으로 박아 역오망성 모양을 만들어 둔 거예요. 그게…… 사춘기 청소년들의 단순한 장난이라고요?”

세령의 떨리는 목소리가 공기 중에 흩어지고, 도결은 생각에 잠겼다. 이 무렵 하늘은 완전히 어두워졌고, 성당 외벽 조명의 온화한 빛만이 두 사람이 서 있는 자리를 밝게 비추고 있었다.

“그게…… 정말입니까?”

"그렇다니까요. 그건 분명 악의 담긴 주술의 흔적이었어요. 그뿐만이 아니에요. 역오망성 가운데에 인장이 그려져 있었어요. 문양인 것 같기도 한데."

"어떤 인장이었는지 기억나십니까?"

이어지는 세령의 다음 말을 듣자마자 도결은 어깨가 무참히 짓눌리는 기분에 사로잡혔다.

"양서류를 연상케 하는 모양이었어요. **두꺼비**나 **개구리** 같은."

심상치 않음을 느낀 도결은 선배 사제인 배학준 신부와 세령과 함께 유현의 병실을 찾았다. 그러나 그녀는 성수에도 십자가에도 성경 구절에도 아무런 반응이 없었다. 다만, 뭔가가 다시 찾아올 것이라며 극도의 불안감과 두려움에 휩싸여 있었다.

4

다음 날 오전 11시, 세령과 도결, 배학준 신부가 향한 곳은 수마산이었다. 세령은 그곳으로는 가지 않는 게 나을 것이라며 불길한 소리를 늘어놓았지만, 도결은 그 흔적을 두 눈으로 담아야 사건에 관한 생각이 구체화가 가능할 것 같다고 말했다. 그 말인즉, 도결 또한 유현이 성물에 반응하지 않는 것을 보았으나, 유현의 반응이 마음에 걸렸다는 것이었다.

세령은 산에 다녀올 동안 현재 다니고 있는 교회의 청년3부장인 박수민에게 유현을 잠시 봐 달라고 부탁했다. 혹여나 문제가 생기면 곧바로 연락을 취하라고 일러두면서.

"지금까지의 이야기를 들어 봤을 때, 그 여동생분께서 사당을 발견하고, 그곳에 있던 존재에게 빙의된 것이 아닐까 싶습니다."

도결이 차 시동을 껐다. 룸미러 아래에 달린 묵주가 좌우로 흔들리고 있었다.

"그 부분에 대해서는 저도 동감해요."

세령은 불안함을 느끼고 있었다. 그런 탓에 음성이 떨렸다.

뒤이어 조수석의 배 신부가 말을 이었다. 그는 도결의 스승이자 프란치스코 수도회 소속 구마 사제로, 도결처럼 유능한 사제로 널리 명성을 떨치고 있었다.

"기운은 좋지 않은 산인 것 같네."

세 사람은 차량에서 내린 뒤 빠른 속도로 산에 올라갔다. 세령에게 사당으로 향하는 길은 초행길이 아니었기 때문에 금세 기억을 더듬어 사당이 있는 지점을 찾아낼 수 있었다.

"저거예요."

세령의 말을 끝으로 도결과 배 신부는 사당을 눈에 담자마자 숨이 멎는 듯했다. 상상 이상으로 섬뜩한 느낌이 들었기 때문이었다. 그곳은 본능적으로 피하고 싶은, 몸이 거부하는 장소였다.

그럼에도 배 신부와 도결은 베테랑답게 포석길을 걸어 나갔다. 그들의 뒤를 따라 세령이 이동했다.

사당 내부에 들어선 다음, 배 신부가 천장을 올려다보았다. 그곳에 손전등 빛을 비추자 역오망성이 나타났다.

"사실이었군요."

도결이 휴대폰 카메라로 천장 사진을 찍었다.

"뭔가를 소환하는 의식 같기도 하고. 누가 한 건진 모르겠지만, 엄청 오랜 시간이 흐른 것 같지는 않은데."

이어 배 신부가 거들었다.

"이런 사당은 원래 닫혀 있었을 가능성이 높아. 문화유산일 수도 있고. 만약 그렇다면 관리하는 사람이 따로 있었을 텐데."

다시 바깥으로 나온 배 신부가 사당의 전경을 한눈에 담았다. 이윽고 그가 노안으로 인해 잘 보이지 않는 눈을 찌푸렸다.

"그런데 이곳 풍경은 전혀 관리가 되고 있지 않는 모습이잖아요. 저번에 왔을 때도 이랬어요."

세령이 주변을 둘러보다가 배 신부 옆에 붙었다. 도결은 말없이 사당의 기운을 느꼈다.

"세령 씨 말대로 관리하지 않은 지 꽤 오래된 모양인데. 그래도 이 널문은 닫혀 있었어."

확신에 찬 목소리로 말하는 배 신부를 세령은 이해할 수 없었다. 그녀의 궁금증을 대변하듯 도결이 "왜죠?"라고 물었다. 그러자 배 신부는 발걸음을 옮겨 양쪽 널문을 닫았다.

"여길 봐. 바깥 문에도 빗장걸이가 있어. 빗장은 사라진 상태이지만. 이게 무슨 의미인 줄 알겠어?"

"보통은 이렇게 만들지 않죠. 잠금장치는 안쪽으로 설계되는 것이 대부분 아닌가요? 설령 사당이라고 할지라도 대개는 안쪽에만 빗장걸이를 설치하고, 바깥에서 틈을 이용해 빗장을 밀어 넣어 잠그는 것으로 알고 있는데요."

배 신부의 물음에 도결이 답했다.

"설마 사당 내부에 뭔가를 가뒀다는 건가요?"

문득 세령이 끼어들었다. 이에 배 신부는 당혹스러운 표정을 짓다가 고개를 끄덕거렸다.

"그렇다고 볼 수 있죠. 빗장걸이 자체가 이런 식으로 바깥에 노출된 구조는 흔치 않습니다. 민간 신앙적으로 보았을 때, 누군가를 안에 가두기 위한 목적이라면 이렇게 개조하는 경우가 더러 있었다고 들었습니다. 악마를 소환하는 의식엔 대개 제물이 필요합니다."

거기까지만 듣고도 세령은 뭔가를 깨달은 듯 충격에 휩싸인 표정을 지었다.

저편의 존재를 이쪽 세상으로 끌어들이기 위해선 제물이 필요하다. 대개 그러한 제물은 산 제물일 테다.

제물은 2년 전 여름, 입시 특강 캠프를 위해 이곳에 발을 들인 서현이 아니었을까?

세령은 무언가를 가둘 수 있게 설계된 널문과 관리인이 없다는 점을 떠올렸다.

도대체 그날 여기선…… 무슨 일이 벌어졌던 걸까?

"제물이 그 학생이었을 가능성도 있을까?"

돌연 배 신부가 두 사람에게 질문을 던졌다. 세령이 고개를 끄덕거리려던 찰나, 귀에서 이명이 들리기 시작했다. 동시에 고막을 바늘로 쑤시는 통증도 나타나는 바람에 자기도 모르게 외마디 비명을 내지르고 말았다. 알 수 없는 목소리가 귀를 찔러 댔다. 세령은 공포에 질려 그 자리에 쭈그려 앉아 귀를 막았다.

배 신부와 도결이 황급히 그녀의 상태를 확인했다. 약 10초가 흐른 뒤에야 이명은 잦아들었고, 고막 통증도 사라져 갔다.

"죄송합니다. 갑자기 이상한 소리가 들려서……."

세령은 힘에 부친 기색으로 바닥에 흘리다시피 말했다.

"괜찮아져서 다행이군요. 그런데 정말 미궁이네요. 제물이 그 학생이었을 수도 있지만, 뭔가가 갇혀 있던 사당을 학생이 열어 버린 것일 수도 있다고 생각합니다. 악령은 약해진 사람의 마음을 이용하죠. 사당 안에 갇혀 있던 존재가 삶에 지쳐 있던 학생을 홀려 기어코 사당 문을 열게 한 것일지도 모릅니다."

도결이 닫힌 널문을 쳐다보았다.

"확실한 건, 그런 불가사의한 존재가 이곳을 벗어나 어딘가를 돌아다니고 있다는 것이겠지.”

배 신부의 목소리가 뿌리처럼 갈라졌다.

“갑자기 든 생각인데, 만약 악령이 2년 전 그 피해 학생의 몸에 들어가 있던 것이라면 학생이 사망하고 난 뒤 악령은 어디로 거처를 옮겼을까요?”

도결이 그 말을 내뱉은 순간이었다. 세령에게 한 통의 전화가 걸려 왔다. 청년3부장 박수민의 번호였다. 통화를 수락하자마자 다급한 목소리가 넘어왔다.

[세령아, 어떡하지?]

“왜요? 무슨 일 있어요?”

불길한 기운이 감돌기 시작했다.

[그…… 유현 씨 말인데…… 잠깐 화장실 다녀온 사이에 사라졌어…….]

“네?”

결국 불길한 예감이 완전히 들어맞고야 말았다.

[병원 관계자분들께 여쭤봐도 나가는 걸 본 적이 없대. 병실 창문이 열려 있긴 한데, 여긴 3층이라서…… 그럴 리는 없고. 정말 귀신이 곡할 노릇이야.]

“수민 님, 일단 알겠어요. 아, 혹시라도 어디로 간 건지 알게 되면 꼭 연락 주세요.”

세령이 곤혹스러워하며 휴대폰을 뺨에서 떼자 귓가로 배 신부의 목소리가 달려들었다.

"악령이 거처를 바꾸거나 새로 깃든다면…… 같은 장소에 있던 사람이 아니겠어? 초자연적인 현상을 경험하는 것과 빙의에는 큰 차이가 존재하잖아. 전자의 경우는 현상을 목격하는 것이기 때문에 자신의 의식은 유지되지만, 후자의 경우 자기도 모르는 순간에 의식의 주체까지 뒤바뀌어 버리지. 무섭게 말하면 자기도 모르는 순간에 죽어 버릴 수도 있는 거고, 방어가 안 된다는 게 가장 큰 불합리함이겠지."

"같은 장소라면 역시 가족일 텐데요……."

도결은 그렇게 말하며 세령을 쳐다보았다. 세령 역시 고개를 돌려 도결을 쳐다보았다. 세령은 곧바로 유현에게 전화를 걸었다. 그러나 단조로운 수신음만 길게 울려 퍼질 뿐, 연속적인 전화에도 유현은 응답하지 않았다.

공백이 길어질수록 의심이 확신으로 변해 가기 시작했다.

도대체 언제부터였을까.

언제부터…….

그 순간, 세령은 둔기로 머리를 얻어맞은 듯한 감각에 휩싸였다.

의뢰인인 유현이 처음 심령 해결 사무소를 찾아온 날, 세령의 영안에 아무것도 보이지 않았던 이유는…….

그 존재가 유현의 몸속 깊숙한 곳에 깃들었기 때문이 아니었을까.

세령은 그 당시 자신이 뱉었던 말을 복기했다.

'그러니까 지금 제 영감으로는 아주 미세한 것밖에 포착할 수 없지만, 그것을 쉬이 여겨 막상 뿌리를 뽑아내려고 하면 그 뿌리가 상상 이상으로 깊게 박혀 있어 오히려 제 쪽이 심한 피해를 볼 수도 있다는 거죠. 제가 괜히 이런 이야기를 하는 게 아니에요. 제 눈에는 아무것도 안 보여도 뭔가…… 아주 깊은 것이 꺼림칙한 형태로 서려 있다는 것만큼은 감각적으로 느낄 수 있어요.'

세령 본인이 무심코 내뱉었던 말 속에 정답이 있었다.

아주 깊은 것이 꺼림칙한 형태로 서려 있다.

유현의 주변이 아니었다.

그것이 서려 있는 곳은.

바로 **유현 안**이었다.

영능력자는 파장으로 사람이 아닌 존재를 감지한다. 예를 들어 누군가가 빙의되었다면 그 사람에게선 두 개의 파장이 감지되고, 해당 결과를 통해 뭔가가 들러붙었다고 유추하는 것이다. 유현이 사무소에 찾아왔을 때부터 악령은 이미 유현을 집어삼킨 상태였던 것이고, 그에 따라 세령은 악마의 파장만을 감지했던 것이었으며 그 악마가 유현을 흉내내고 있었던 것이라고 세령은 추측했다. 그렇다면 국도에서 서현의 환영을 봤다는 것도 악마의 거짓이다. 핸들을 튼 것은 정말 **경석을 죽이기 위함**이었다.

수마산에서 보았던 기분 나쁜 영적 존재 또한 실은 악마에 빙의된 실제 유현이 아니었을까?

"세령 씨?"

"유현 씨가 사라졌대요……."

세령이 초점 없는 눈으로 두 사람을 바라보며 말했다.

5

역오망성의 가운데에 그려져 있던 인장을 간단히 조사한 결과, 숭배자들이 강령하려 했던 존재는 가나안 지역의 토속신이자 페니키아 민족의 최고신으로 바알이라 불리는 존재였다. 세령이 역오망성을 처음 보자마자 예상했듯 예사스럽지 못한 존재였다.

류세령이 사제들로부터 바알이라는 이름을 들었을 때, 그간 조사해 왔던 신화가 여럿 막힘없이 떠올랐다. 바알은 메소포타미아 신화에 등장하고, 페니키아 민족의 기상신으로 통칭하기도 하는데, 페니키아 민족은 피휘 관습, 즉, 신의 본명을 부르는 것을 금기시했기 때문에 바알이라는 이명을 붙여 신을 섬겼다.

그러나 문제는 이 바알 신앙이 인신 공양과도 연관이 있다는 것이었는데, 세령은 휴대폰으로 해당 인신 공양과 관련된 기록을 찾아보았다. 삽시간에 두 학자의 기록을 찾을 수 있었다. 하

나는 고대 그리스 역사학자 디오도로스 시켈로스의 기록이었고,
나머지 하나는 고대 그리스 철학자 플라톤의 기록이었다.

■디오도로스 시켈로스의 기록

카르타고 시내에는 바알의 청동상이 있었고

이는 손바닥을 바깥으로 내민 형태로

두 팔을 벌리고 있었고

이 팔은 아래로 떨어지는 경사가 나 있었다.

따라서 살아 있는 아이를

이 빨갛게 달구어진 손바닥 위로 올려놓으면

그 아이는 이 팔을 따라 가운데로 굴러떨어지며

곧 석상 중앙의 활활 타오르는 불 속으로 떨어져

재가 된다.

■플라톤의 기록

그곳에는 바알의 형상을 띤 청동 형상이 있었고

두 팔을 양쪽으로 벌리고 있었다.

그 가운데는 활활 타오르는 불꽃이 있었으며

이것은 살아 있는 아이들을 집어삼키는 것이다.

이 불꽃이 아이의 몸을 삼킬 때

그 청동상의 사지와 벌어진 입은

거의 웃는 것처럼 불이 치솟았고

이는 그 몸이 완전히 재가 될 때까지 그리하였다.

이것은 냉소적인 웃음이라는 뜻으로 알려지는

표현이 되는데

이는 죽을 때

웃는 것을 묘사하기 때문이다.

두 기록에 등장하는 카르타고라 함은 고대 국가의 명칭인데, 바알을 섬겼던 페니키아인들이 북아프리카에 세운 식민 도시였다. 다만, 시간이 흘러 페니키아인들의 바알 신앙은 이슬람 단일신 신앙의 팽배, 최후의 페니키아 제국 멸망, 기독교의 등장 등으로 소멸의 길을 밟게 되었다.

특히 아브라함 계통의 종교인 기독교에서는 바알을 야훼를 대척하는 존재, 거짓된 신으로 간주하였고, 바알의 위상을 격하시켜 바알세불, 바엘 등의 이름을 가진 악마로, 마귀의 왕으로, 사탄 다음으로 악한 존재라 일컫기도 하였다.

"바알세불과 바엘은 동일한 존재인데, 각기 묘사되는 모습이 달라."

유현이 거주하고 있는 아파트로 향하던 중, 문득 배 신부가 운전석의 도결에게 말했다.

"바알세불은 파리의 모습을 지녔고, 바엘은 **고양이, 인간, 두꺼비**의 머리를 지닌 남성의 모습을 지녔거든."

배 신부는 꺼림칙하다는 듯 창밖을 바라보았다. 곧 비가 내릴 것임을 암시하듯 하늘이 우중충했다.

두꺼비라……. 세령이 생각에 잠겼다.

지금까지 벌어졌던 일들이 바엘이란 존재를 가리키고 있었다. 그 존재는 두꺼비와 연관이 있고, 고약한 비린내를 내뿜는 존재다. 바다 비린내, 생선 비린내, 늪의 퀴퀴한 비린내 등이 한 데 섞인 비린내. 틀림없이 원흉은…… 사당에 있었던 의식의 흔적이다.

"그렇담, 그곳에 남아 있던 흔적은 역시 바엘이란 존재를 불러내기 위함이었겠군요."

별안간 도결이 가방에서 성경을 꺼냈다.

"그런데 문제는 바엘이란 존재에게 있어."

"무슨……?"

"바엘은 예사 마귀가 아니거든. 레메게톤이라고 르네상스 시기에 만들어진 마도서가 있어. 솔로몬 국왕의 작은 열쇠라 불리기도 하지. 아무튼 레메게톤에 기술된 바에 의하면 바엘은 마귀들의 우두머리급인 존재야. 역사가 아주 길지."

그 무렵 세령의 머릿속에선 상념의 폭풍이 휘몰아치고 있었다.

고양이의 머리, 두꺼비의 머리는 사당 안에 있었다. 그것이 고양이, 두꺼비, 인간의 머리를 지닌 바엘을 불러내는 데 필요한 재료라면 인간의 머리 또한 사용하지 않았을까……?

그때 세령은 뭔갈 떠올렸다. 곧바로 가죽 숄더백에서 수첩을 꺼낸 다음 지금까지의 조사 기록을 보았다.

약 7분 뒤, 생각을 정리한 세령은 앞좌석을 향해 음성을 던졌다.

"마귀 살인 사건의 중심인물인 이서현……."

그 말을 듣고 배 신부가 고개를 돌렸다.

"제 추측이긴 하지만, 잠시 이야기를 들어 주시겠어요?"

세령의 목소리가 떨렸다. 도결과 배 신부는 당황한 듯 대구하지 않았지만, 그녀는 아랑곳하지 않고 말을 이었다.

"바엘과 계약한 인간에게는 지혜와 통찰력이 주어져요. 그것을 얻으려고 한 숭배자들은 사당에서 의식을 치르기로 했어요. 왜 그 사당이었냐구요? 그 근처에 그게 있었거든요."

"그게?"

배 신부가 앵무새처럼 세령의 말을 되풀이했다.

"산 제물이요. 바엘의 기원은 바알이라는 주신이잖아요. 그것에 비추어 숭배자들은 바엘과의 계약을 위해선 역시 인신 공양이 필요하다고 생각했을 거예요. 그리고 그 산 제물은 성인이 아닌 아이들, 여기엔 학생도 해당할 수 있어요. 물론 역사적으로 제물의 나이는 어리면 어릴수록 효과가 더 좋다고는 하지만……. 아무튼 그 사당이 자리해 있던 곳 근처엔 학교가 있었죠. 마침 그곳에서 입시 특강 캠프가 진행된다는 것을 알았던 숭배자들은 누가 되었든 한 아이를 납치해 산 제물로 사용할 생각이었던 모양이에요.

아시다시피 사당으로 향하는 길은 산책로를 통해야만 해요.

분명 누군가가 올 것이란 걸 미리 알았을 거예요. 그리고 안타깝게 그 대상이 이서현이 되었던 거구요. 분명 이서현은 빛을 따라갔더니 사당을 발견했다고 했어요. 아마도 숭배자들은 빛으로 그녀를 유인한 것일 테죠."

"구조 요청으로 오인했을 가능성도 있겠군요."

가만히 듣고 있던 도결이 룸미러를 보며 한마디 했다.

"그런 게 될 수도 있죠. 워낙 심산이다 보니 다짜고짜 납치했을 수도 있지만, 그건 위험하다고 판단한 모양이에요. 아무튼 서현은 빛을 따라 사당 안으로 들어갈 수밖에 없었어요. 이후 숭배자들은 서현이 알아차릴 틈도 없이 널문을 닫고 빗장을 걸어 버린 거예요. 그리하여 서현은 자신의 의지와는 상관없이 바엘과의 계약을 위한 제물이 되어 버린 것이죠. 저로서는 이 일련의 과정이 정확하다고 확신할 순 없지만, 그때 빙의가 되었다는 것만큼은 확신할 수 있습니다. 그래서 사당을 발견한 이후를 서현이 기억하지 못하는 것이겠죠."

"그럴듯한 추리군요."

배 신부는 그리 말하고는 잠시 생각에 잠긴 듯했다.

"이게 끝이 아니에요."

세령은 운을 뗀 다음, 수첩을 넘겼다.

"서현의 몸에 깃든 바엘은 서현이 죽기 직전, 모친에게 옮겨 갔어요. 악마는 부마자가 죽으면 시체에 갇힐 수 있기 때문이죠.

그래서 제가 알기론 악마를 동물에 옮긴 뒤, 죽여 가두는 방법도 있습니다. 아무튼 이후 모친 또한 괴기 현상에 시달렸죠. 두 분 모두 부마자의 특징을 잘 아시죠?"

"그럼요. 목소리의 변화, 식욕 감퇴, 한 번도 배운 적 없는 언어, 고대 언어 등을 말하는 것, 교회와 관련된 것들에 대한 반감, 피부를 긁는 것, 자해 등이 있지요."

배 신부가 말했다.

"수감되어 있던 모친은 자해를 시도했고, 결국 정신병원에 입원하게 되었어요. 이후 모친의 몸에 깃들어 있던 악령은 부친을 찾아갑니다. 모친의 몸은 거의 불구가 되었으니까요. 해당 부친을 취재한 한경석 기자님의 말에 따르면 부친의 목에 긁은 듯한 상처가 있었다고 했어요. 배 신부님께서 말씀하셨다시피 빙의자, 부마자는 피부를 긁어요. 그게 어떤 의인지는 잘 모르겠지만……."

"피부를 긁는다는 것이 내포하는 바는 다양하게 해석될 수 있습니다. 상대방에게 보내는 경고일 수도 있고, 몸속에 깃든 뭔가가 자극을 주는 듯 느껴 긁는 것일 수도 있고, 부마자와 악령 간의 정신 충돌로 인해 발생한 극도의 스트레스나 불안, 긴장으로 유발된 충동적 행동일 수도 있습니다."

그리 말하는 배 신부는 어딘가 불편해 보이는 표정이었다.

"그렇군요. 다시 이야기로 돌아가자면 피부의 상처는 거의 회복된 듯 보였다고 했어요. 그 의미는 두 사람이 면회한 시점에선 긁는 행위가 한참 전에 멈추었다고 봐야겠죠. 신부님들께서 아시다시피 빙의가 지속되면 말이죠. 상태가 나빠지면 나빠졌지 좋아질 수는 없어요. 그러나 부친은 회복 과정을 거치고 있었죠. 그 말인즉……."

"악령이 부친의 몸을 떠나 또 다른 곳으로 이동했다는 것이겠군요. 부친의 육신은 계속해서 감옥에 갇힌 채 통제되고 있었으니까, 그릇으로서 적합하지 않았던 것이네요."

도결이 한층 낮아진 목소리로 답했다. 이윽고 차량이 멈추었다. 아파트 주차장에 도착한 것이었다.

"유현 씨는 본격적인 괴기 현상을 겪기 전, 부친과 개방 면회를 가졌다고 했습니다. 아마 그때 악령이 유현 씨를 따라간 것 같습니다. 물론 그 만남이 아니었더라도 그 존재는 언젠가…… 분명 부친의 몸을 떠나 그녀를 찾아갔겠죠."

"그렇지만, 역시 성물에 반응하지 않으면 그 무엇이 되었든 빙의라 생각할 수 없습니다."

세령의 말을 믿지 않는다는 듯 배 신부가 내뱉은 말을 끝으로 차내는 정적에 휩싸였다. 잠시 뒤 세령이 말을 던졌다. 그와 동시에 그녀의 머릿속에 유현이 기괴하게 웃고 있던 것이 떠올랐다.

"그건…… 분명 유현 씨가 아니었어요."

세령은 한숨을 푹 내쉬고, 이럴 시간이 없다는 듯 차량에서 내려 아파트로 향했다. 뒤따라 차량 문을 열려던 도결. 그런데 배 신부가 갑작스레 그의 팔을 붙잡았다.

"왜 그러십니까?"

무슨 일인가 싶어 도결이 배 신부를 쳐다보았다. 배 신부는 창백한 안색을 띤 채 천천히 입을 열었다.

"아무래도…… 가면 안 될 곳을 간 것 같다……."

그의 목소리에 형언할 수 없이 깊은 공포가 서려 있었다. 분명 조금 전까진 세령의 말을 믿지 않는 눈치였는데 말이다. 도결은 뭔지 모를 이상함을 느끼고, 시선을 아래로 내렸다. 그의 팔을 붙잡고 있는 배 신부의 손이 이상했다. 정확히는 손끝이 피로 물들어 있었다. 손톱을 과할 정도로 심하게 물어뜯은 것처럼.

아파트 엘리베이터의 열림 버튼을 꾹 누른 채 신부들이 합류하길 기다렸지만, 도무지 올 낌새가 보이지 않았다. 세령은 하는 수 없이 먼저 올라가기로 했다. 엘리베이터 문이 비명을 내지르며 닫혔다. 문에 나 있는 작은 창으로 복도가 보였다. 흐린 날씨에 복도는 어둑하게 가라앉아 있었다.

6층에 다다른 뒤, 문이 열리고 긴 복도가 시선을 휘감았다. 이 층은 복도 형광등이 켜져 있었다. 묘한 한기가 불어닥쳤다. 복도 창문이 전부 열려 있는 탓이었다.

세령은 의뢰인의 주소를 필히 수집하여 수사가 끝나기 전까지 보관하고 있었기 때문에 몇 호에 유현이 살고 있는지 알고 있었다. 유현의 집 문 앞에 도착해 양각 인쇄된 호수를 바라보았다. 어쩐지 정신이 아득해지는 느낌이 들었다. 이 철문 뒤에 뭐가 기다리고 있을지 모른다. 세령은 숨을 고르고, 초인종을 눌렀다.

“유현 씨.”

초인종을 향해 음성을 내던진다.

“계세요?”

아무런 반응도 없어 문을 두어 번 노크했다. 문 가까이 귀를 가져다 대 보아도 어떠한 소리도 들려오지 않는다. 자그마한 생활 소음마저.

곧 측면에서 엘리베이터 문이 열리는 소리가 들렸다. 고개를 돌리니 배 신부와 도결이 천천히 걸어오고 있다. 세령은 또 한 번 문을 노크했다.

“안 계시는 건가요?”

어느새 지척까지 다다른 도결이 현관문을 바라보았다.

“네, 그런 것 같아요.”

세령이 그리 답한 찰나, 배 신부가 헛기침하고 멋대로 문손잡이를 잡아 비틀었다. 신부의 손에 휴지가 들려 있었다. 그 휴지가 피로 젖어 있는 것을 본 세령은 소리 없이 놀랐다.

“어?”

문이 열려 있다. 해당 현관문은 열쇠로 문을 열도록 설계되어 있었는데 안에서 잠그지 않으면 바깥쪽에서도 쉽게 열 수 있는 형식이었다. 아무래도 연식이 있는 아파트다 보니 보안 쪽에서 허술한 모양이었다.

"어……?"

세령의 당혹스러운 목소리에도 배 신부는 문을 완전히 열었다. 집 안은 불이 켜져 있지 않아 어두웠다. 아직 저녁이 아니기 때문에 아무것도 보이지 않는 것은 아니었다. 흐린 날 특유의 어두컴컴한 모습이었다.

세 사람은 가만히 서서 동태를 살폈다. 그러다 문득 유현에게 좋지 않은 일이 생긴 건 아닐까 싶은 막연히 불길한 생각에 세령이 안쪽으로 발을 디뎠다.

"유현 씨? 계세요?"

조심스러운 목소리가 집 안을 휘저었다. 그때였다. 또다시 세령의 고막 부근에 통증이 나타났다. 자기도 모르게 인상을 찡그리던 세령은 고통을 참을 수가 없어 다시 복도로 나왔다.

"또 통증이 나타난 겁니까?"

벽을 잡고 휘청거리는 세령을 심각한 표정으로 바라보는 도결. 두 사람이 정신 팔려 있는 사이, 배 신부가 집 안쪽으로 들어가 유현을 찾기 시작했다.

그러나 그 어디에서도 유현을 찾을 수가 없었다. 유현의 방에서 이렇다 할 흔적을 찾던 중, 책상 위에 있는 노트북이 배 신부의 시야에 들어왔다. 노트북 위에 작은 포스트잇이 붙어 있었다. 그리고 그 포스트잇엔 이렇게 적혀 있었다.

A도 ○○군 ○○면 묘고마을길 35-1

뒤따라 집 안으로 들어온 도결과 세령 또한 그 포스트잇을 발견했다.

"주소네요. A도라면 자차를 이용해도 한 시간이 넘는 거리일 텐데."

도결의 엄숙한 목소리가 방 안을 작게 울렸다. 곧이어 미성이 나타난다.

"시골 마을이에요."

세령이 휴대폰 검색 사이트를 통해 알아낸 정보였다. 배 신부가 떨떠름한 표정을 지으며 말했다.

"요한, 수도원장님께 금방 돌아간다고 연락드려라. 나는 잠깐 통화할 곳이 있어서……."

배 신부의 안색이 어쩐지 어두웠다. 배 신부가 자리를 뜨자 어둑한 방 안은 적요에 휩싸였다.

"이유현 씨가 부마자라는 명확한 증거가 없으면 구마 의식을 진행할 수 없습니다만, 증거를 찾기 위해서라도 이곳으로 가 보는 편이 낫겠군요."

도결의 말에 세령은 잠시 침묵하다가 낮은 목소리를 냈다.

"직감이긴 한데요. 좋지 않은 일이 일어날 기색이에요. 뭔가…… 소름 끼치는 냄새가……."

같은 시각, 복도로 나온 배 신부는 엘리온 대성당의 주임 신부에게 전화를 걸었다.

"아, 예, 신부님. 다름이 아니고…… 내일 아침 급히 갈 곳이 있어서 내일 일정……."

그때였다. 한 남자아이가 배 신부의 옆을 지나치며 품에서 뭔가를 떨어뜨렸다. 그건 편지봉투였다.

아이는 어린이집 가방을 멘 채 빠른 걸음으로 엘리베이터를 향해 나아갔다.

"신부님, 잠시만요."

배 신부는 잠시 휴대폰을 귀에서 떼고 외쳤다.

"꼬마야!"

그의 목소리가 갈라졌다. 그러나 무슨 영문인지 아이는 뒤를 돌아보지 않는다. 아이는 엘리베이터 앞에 다다르자마자 방향을 한 번 꺾어 계단을 내려갔다.

"꼬마야!"

배 신부가 계단에 도착했을 때, 아이는 온데간데없이 사라진 상태였다. 그것을 괴이하게 여겨 귀를 기울이고 있는데, 문득 등 뒤로 누군가가 다가오는 듯한 발소리가 들렸다. 배 신부는 어쩐지 꺼림칙한 기운에 조심스레 고개를 돌렸다.

스산한 기운이 주변을 좀먹고 있다. 그렇게 생각할 무렵, 도결과 세령의 귓가에 비명이 날아들었다. 두 사람은 거의 비슷한 순간에 어깨를 들썩였다.

비명은 여성의 것이었는데, 무슨 일인가 싶어 복도로 나가 보니 저 멀리 엘리베이터 부근에 한 중년 여성이 앉아 있었다. 엉덩방아를 찧으며 넘어진 듯 주변에 그녀의 짐이 널브러져 있었다. 두 사람은 재빨리 그곳으로 향했다.

중년 여성이 입을 틀어막고 한 곳을 가리켰다. 그녀가 가리킨 지점은 아래쪽 계단 구석이었다. 그곳에 배 신부가 쓰러져 있었다.

세령은 배 신부의 상태를 보고 경악했다. 그는 오른쪽 다리가 바깥으로 꺾여 있었고, 머리를 부딪힌 듯, 계단과 머리맡에 피가 고여 있었다.

6

다행히 배 신부는 수술을 끝마치고 반나절 만에 의식을 되찾았다. 그는 계단에서 굴러떨어진 것이었는데, 의사는 운이 굉장히 좋았다고 말했다. 1인 병실에 들른 도결이 선배의 상태를 체크했다.

"정말 괜찮으신 겁니까?"

"괜찮다니까."

선배의 말을 듣고 도결은 고개를 끄덕거렸다. 그러곤 음료 박스를 소형 수납장 위에 올려 두었다.

"퇴원은 언제 하시는 겁니까?"

"글쎄, 다리가 이렇게 돼 버려선 언제쯤 퇴원할지 감도 안 잡히는데. 의사분 말씀으로는 못해도 두 달 이상은 재활 치료가 필요하다고 하던데."

"그렇군요."

도결이 침상 옆 의자에 착석했다. 이후 주변을 둘러보더니 가방에서 성경을 꺼내 말없이 읽기 시작했다.

"야, 안 가냐?"

배 신부의 쉰 목소리였다. 도결이 그를 쳐다보더니 이윽고 잠시 고민하는 듯 시선을 아래로 떨구었다.

"아, 한 30분만 있다가 가겠습니다."

"그래, 네 맘대로 해라."

헛웃음을 치며 배 신부가 천장을 올려다봤다.

약 30분 뒤, 병실이 노을에 물들었을 무렵, 도결이 자리에서 일어났다. 성경을 가방에 집어넣고 발걸음을 옮기려던 순간이었다. 별안간 배 신부가 도결의 옷자락을 붙잡았다.

"가지 마라."

"네?"

가지 말라니? 그게 무슨 말일까?

도결이 의구심에 사로잡혀 물음을 건네려고 했으나, 어쩐지 배 신부의 얼굴을 보자 아무런 말도 할 수 없었다. 주름진 배 신부의 얼굴에 형언할 수 없이 깊은 공포가 서려 있었기 때문이었다.

"요한, 네 속셈을 다 알고 있다. 그 사람들…… 돕지 마라. 그 마을로 가면 안 돼."

간파당했다. 도결은 당혹스러웠다. 그도 그럴 것이, 그는 다음 행선지로 세령과 함께 묘고 마을에 갈 예정이었다. 배 신부는 그것을 미리 알고 있었다는 듯 말을 이었다.

"계단에서 쓰러지고, 오늘 일어나기 직전까지 악몽을 꿨어. 성당 안이었는데, 제대 앞쪽에 누군가가 쭈그려 앉아 있더구나. 묘하게 몸을 흔들고 있길래 가까이 다가가 봤다."

말을 잇는 배 신부가 몸서리를 쳤다.

"가까이 다가가 보니 그 남자 주변 바닥이 새빨갛게 물들어 있는 게 아니겠어? 질퍽거리는 요상한 소리도 났고. 더군다나 그 남자 말인데, 몸이 새까맣더구나. 그게…… 자세히 보니 사람을 뜯어먹고 있는 것이더구나. 너무 깜짝 놀라서 엉덩방아를 찧었지. 내 큰 기척에 그 남자가 고개를 휙 돌렸어. 근데 그 남자 말이지…… 두꺼비와 고양이의 눈을 지니고 있었어……. 그자다. 그리고…… 그자가 먹고 있던 것은 이유현 씨였다. 단순한 꿈이라 치부하기엔 몹시 생생했어. 이건 틀림없이 경고야. 요한, 너 또한 피를 뒤집어쓸지도 모른다. 내가 계단에서 굴러떨어진 것도 뭔가가 나를 밀었기 때문이었어. 틀림없이 경고라니까.

이유현 씨가 성물에 반응하지 않았던 이유는…… 어쩌면 너희가 병원에 도착하기 전, 악령이 잠깐 다른 몸에 들어가 있었던 건 아닐까? 그래서 이유현 씨가 뭔가가 다시 찾아올 것이라며 두려워했던 거야. 혹은 내 신앙심이 부족해 성물의 효력이 제대로 발생하지 않았다던가…….

네게 일러두지 않았을 텐데, 실제 구마 보고서에 따르면 어떠한 악령은 심연층에 숨어 잠든 것처럼 행동하는 경우도 있어. 이를 뱀처럼 웅크리고 있다고 해 사칩 상태라 부르기도 하지. 물론 그 상태에 들어간 악령이 사칩 상태에서 빠져나와 폭주할 땐 성물에 격하게 반응했다고 기술되어 있어. 성물에 반응하지 않는다고 해서 빙의가 아니라고 속단할 수는 없다는 거지. 그리고…… 사칩 상태가 가능한 존재는 우리 힘으로 없앨 수 있는 존재가 아니야.

이제껏 계속 빙의가 아니라고 생각하긴 했지만…… 요한아, 사람이 진짜 무서운 건 말이야. 증거, 확인된 사실과의 비교 등이 아니라 이따금 직감, 그러니까 감각만으로 뭔가를 알아맞힐 때도 있다는 거야. 말이 안 될 것 같은데, 어딘가에선 그런 일이 실제로 일어나고 있어.”

장황한 배 신부의 말을 다 듣고 나서 도결은 옅은 미소를 띠었다.

“걱정하지 마세요, 선배님. 안 갈게요.”

“저, 정말이냐……?”

아끼는 제자에게서 원하던 답변이 돌아와 배 신부는 크게 안도했다.

“그럼, 교구로 갈 예정이냐?”

“네. 다시 올 테니 몸조리 잘하세요.”

고개를 끄덕이고 나서 도결은 병실을 나섰다. 복도에 발을 올리자마자 그는 세령에게 전화를 걸었다. 통화 수신음이 길게 울려 퍼진다. 그의 발걸음이 점점 빨라졌다.

심령 해결 사무소 안.

경석의 병문안을 다녀온 뒤 세령은 생각에 잠겼다.

침상 위에 누워 있던 경석이 자꾸만 떠오른다.

정말 괜찮은 걸까…….

자기도 모르게 한숨이 터져 나왔다.

도결의 연락은 또 언제 오는 걸까?

이대로라면 도결에게 연락이 오지 않을 것만 같다. 배 신부의 중상으로 처리해야 할 일이 생겨 바쁜 것일까.

그렇다면 혼자서라도 묘고 마을에 가 봐야 하는 건 아닐까.

물론 그곳에 유현이 있을지는 확신할 수 없다. 그러나 그곳이 아니라면 가 볼 수 있는 곳 또한 없다. 그러니까 묘고 마을에 방문하는 것이 지금, 이 상황에서 할 수 있는 최선의 선택이다.

가장 문제인 것은 유현이 왜 성물에 반응하지 않았냐는 것이었다. 세령은 그녀가 빙의된 것이라고 확신했다. 물론 영안으로도 영감으로도 아무런 것도 보지 못했고, 느끼지 못했다. 세령은 단지 유현이 유현이 아닌 것 같다는 직감 하나만으로 사건을 밀고 나가고 있었다.

그 순간, 책상 위의 휴대폰이 진동했다. 휴대폰 화면 속에 도결 신부의 이름이 떠올라 있었다. 벙쪄 있던 그녀는 문득 정신을 차리고 통화 수락 버튼을 눌렀다.

“여보세요?”

[어디십니까?]

“사무소에 있습니다. 배 신부님은 괜찮으신가요?”

[네, 괜찮으십니다. 지금 H역 앞으로 나와 주실 수 있습니까?]

“무슨 일 있나요?”

[저희 둘이라도 그곳에 가 봐야 할 것 같습니다. 이냐시오, 그러니까 배 신부님께서 악몽을 꾸셨다고 했습니다.]

“무슨……?”

[두꺼비와 고양이의 눈을 지닌 자를 보았다고 합니다. 악령의 이름을 알기 때문에 부마자만 찾으면 됩니다.]

세령은 곧바로 도결의 말 속에 내포된 바를 알아차렸다. 도결은 결국 이유현을 부마자로 판단했고, 그녀를 찾아내면 구마 의식을 행하려는 것이다.

"교구장 승인은 받으신 건가요?"

[안타깝게도 허락받을 시간이 없었습니다. 절차가 워낙 복잡한 탓에.]

"그럼……, 보조 사제 없이 혼자 오시는 건가요?"

그 물음이 세상에서 사라지고 약 10초 뒤, 도결이 답했다.

[네, 저 혼자 갑니다.]

세령은 이해할 수가 없었다. 이렇게 독단적으로 구마 의식을 행하고, 그것이 들키기라도 한다면 구마 사제직을 내려놓아야 할 것이 불 보듯 뻔했기 때문이었다.

"혼자 의식을 진행한다면 나중에 피해를 볼 수도 있을 텐데 괜찮으신가요?"

[아직 확신하지 않습니다. 유현 씨가 부마자라는 것 말이에요. 다만, 다시 한번 확인해 봐서 나쁠 것은 없다고 생각합니다.]

제5장 동쪽에서 오는 것

1

등대길 위.

"엄마, 유현이 기억나?"

서아윤의 발그레해진 뺨으로 바닷바람이 미끄러졌다.

"유현이? 무슨 유현?"

엄마의 얼굴에 의구심이 떠올랐다.

"이유현 말이야. 옛날에 우리 위쪽에 살 때, 집에 자주 놀러 왔던 여자애 있잖아. 예쁘게 생겨 가지고 엄청 부끄러움 많았던 애. 기억 안 나?"

“아, 유현이. 기억난다. 엄마가 점 봐 주고 그랬지. 걔는 왜?”

엄마가 옛 추억을 떠올리고 활짝 웃었다.

“내일 우리 집 놀러 온다더라. 괜찮지?”

“갑자기?”

그렇게 말하며 등대길을 걷는 엄마.

“아, 왜. 오랜만에 보는 거라 엄청 궁금하단 말이야. 괜찮지?”

아윤은 잰걸음으로 걸어와 엄마에게 팔짱을 끼며 대답을 재촉했다.

“네 맘대로 해.”

엄마는 못마땅한 표정으로 말하다가도 금세 “집에 먹을 게 없는데.”라며 찾아올 손님을 걱정했다.

두 사람은 등대길에서 빠져나와 용기처럼 솟은 언덕의 당산나무 앞을 지났다. 그 순간, 엄마가 자리에 멈춰 섰다. 이윽고 고개를 돌려 당산나무를 올려다본다.

“왜? 신령님께서 뭐라고 하셔?”

아윤이 쿡쿡 웃었다. 그러다 그녀가 엄마의 표정을 보았을 때, 몹시 놀라 말문이 막힐 수밖에 없었다. 엄마는 겁에 질린 듯한 표정을 짓고 있었기 때문이었다.

도대체 뭐 때문에 그리 놀란 걸까. 아윤은 엄마의 시선을 따라 잎 하나 없는 당산나무를 올려다보았다. 그러나 그녀에게는 이렇다 할 뭔가가 보이지도, 들리지도 않았다.

"뭐가 있어……? 금줄이 이상한가? 아닌데."

"아윤아."

엄마의 목소리가 이상했다. 두꺼웠다고나 해야 할까. 몹시 무거웠다.

"응?"

한껏 추워진 날씨 속에서도 유독 차가운 바람이 모녀에게 불어닥쳤다. 그 바람에 아윤의 머리칼이 제멋대로 흔들렸다.

"유현이…… 맞제?"

엄마가 눈을 부릅뜨고 아윤을 쳐다보았다.

"뭔 소리야?"

이해할 수 없었다. 유현이가 맞냐는 말이 도대체 무슨 말일까? 아윤은 어이없다는 반응으로 되물었다.

"내가 유현이도 모를까 봐?"

"그게 아이고, 유현이 가족 중에서 누구 죽었나?"

섬찟한 물음에 아윤의 몸이 굳었다.

"뭔 그런 재수 없는 소리를 해. 왜? 뭐가 보여?"

금줄에 매달린 흰 종이가 바람에 요동쳤다.

"응. 쓥……, 애가 울고 있네. 울음소리가 들리는데."

엄마는 희한한 것을 듣기라도 한 양 고개를 까딱였다.

"애라고? 유현이 동생 없을 텐데? 아니, 없지 않았나?"

아윤은 기억을 더듬었다. 열 살이 되는 해, 그녀가 다른 지역으로 이사 갈 때까지만 해도 친한 친구였던 유현은 동생이 없었다. 틀림없이 없었다. 그 이후에 태어난 게 아니라면…… 말이다.

"엄마 기억에도 없었던 것 같은데. 아윤아…… 쫌 이상하다."

사투리 섞인 억양으로 말하면서 뭐가 그리 희한하다고 느끼는 건지 엄마는 계속해서 의심을 품었다.

"아, 무섭게 왜 그래, 엄마!"

"아니, 무섭고 나발이고, 애가 자꾸 운다꼬."

심상치 않다. 엄마의 귓가에서 계속해서 울음소리가 들려온다. 갓난아기의 울음도 아니고, 어린이의 울음소리도 아니다. 뭐랄까. 다 큰 성인이 애처럼 울고 있는 듯한 느낌이 강했다. 곧 온몸에 소름이 돋았다. 그 즉시, 그녀의 눈에서 눈물이 흘러나왔다.

"엄마? 왜 울어?"

아윤의 동공이 공포로 물들었다. 지금 이 상황을 받아들일 수가 없었다. 무속인인 엄마가 이런 반응을 보이는 것이 처음이었기 때문이었다.

"아윤아, 진짜 쫌 이상하다. 내 무섭다. 진짜 그 집 안에서 누가 죽은 것 같다. 계속 우는 소리가 들린다."

엄마는 몸서리치면서 귀를 막았다. 이윽고 엄마가 말을 잇는다.

"자꾸 이상한 게 보이는데……, 자시에 흑묘 북·북북동. 묘시에 거섬 북동·동. 축시랑 인시에 뭐가 있는데. 하, 애가 자꾸 운다. 아윤아, 어쩌냐. 누가 애를 죽였는갑다."

엄마는 입술을 벌벌 떨 정도로 두려워하고 있었다. 처음 아윤의 눈엔 엄마가 슬퍼하는 것처럼 비쳤지만, 시간이 흐를수록 슬퍼하는 것이 아니라 무서워하고 있다는 걸 알아차릴 수 있었다.

"도대체 그게 뭔 말이냐고! 엄마!"

"축시랑 인시에 있는 게, 흑묘랑 거섬을 잇고 있다꼬 안 카나."

"알아듣게 좀 말해 봐!"

"아니 그러니까, 자시에 까만 고양이가 보이고, 묘시에 커다란 두꺼비가 보이는데 그 사이 시간에 뭐가 있다고. 그런데 그 사이 시간에 있는 게, 고양이랑 두꺼비를 양옆으로 묶고 있다. 북동쪽이다. 북동쪽이 이상하다. 거기서 뭔가 술렁인다."

"북동쪽? 그 사이 시간에 있는 게 도대체 뭔데?"

"내 자꾸 이상한 게 보인다. 이런 게 보이면 안 되는데. 사람 모가지 짤린 게 자꾸 보인다. 눈을 막 위로 치켜뜨고, 얼굴은 피범벅에 어휴, 심장이 막 벌렁벌렁 뛴다. 죽겠네."

엄마는 결국 자리에 주저앉고 말았다.

"엄마!"

"아윤아, 신령님께서 거짓말하지 말란다. 그거 진짜 유현이 맞나?"

"맞다니까! 내가 통화까지 했어. 집에 손님 들이기 싫으면 싫다고 해, 그냥!"

아윤은 목구멍까지 짜증이 치솟았다.

"그럼 신령님이 거짓말을 할까?"

엄마가 아윤을 노려본다. 거기서 아윤은 숨이 멎는 기분이 들었다. 살면서 단 한 번도 본 적 없는 엄마의 낯선 모습이었기 때문이었다. 신령님이 실리기라도 한 걸까?

"엄마…… 그러는 엄마는 엄마 맞아……? 엄마 지금 완전 이상해. 무서워."

"아니다. 아윤아. 아니다. 걔는 안 돼. 오지 말라고 해."

말릴 수 없다. 아윤은 고집을 부리는 엄마를 설득할 수 없었다. 유현의 방문 철회를 약속하는 것 이외에는 그녀를 진정시킬 수 없었다. 하는 수 없이 아윤은 거짓말로 상황을 일단락시켰다.

그날 저녁, 아윤은 엄마의 방 앞을 지나치다가 문득 괴이한 소리를 들었다. 무슨 일인가 싶어 귀를 기울였을 때, 방 안쪽에서는 다음과 같은 말소리가 술렁이고 있었다.

"죄송합니다. 죄송합니다. 죄송합니다. 죄송합니다. 죄송합니다."

아윤은 방문을 살짝 열었다. 벌어진 틈으로 안을 살폈다. 방 안이 새빨간 빛으로 물들어 있었다. 엄마는 신당 앞에서 넙죽 엎드린 채, 모시는 신들에게 잘못을 빌고 있었다. 촛불이 흔들릴 때마다 신당의 조각상이 같이 흔들리는 듯 비쳤다.

2

청명한 하늘 아래, 아윤의 모친은 한갓진 농로를 걷고 있었다. 마을 중심에 있는 슈퍼에 들르기 위함이었다. 양옆으로 즐비한 전신주와 논밭이 시선을 휘감았다. 엊저녁 모시는 신령님들께 온 힘을 다해 엎드려 사죄했던지라 무릎과 허리가 아려 왔다. 저절로 신음이 새어 나오는 가운데 저 멀리서 자전거를 타고 오는 노인이 보였다.

아는 사람인가 싶어 시선을 집중하는데, 문득 바람이 날려왔다. 동시에 괴괴한 악취가 코끝으로 밀려들었다. 본능적으로 고개를 돌렸다. 바람이 날려온 방향으로 말이다. 시선이 멈춘 곳은 마을 입구였다. 바람은 마을 입구에서 시작해 마을 안쪽으로 깊숙이 흘러들어 갔다.

"어디 가요?"

노인이 자전거를 멈춰 세웠다. 그는 마을 이장이었다.

"이장님이시네! 저녁 해 먹을 것 좀 사려고요."

"그래요? 오늘 내 기운이 어떤가? 모여서 화투 한판 치려고 하는데. 별로면 안 하고."

이장이 호탕하게 웃으며 말했다.

"화투 친다고? 다 따일 것 같은데."

모친 또한 장난스럽게 그의 장난에 맞받아쳤다. 그러다가 뭔가가 기억났다는 듯 "참." 하고 운을 뗐다.

"오늘 뭐 잡은 거 있어요?"

"잡다니?"

"닭 같은 거 잡았나?"

그렇게 물어도 이장은 영문을 모르겠다는 표정을 지을 뿐이었다.

"뭐 없어요. 왜?"

"피 냄새가 나서요."

"그래?"

이장이 코를 킁킁거렸다.

"난 안 나는데요? 지금도 나요?"

"아뇨, 지금은……."

모친이 고개를 가로젓는다.

"아유, 잠 못 잤는갑네. 푹 좀 쉬소. 그래야 점도 잘 보지."

"잘못 맡았나 보네요."

이런 곳에서 피 냄새를 맡을 수 없다고 판단한 모친은 상황을 웃어넘겼다. 이장이 자리를 뜨고, 모친은 다시 슈퍼를 향해 발걸음을 옮긴다.

요 며칠간 모친은 본인의 기가 눈에 띄게 약해졌다는 느낌을 받았다. 신령님과의 소통이 쉽지 않고, 한 번 신령님을 몸에 싣고 나면 곧 쓰러져 자기 일쑤였다. 동지에 가까워질수록 음기가 강해지기 때문인지도 모른다. 낮은 짧아지고, 밤은 길어진다.

슈퍼에서 장을 본 뒤 바깥으로 나왔을 때, 하늘이 흐릿해져 있었다. 비가 온다는 예보가 없었는데도 말이다. 으슬으슬 추운 바람이 몸 전체를 훑었다. 찌개를 끓일 식재료가 가득 담긴 봉투를 한 손에 쥐고, 그녀가 향한 곳은 당산나무 앞이었다. 금줄이 잘 묶여 있는지 확인했다. 그다음, 술과 떡을 꺼내 나무 앞 바닥에 올려 두었다.

그러고는 눈을 감고 중얼거리는데, 1분도 안 되어서 그녀는 화들짝 놀라 눈을 번쩍 떴다. 머릿속에서 떠오르면 안 될 것이 떠올랐기 때문이었다. 당산의 신령이 그녀에게 어떠한 광경을 보여 준 것이었다.

뭔가가 마을 입구를 지나 농로를 밟는다.

농로를 밟고, 주택을 지나 어딘가로 향한다.

그것이 들어오고 말았다…….

이 마을에…….

불길한 예감이 들었다. 그녀는 어쩔 줄 몰라 하다가 누군가에게 전화를 걸며 이동했다.

약 10분 뒤, 자택에 도착한 모친은 현관문을 열고 집 안으로 들어가자마자 기겁했다.

"엄마, 왔어?"

해맑게 웃는 딸 아윤. 그녀는 거실의 좌식 탁자에 앉아 밥을 먹고 있었다. 그리고 그 반대편에 앉아 있는 낯선 여성의 뒷모습. 이윽고 그녀가 고개를 돌렸다.

“안녕하세요. 오랜만이에요.”

예쁜 미소를 짓는 그녀는 이유현이었다. 몹시 오래전 보았던 사람이라 얼굴을 기억할 순 없었지만, 확신할 수 있었다. 틀림없이 이유현이다.

“유현이…… 왔니……?”

떨리는 음성으로 달갑지 못한 손님을 맞이했다. 유현은 말없이 고개를 끄덕거렸다. 곧이어 아윤은 엄마와의 약속을 가볍게 생각한 듯 유현과 대화하며 기쁘게 웃었다.

엄마는 유현을 경계했다. 그러한 태도가 부자연스러워 티가 날 정도였다. 그녀는 침묵한 채, 식재료 봉투를 부엌에 두고 방으로 향했다. 그곳에 들어가 문을 닫은 순간, 깊게 숨을 내쉬었다. 다리가 풀려 자리에 주저앉고 말았다. 그때 등이 문과 부딪히는 바람에 큰 소리가 나고 말았다.

이에 아윤이 수저를 놓고, “깜짝아. 엄마? 뭐 해? 괜찮아?”라고 물었다. 몇 초 뒤, 엄마의 목소리가 들려오자 아윤은 다시 입가에 미소를 머금고 유현과 대화했다.

“근데 넌 어떻게 더 예뻐졌냐? 남자 친구는 있어? 병원에서 만나는 경우는 없나?”

“아냐, 없어. 너는?”

“뒈질래. 묻지 마.”

두 사람의 대화는 마르지 않는 웃음으로 가득했다.

"맞다. 어제 있잖아."

그러던 중 아윤이 뭔가 재밌는 게 생각났다는 듯 장난스러운 표정으로 운을 뗐다. 유현은 아윤의 장난스러운 반응에 궁금한지 "뭔데?"라고 묻는다.

"엄마가 요즘 손님을 받기 싫은가 봐. 어제도 너 온다고 하니까 내키지 않는 듯한 눈치더라고. 뭔 이상한 핑계를 대. 네가 네가 아니래. 뭔 말이야. 쿡쿡."

아윤의 웃음소리가 주변으로 흩어지고, 정적이 내려앉았다. 유현은 엷은 미소를 띤 채 아무 말 없이 아윤을 바라보았다. 눈도 살짝 웃고 있었는데, 그렇기 때문인지 안광이 전혀 보이지 않았다.

"아, 웃겨."

아윤이 간신히 웃음을 참고 고개를 들어 올렸다. 그럼에도 유현은 똑같은 표정으로 가만히 멈춰 있었다. 이상함을 느낀 아윤은 자기 옷에 뭐가 묻었는지 확인했다. 본인 주위에 시선을 끌 만한 뭔가가 없다는 것을 깨닫고, 다시 유현을 쳐다보았다.

유현은 여전히 엷은 미소를 띠고 있었다.

아무 말 없이.

숨도 쉬지 않고.

"왜……?"

그렇게 물어도 대답은 돌아오지 않는다.

긴장감이 두 사람 주위를 둘러싸기 시작했다.

아윤의 심장 박동이 빨라진다.

"유현아?"

유현이 꼼짝하지 않자 아윤은 상체를 맞은편으로 들이밀었다. 그때, 국그릇 위에 올려 두었던 젓가락이 옷가지에 걸려 바닥으로 떨어지고 말았다.

"엇."

그 소리에 화들짝 놀라 고개를 숙였다.

"나 젓가락 떨어뜨렸어. 잠시만."

젓가락이 어디 간 걸까.

고개를 오른쪽으로 돌렸다. 허벅지 옆에 젓가락이 떨어져 있었다.

젓가락을 주우려 바닥에 손을 짚었을 때였다.

등 뒤에서 기척이 느껴졌다.

시야 가장자리로 뭔가가 힐끗 보였다.

위치상 등 뒤에 있는 뭔가였다.

아윤은 몸이 굳고 말았다.

뒤에 있는 것이 사람이라는 것을 깨달았기 때문이었다. 그리고 얼핏 보이는 그 사람의 손과 다리는 피로 범벅되어 있었다.

맨몸이다.

피가 고여 있는 웅덩이에서 뒹군 듯하다.

아윤의 호흡이 거칠어졌다.

몸이 말을 듣질 않는다.

고개를 원상태로 되돌릴 수조차 없다.

'도대체 뭐야……?'

그때, 누군가가 왼쪽 어깨를 툭툭 두드리는 바람에 비명을 지르며 기겁할 수밖에 없었다.

"아윤아?"

눈을 뜨자 유현이 곤혹스러운 표정을 짓고 있었다. 맞은편에 다소곳이 앉은 채, 왜 그러냐는 반응으로 눈을 끔뻑거린다.

"아, 아냐……."

그렇게 말했지만, 아윤은 의구심을 억누를 수 없었다. 다시 뒤를 돌아봤을 때, 그것은 온데간데없이 사라진 상태였다.

식사를 끝마친 후, 아윤은 유현을 방 안으로 데리고 들어왔다.

"침대에 앉아도 돼."

"정말?"

"편하게 있어."

아윤은 책상 앞 의자에 앉았다. 두 사람의 그런 모습이 **과거의 어느 장면**과 꽤 닮아 있었다. 유현이 두리번거렸다.

"고마워. 근데 방 잘 꾸몄다. 아늑해."

"그래? 방은 아늑해야지."

아윤이 몸을 돌려 책상 위의 노트북을 바라보았다.

“그치. 내 동생 방 같네.”

“그래?”

무의식적으로 그렇게 묻고 나서 아윤의 두뇌 회전이 순식간에 멈추고 말았다. 그것의 연장선일까, 곧 몸 전체도 완전히 굳고 말았다.

‘동생……? 방금, 동생이라고 했나……?’

마음 깊숙한 곳에 의문부호가 가득 떠다녔다. 진실을 물어보려던 찰나, 유현의 목소리가 날아들었다.

“나 물 좀 마시고 와도 돼?”

“어? 어……. 정수기 어딨는지 알아?”

“모르겠어. 알려 줘.”

또다시 유현이 미소 지었다. 언제나 그렇듯 유현의 미소엔 뭔지 모를 따뜻함이 담겨 있었다. 유현을 정수기 앞으로 안내하고 나서 아윤은 방 안으로 돌아왔다. 그때, 침대 위에 놓인 유현의 휴대폰 화면이 불쑥 켜졌다. 메시지 알림이 온 탓이었다. 발신인의 이름이 ‘세령’이라고 저장되어 있었다.

[전화 좀 받아 주세요.]

무슨 일인지 전혀 예상할 수 없는 문자 내용이었다. 그때, 아윤의 눈에 대수롭지 않게 넘길 수 없는 것이 들어왔다. 그것은 바로 휴대폰 배경 화면이었다. 그곳에 유현과 알 수 없는 여성의 얼굴이 함께 떠올라 있었다. 곧바로 든 생각은 두 사람이 무척이

나 닮았다는 것이었다.

'동생……이라고?'

아윤은 서둘러 노트북 앞에 앉았다. 유현은 현재 N시에 살고 있다고 했다. 분명히. 노트북 자판을 두드렸다. 그에 따라 검색 엔진의 검색창에 글자가 입력되기 시작했다.

N시 발생 사건 목록

N시 사건

없다. 나오지 않는다.

N시 사고

나오지 않는다.

N시 살인 사건

해당 문구를 입력한 순간, 여러 기사가 그녀의 시선을 휘갈겼다. 그러한 기사 중 특이한 타이틀을 지닌 기사가 있었다.

■ N시 마귀 살인 사건에 대하여

그녀는 홀린 듯 해당 기사를 클릭했다. 그리고 그 기사 중반부에 다다르자 심장이 쿵 내려앉는 듯했다. 그곳에 사진이 첨부되어 있었다. 해당 사진은 흑백으로 처리되어 있었는데, 그 사진 속엔 한 여학생이 있었다.

"그럴 리가…….."

그리고 그 여학생은…… 유현의 휴대폰 배경 화면에 있는 여성이었다.

해당 사실을 깨닫자마자 아윤은 시야가 흐려지고, 땅 밑으로 푹 꺼지는 것 같은 감각에 휩싸였다.

어지럽다.

눈앞 노트북 속에 떠오른 기사의 활자가 요동쳤다. 그 글자들은 커졌다 작아지기를 반복했다.

피해자 **사망**.

두부 절단.

가해자는 부모.

사체 **훼손**.

두개골 함몰.

목·복부 자상.

17차례 이상 찔린 것으로 추정.

손바닥 관통상.

저항흔으로 추정.

허리 절상.

신체 전반에 걸친 타박상.

팔 찰과상.

화장실을 뒤덮은 혈흔.

사망한 뒤에도 계속된 칼질로 잘린 목.

사인은 둔기에 의한 골절로 추정.

가해 부모는 사이비 신자.

선신교.

가정폭력·학대 요지 발견.

학업·입시 압박.

최초 신고자는 **피해자 이서현의 친언니.**

글자가 몹시 징그러웠다. 토가 쏟아져 나올 것 같았다. 아닌 게 아니라 아윤은 이미 치밀어오르는 구역감을 억누르지 못해 몇 번이고 구역질을 한 상태였다.

"우욱."

머리가 핑 돌았다. 아윤은 도무지 참을 수 없어 입을 틀어막고 자리를 박차고 일어났다. 휘청거리며 방문을 연다. 화장실로 달려가 조금 전, 유현과 함께 먹었던 음식을 토해 냈다. 조금 전보다 위가 가볍다. 모든 것을 토해 내고 나니 구역감은 삽시간에 사라졌다. 다만, 여전히 호흡은 거칠었다.

이윽고 물 내림 버튼을 누르려는데 문득 묘한 기분이 들었다. 턱 아래 변기 물에서 찰랑찰랑 물방울이 튀어 올랐기 때문이었다. 무슨 일인가 싶어 고개를 떨구자마자 아윤은 비명을 내지르며 바닥에 주저앉고 말았다. 변기 물에 두꺼비 여러 마리가 떠다녔다. 그것들이 움직임을 거듭할 때마다 찰팍하는 소리와 함께 물이 튀어 올랐다.

"뭐야……."

그제야 목구멍에 통증이 돋아나기 시작했다.

두꺼비처럼 큰 것을 연신 토해 내기라도 한 듯 아린 통증이.

몸 깊숙한 곳에서부터 비린내가 피어올랐다.

목구멍 위쪽까지 치솟은 악취를 느끼자마자 또다시 구역감이 치솟았다.

"우웩."

아윤의 볼이 가득 차올랐다. 머리끝까지 소름이 끼쳤다. 미끌미끌하고…… 둥근 뭔가가 입속에서 꿈틀거렸다.

정신이 아득해졌다. 입 안에 있는 것이 발버둥 친다. 아윤의 입이 벌어졌다. 입에서 튀어나온 뭔가가 허벅지로 툭 떨어졌다.

무거웠다.

미역 줄기를 본뜬 듯한 색감의 덩어리.

두꺼비다.

분명히 봤다. 이번엔 분명히 봤다.

아윤의 시야가 까마득해졌다.

어지럽다.

정신을 잃는다.

정신을…….

"요망한 것."

방 안의 엄마는 염불을 외듯 중얼거리면서 분주히 움직였다. 그녀는 방 곳곳에 놓여 있던 무구를 방 한가운데에 모았다.

신칼, 무당 방울, 부채, 설경, 작두, 삼지창, 칠성검, 오방기, 소금, 도목검.

무구를 다 갖추었는지 확인한 다음, 눈짓으로 신령을 한번 쳐다본 순간이었다.

"응?"

무심코 천장을 올려다보았다. 뭔가가 지붕을 때렸다. 의심을 품을 겨를도 없이 번개가 번쩍였다. 어둑하게 가라앉은 방이 훤히 밝아졌다. 이윽고 천둥이 집 주변을 울렸다.

비가 오는 것이었다.

창문을 무섭게 때리는 것이 금방이라도 장대비로 둔갑할 기색이었다.

심장이 터져나갈 듯 쿵쾅댔다.

신당의 촛불이 미친 듯이 흔들렸다.

그녀는 칠성검을 손에 쥐고, 거실로 나갔다.

눈 깜짝할 새에 바깥이 어두워졌다.

그래서인지 거실도 어두컴컴한 벽색으로 둔갑해 있었다.

"아윤아……."

심호흡 뒤, 딸아이의 이름을 나지막이 불렀다. 대답이 돌아오지 않는다. 딸아이의 방에 들어간다.

없다.

어둑한 방 안에 노트북 화면만이 푸르딩딩하게 빛나고 있을 뿐이었다. 그녀는 홀린 듯이 노트북 앞으로 걸어갔다.

"너구나……. 네가 울었구나……. 불쌍한 것……."

노트북 화면 속에 떠오른 이서현의 사진을 보자마자 저절로 흘러나온 말이었다. 그 목소리가 방 안의 어둠을 잠시 밀어내는가 싶더니 다시 번개가 맹렬히 번쩍였다.

"네 언니는 내가 구할 끼니까. 편히 쉬어라. 더 이상 알려 주지 않아도 되니까."

몹시 작은 목소리임에도 뭔지 모를 위엄이 깃들어 있었다. 그때, 등 뒤에서 기척이 느껴졌다. 그녀는 즉시 뒤로 돌았다. 거실에서 뭔가가 움직였다. 틀림없이.

칠성검을 치켜들고 조심스레 발걸음을 옮겼다. 그런 그녀가 향한 곳은 화장실이었다. 화장실 문틈 사이로 빛이 새어 나오고 있었다.

"아윤아……."

화장실 문을 민 순간, 그녀는 심장이 찢어지는 감각에 사로잡혀 칠성검을 떨어뜨리고 말았다. 화장실이 그로테스크한 풍경으로 변해 있었기 때문이었다.

벽면과 거울, 변기 등 화장실 전체를 뒤덮은 검붉은 피.

세면대에 놓인 망치와 식칼.

타일 바닥에 누워 있는 누군가.

이곳저곳 대롱대롱 달라붙어 있는 몸의 파편.

생리적으로 노출되어선 안 되는 울긋불긋한 것이 피부층을 비집고 바깥으로 튀어나와 있다.

찢어지고, 뜯어지고, 움푹 들어간 살갗과 위로 솟아 있는 살갗.

피로 물든 반바지와 상의.

누워 있는 사람의 목 부분이 이상하다.

목의 끝부분 피부가 톱니 모양처럼 불규칙하게 뾰족이 솟아 있다.

그 위가 없다.

목 위에 붙어 있어야 할 것이 없다.

머리가……, 머리가 목과 분리되어 있다.

머리는 목과 살짝 떨어진 위치에 힘없이 놓여 있다.

검은 단발 머리칼은 피로 찐득이 엉켜 있다.

천장을 바라보는 창백한 얼굴 또한 피로 물들어 있다.

회까닥 위로 뒤집혀 있는 눈.

몹시 희미하게 보이는 동공.

약간 벌어진 입술.

그러나…… 화장실에 있는 시체는 딸아이 아윤이 아니었다.

이 시체는…… 방금 노트북을 통해 보았던 기사 속 여학생 이서현이었다.

이것이 환영이라는 것을 깨닫자 그녀의 눈앞이 훤해졌다. 화장실의 풍경이 되돌아온 것이었다. 타일 바닥에 딸 아윤이 쓰러져 있었다.

"아윤아! 정신 차려!"

그녀는 아윤의 어깨를 흔들었다. 아윤의 입에서 알 수 없는 액체가 흘러나오고 있었다. 기도가 막혔을지도 모른다고 생각한 그녀는 딸아이의 입을 벌리고 손가락을 집어넣었다.

그 순간이었다.

삐그덕.

거실 바닥이 짓눌리는 소리가 울려 퍼졌다. 단 한 번도 거실 바닥에서 저런 소리가 난 적이 없었다. 무게가 엄청나야 바닥이 짓눌리며 저런 소리가 들릴 테다.

등 뒤에 뭔가가 있다.

그녀는 재빨리 고개를 돌렸다.

화장실 앞에 자그마한 무언가가 앉아 있었다.

그것은…… 흉사의 시작을 알리는 검은 고양이였다.

온다.

온다.

동쪽에서 온다.

북동쪽에서 온다.

그것이…….

3

대형 세단이 ○▽번 국도에 들어서자 예보에도 없던 비구름이 잔뜩 끼기 시작했다. 악의를 머금은 구름으로부터 차창에 빗방울이 곤두박질치기까지는 불과 5초면 충분했다.

조수석에 타 있던 세령의 고막에 또다시 괴이한 통증이 발발했다. 그녀는 인상을 찌푸리고, 반사적으로 귀를 틀어막았다.

"괜찮으세요?"

도결이 걱정스러운 눈빛을 보냈다. 반면, 세령은 그 목소리가 들리지 않는 듯 통증에 집중하기에 바빴다. 그 통증 속에서 뭔가가 들리기라도 하는 것처럼 말이다. 귓바퀴를 타고, 노인의 목소리 같은 것이…….

“아……, 이상한 게 들려요.”

“어떤……?”

“룩스…… 엑스팅귀투르…….”

세령이 주문 같은 것을 내뱉자마자 도결이 휘둥그레진 눈으로 조수석을 쳐다보았다. 그녀가 뱉은 말은 라틴어였다. 이윽고 그가 세령의 라틴어를 해석하듯 말을 잇는다.

“빛이 사라져 간다…….”

“렉스 멘닥스 에바네스키트.”

“거짓된 왕이 사라져 간다.”

“베스트룸 베룸 레겜 코리테.”

“너희들의 진짜 왕을 섬겨라.”

그 무렵, 도결의 시야에 괴상한 것이 들어왔다. 세령의 팔목에 휘감긴 붉은색 팔찌. 그 부근의 피부가 어둡게 가라앉아 있었다.

“쿠티스 베스트라 인 두아스 신데투르.”

세령의 목소리가 점점 낮게 깔린다.

“너희의 살갗은 두 쪽으로 찢어질 것이며.”

살인적인 기세로 빗물이 달려든다.

“엣 엑스 일리스 비스쿠스 아트궤 상구이스 에플루엣.”

“그 속에서는 내장과 피가 흘러나올 것이다.”

천둥이 천지를 울린다.

“오사 아우템 시네 두비오 콘프린겐투르.”

"뼈는 기필코 산산이 부서질 것이다."

악마의 목소리가 세령의 귓전을 문지른다.

"시쿠트 이드 데스크리비투르, 테르라 핀데투르."

"그것을 비유하듯, 대지는 갈라지고."

"엣 엑스 리미스 플람마 에테르나 에룬펫."

"그 틈에서는 영원한 불꽃만이 솟구칠 것이다."

"피데스 멘닥스 코르루엣……."

"거짓된 신앙은 결국 무너져 내릴 것이다……."

"Yahim hu netsach(야힘 후 네차흐.)."

세령의 떨리는 음성이 사라지기도 전에 도결은 의구심에 사로잡혔다.

"그건…… 라틴어가 아니에요."

"네?"

눈을 뜬 세령이 심각한 표정으로 되물었다. 지옥의 소리는 사라진 상태였다.

"고대 히브리어 같은데요. 무슨 뜻인지는 모르겠습니다. 다만, 고대 히브리어를 사용한다는 것은 역시 그 존재, 바엘이 고대 신인 바알과 동일한 존재라는 것이겠죠."

도결의 말에 세령은 잠시 당황하다가 이내 정신을 차리고 가방을 뒤적거렸다. 그러던 중 문득 도결의 시야에 세령의 팔이 들어왔다.

“그거…… 팔찌 뭡니까?”

조심스럽게 묻는 도결. 세령은 가방을 뒤적거리다가 행동을 멈추었다. 그러곤 손을 들어 팔찌를 바라보았다.

“야광 팔찌인데, 튜브 속에 있는 액체를 빼고 유현 씨의 피를 넣었어요.”

“네? 왜 그런 짓을……?”

“오늘은 음력으로 그믐이에요. 달이 보이지 않아서 음기가 강한 날이죠. 영계가 열리는 날이에요. 두 세계의 경계선이 말도 안 될 정도로 얇아진다는 것을 뜻하기도 하구요. 그런데 음력 그믐은 귀들에게만 영향을 주는 게 아니에요. 저 같은 사람한테도 영향을 주죠. 영감에 더 민감해지고, 감지하는 폭이 더 넓어져요.”

“그렇다면 본인의 영감을 통제하기가 더 어려워진다는 것 아닙니까?”

“거기까진 생각하지 않았어요. 이 팔찌는…… 부마자의 피를 활용해서 영적 연결을 유도한 거예요.”

“영적 연결……, 어느 쪽이죠?”

도결은 세령이 악령과 유현의 혼 중 어떠한 것과 영적 연결을 시도한 것인지 궁금했다.

“양쪽 다예요. 부마자의 피이기 때문에 두 존재가 뒤섞여 있다고 볼 수 있어요. 아무래도 그것의 목소리가 들린 건, 이 팔찌 때문일 겁니다.”

"그럼……, 지금 이유현 씨의 목소리는……?"

잠깐의 정적 뒤, 세령이 나지막이 말했다.

"들리지 않았어요."

4

검은 고양이는 구릿빛 안구를 지니고 있었다. 일자로 가늘어진 동공은 뱀의 눈을 연상케 했다. 엄마는 숨죽여 고양이를 바라보았다. 고요한 분위기 속에서 그녀의 거친 숨소리만이 화장실을 울렸다.

고양이는 움직이지 않는다. 가만히 앉아 그녀를 뚫어져라 쳐다볼 뿐이었다.

그 상태로 몇십 초가 지났을까, 갑작스레 고양이 측면에서 팔이 쭉 뻗어 나오더니 놀라울 정도로 빠른 속도로 고양이의 머리를 낚아챘다. 고양이는 찢어지는 비명을 내지르며 오른쪽으로 순식간에 끌려갔다.

무서운 비명이 오른편에서 울려 퍼지지만, 엄마의 시야각에선 보이지 않는 각도였다. 뭔가가 으스러지는 소리와 찢어지는 듯한 소리가 몇 번이고 들려오더니 화장실 앞으로 뭔가가 날아왔다.

그건 고양이의 머리와 찢어진 신체 일부였다.

엄마의 턱이 부르르 떨렸다.

이해할 수 없을 정도로 심한 한기가 불어닥쳤다. 거실로부터.

그녀는 아무것도 할 수 없었다.

무당 일을 40년 가까이 해 왔지만, 이 집에 함께 있는 존재는 예사 마귀나 잡귀 따위가 아니었다.

그들을 아득히 상회하는 존재다.

하릴없이 죽고 만다.

이러한 것을 만난다면.

공포심에 짓눌려 정신을 잃기 직전이었다.

묘한 기운이 느껴졌다.

뭔가가 끊어진 듯한.

오랫동안 이어져 있던 실 같은 것이 가차 없이 잘려 버린 듯한.

곧 그녀는 경직된 채, 하염없이 눈물을 흘렸다.

장대비를 뚫고 승용차 한 대가 묘고 마을로 향하는 한적한 국도를 내달렸다. 해당 차량엔 무속인들이 탑승해 있었다.

"뭔 일 나분 것 같어. 빨리 좀 가자잉."

차량 뒷좌석에 앉아 있던 고도 법사가 쉰 목소리로 말했다. 이어 삼신할매를 모시는 미수 무당이 조수석에서 그를 거들었다.

"언니 목소리가 이상하던데. 기운이 안 좋아. 오늘 또 그믐이잖아. 음기가 득실득실."

그녀는 마음속에서 피어오르는 불안을 잠재우려는 듯 콘솔 박스에서 껌을 꺼내 씹었다.

"안 그래도 빨리 가고 있어요. 무악기 챙기느라 좀 늦은 것 같네."

화랭이 현수는 걱정스러운 표정으로 룸미러를 쳐다보았다. 뒷좌석의 젊은 화랭이 선영은 꺼림칙함을 느꼈는지 안색이 그리 좋지 않았다. 이윽고 괴로워하듯 눈을 찡그려 감고 모시는 용왕에게 이 상황을 벗어나게 해 달라고 빌기 시작한다.

"쓰읍, 우리 할매가 계속 가지 말라는디."

문득 미수 무당이 말했다.

"할매가요?"

현수가 미수 무당을 쳐다보았다.

"법사님, 언니랑 연락돼?"

미수 무당이 뒷좌석으로 고개를 돌렸다. 이에 법사는 휴대폰을 꺼내더니 눈살을 찌푸리고 화면을 쳐다본다.

"없어. 연락 없다. 아따 걱정되네, 진짜로."

고도 법사가 한숨을 내쉰다.

"비가 뭐 이렇게 오냐."

창문을 유심히 쳐다보던 미수 무당이 탄식했다.

선영은 주변을 두리번거렸다. 극도의 공포심에 뇌 전체가 물들어 버린 듯 일그러진 표정이었다. 눈알을 이리저리 굴리고, 거칠게 호흡한다.

어느덧 국도에 안개가 내려앉았다. 현수가 인상을 찡그렸다.

“하나도 안 보이네.”

그다음 순간, 현수는 곤혹스러움에 빠지고 말았다.

“어?”

몹시 당황한 얼굴로 몸 둘 바를 몰라 한다. 몇 초 뒤, 이상함을 감지한 미수 무당이 “왜 그러냐.”라고 물었다.

차량의 속도가 오른다.

“속도 좀 줄여.”

미수 무당의 어조에 싫증이 담겨 있었다.

“아니, 액셀을 안 밟았는데. 이게, 액셀이…….”

“현수야, 뭐더냐.”

법사가 앞좌석으로 상체를 들이밀었다. 그때 법사는 믿을 수 없는 광경을 포착했다. 현수가 액셀을 밟고 있지 않음에도 액셀이 절로 눌러져 있었다. 그것을 보았을 무렵, 차량의 속도는 무려 시속 120km를 돌파한 상태였다.

심상치 않은 상황이 발생했다는 것을 깨달은 선영은 자기도 모르게 눈물을 흘렸다. 이 상황을 받아들일 수가 없었으니까.

곧 네 사람의 동공이 요동쳤다. 제일 먼저 비명을 내지른 사람은 미수 무당이었다. 전방의 안개 속에서 돌연 화물차가 등장했기 때문이었다.

미수 무당의 비명이 끊기기도 전에 승용차가 화물차를 들이받았다. 상상을 초월할 정도의 굉음 속에서 승용차는 순식간에 화물차 밑으로 빨려 들어갔다.

차량의 앞부분이 말려 들어가며 안쪽으로 밀린 차량 지붕에 앞좌석의 현수와 미수 무당의 상반신이 찰나의 순간에 압착되었다. 근육이 파괴되고, 뼈가 으스러진 다음, 주요 장기가 짓눌렸다. 두 사람은 두개골 골절로 고통을 느끼기도 전에 사망했다.

잠시 뒤, 눈을 뜬 사람은 화랭이 선영뿐이었다. 힘겹게 주변을 살펴보려고 하지만, 몸이 전혀 움직이질 않았다. 차가 찌그러지며 몸이 짓눌린 탓이었다. 곧 기묘한 냄새가 코끝을 자극했다. 살갗이 떨릴 정도로 공포스러운 냄새였다. 그것이 혈액 특유의 화학적인 냄새라는 것을 알아차린 순간, 하반신에서 엄청난 고통이 밀려들었다.

그러거나 말거나 희뿌연 연기는 그녀의 얼굴을 덮쳐 왔다.

5

동료 무속인들이 죽었다.
직감으로 알 수 있었다.
나 때문이다.
내가 도움을 요청했기 때문이다.

미련하게도.

죄책감이 파도처럼 밀려왔다. 떨쳐 낼 수 없을 정도의 규모다.

그리고 그 죄책감을 자극하려는 듯 문 근처에서 발소리가 들렸다.

곧이어 맨발이 나타났다. 맨발은 화장실 문 앞 카펫에 나뒹구는 고양이 머리를 밟았다. 찰박거리는 기괴한 소리가 났다.

검붉은 피로 물든 두 발이 평행을 이루었다.

엄마는 시선을 점차 위로 올렸다.

얼룩진 청바지.

레이어드로 삐져나온 셔츠.

손에 들린 괴상한 핏빛 덩어리.

블랙 니트 카디건.

흰색 칼라에 묻어 있는 검붉은 피.

가느다란 목.

그 위에 달린 얼굴은 실로 흉측했다. 입이 있어야 할 자리에 두꺼비의 눈이 한 개 박혀 있었고, 본래 유현의 눈은 고양이의 눈처럼 세로 동공으로 변했으며 구릿빛으로 빛나고 있었다. 그뿐만 아니라 남은 피부의 여백을 지우려는 듯 뺨과 이마 등에 돋아난 여러 개의 입과 짐승의 이빨이 혈액으로 얼룩져 있었다.

그야말로 눈앞에 서 있는 것은 악마였다.

"유현아……."

이제껏 느껴 보지 못한 공포에 목소리가 갈대처럼 흔들렸다. 목구멍이 머리카락으로 꽉 막힌 듯한 기분 또한 역겨울 정도로 강하게 느껴졌다.

"유현아……. 네…… 거 있나? 안에 있제?"

엄마는 눈물을 닦았다. 마지막 힘을 쥐어짜 내 물었다. 그런 탓에 온몸이 주체할 수 없을 정도로 떨렸다.

"그라믄…… 퍼뜩 나온나……."

애원하는 투로 빌었다. 그러나 맞은편에 서 있는 그것은 그로테스크한 얼굴로 무당을 내려다볼 뿐이었다.

곧이어 벌어진 살갗 여러 군데에서 알 수 없는 목소리가 터져 나오기 시작했다. 그 목소리는 지옥의 비명을 한데 모은 듯하여 절대 이 세상의 것이 아니었다.

"너희 인간은 나를 주군으로 섬겼다. 그리하여 풍요를 이룩해 주었더니 세기가 흐른 후엔 거짓된 왕을 섬겼다. 너희는 서로를 믿지 못해 미워했고, 거짓된 왕이 주었다고 하는 소중하고도 미천한 몸을 자르고, 불태우고, 짓뭉갰다. 나는 너희의 그러한 모순을 알고 있다. 너희는 수 세기 동안 거리낌 없이 행해 왔던 일에 죄라는 이름을 붙이고, 날마다 거짓된 왕에게 지금까지 지어 온 죄를 사하여 달라고 빈다. 그럼에도 너희는 무한히 죄를 지을 것이다. 또한 너희는 같은 하늘 아래라고 말하지만, 각기 다른 왕을 모신다. 나는 너희의 모순을 알고 있다. 너희는 정의를 위해 불의를 저지른다. 너희는 자유를 원하지만, 그에 따른 책임을 회피한다. 너희는 도덕을 강조하지만, 자기 자신에겐 관대한 태도를 보인다. 너희는 진실에 목을 매달지만, 진실을 피하기 위해서도 목을 매단다. 나는 너희의 모순을 알고 있다. 너희는 기적을 바라지만, 기적이 없다고 말한다. 너희는 평화를 갈망하지만, 전쟁을 준비한다. 너희는 신을 찾지만, 신이 자신을 볼까 두려워한다. 너희는 뭔가를 떠올리기 싫어하지만, 결국 그것을 가장 먼저 떠올린다. 너희는 믿음 속에서 의심을 꽃피운다. 나는 너희의 그러한 모순이 너희가 일컫는 악과 상응한다는 것을 잘 알고 있다.”

집 전체를 요란히 울리던 목소리가 순식간에 멎었다. 몇 초 뒤, 엄마의 입에서 다량의 혈액이 쏟아져 나왔다. 뭔가가 심장을 힘껏 쥐어짠다. 극심한 통증에 숨이 넘어간다.

“너는…… 도대체…… 무엇이냐…….”

그럼에도 엄마는 물었다. 곧 그녀의 옆으로 미용 가위가 떨어지며 타일 바닥을 경쾌하게 울렸다.

“나는.”

그것의 목소리가 그녀의 귓바퀴를 찢었다. 그녀는 홀린 듯이 가위를 손에 쥐었다.

“모순으로 물든 너희가.”

그것이 말을 이어 갈수록 그녀는 몸의 통제권을 잃어 갔다. 어느덧 가위를 붙잡은 양손이 점차 높이 올라가기 시작했다. 동시에 그녀의 고개가 뒤로 젖혀진다. 입안에 고인 침이 입술 바깥으로 흘러나왔다. 두려움에 물든 동공이 천장을 응시했다.

"또 다른 모순을 낳기 위해."

그녀의 울대와 미용 가위의 날카로운 날 끝이 수직을 이루기 직전이었다. 정신이 나갈 것 같았다. 그녀는 조용히 눈을 감았다. 동시에 그것의 목소리가 그녀의 고막을 찢었다.

"부른 차다."

제 6 장 종언

정신 사나운 빗소리가 울려 퍼지는 가운데, 차량의 문이 열리고 닫히는 소리가 강렬하게 위로 떠올랐다. 세령과 도결은 우산도 쓰지 않고, 칠흑 속에서 뒤틀리고 있는 어느 주택을 향해 달려갔다. 그러나 현관문은 굳게 닫혀 있었고, 집 안쪽에서 새어 나오는 불빛은 없었다. 도결은 뭔가를 결심한 듯 마당의 돌을 주웠다.

"세령 씨, 비키세요."

창문으로 집 안 내부를 확인하려던 세령이 뒤로 물러나자마자 도결이 돌을 던졌다. 생각지도 못한 사이에 창문이 박살 나 버리는 바람에 별안간 놀라지 않을 수가 없었다. 그러나 세령은 빠르게 상황 파악을 한 뒤 도결에게 겉옷을 건넸다. 도결은 세령에게 받은 가죽 재킷을 오른손에 휘감았다. 그러곤 창틀에 솟은 유리 조각을 전부 쳐 냈다. 이윽고 창틀 하단부에 가죽 재킷을 깐 뒤 창문을 넘었다.

"조심히 들어오세요."

도결은 세령이 안전히 집 내부로 들어온 것을 확인한 다음, 재빨리 거실의 칠흑 속으로 목소리를 던졌다.

"안 계세요? 이유현 씨?"

도결이 휴대폰 플래시를 켰다. 재빨리 형광등 전원 스위치를 찾았지만, 스위치는 작동하지 않았다. 별수 없이 휴대폰 플래시에 의지한 채, 도결과 세령은 집 전체를 샅샅이 뒤지기 시작했다. 그들이 걷는 곳마다 빗물로 인해 족적이 남았다. 그러다가 도결이 문득 문이 굳게 닫힌 화장실 안에서 기척이 발생하고 있다는 것을 깨닫고, 조심히 이동했다.

화장실 앞에 다다랐을 때, 도결의 신발에 이물질이 밟혔다. 빛으로 바닥을 비추자마자 도결은 소리 없이 경악했다. 그곳에 고양이 사체가 있었기 때문이었다. 겉으로 티는 내지 않았지만, 무척이나 놀랐다.

그런데 고양이 사체 옆에 뭔가가 있었다.

그건…… 사람의 손이었다.

"세령 씨!"

도결의 부름에 세령이 빠르게 다가왔다. 곧이어 두 사람은 바닥에 쓰러져 있는 유현을 발견했다.

"유현 씨! 괜찮으세요?"

화들짝 놀란 세령이 유현의 의식을 확인한다. 그러는 사이 도결은 조심스레 화장실 문을 열었다. 화장실 또한 어스름으로 뭉개져 있었는데, 빛을 비추자 앉아 있는 여성이 보였다.

"괜찮으신가요……?"

도결의 목소리가 화장실을 울렸다. 여성은 겁에 질린 표정으로 무릎을 끌어안고 있었다. 벌벌 떠는 몸과 입술. 얼굴은 창백해져 있었다. 그녀는 서아윤이었다.

"아, 엄마……."

떨리는 음성이 도결의 귓전에 닿았다. 도결은 문득 고개를 떨궜다. 화장실 바닥이 피로 물들어 있었다. 누군가가 피를 토해 낸 것처럼.

이미 심각한 일이 벌어진 뒤라는 것을 깨달은 도결이 세령에게 해당 사실을 전달하려 고개를 돌린 순간이었다. 거실을 바라보는 세령의 옆모습이 이상했다. 눈을 전혀 깜빡이지 않았다. 더군다나 턱은 미세하게 떨려 오고 있었으며, 불안정한 호흡을 하고 있었다.

등 뒤, 거실에 뭔가가 있다고 판단한즉, 도결이 몸을 돌렸다. 그러나…… 아무것도 보이지 않았다. 깊은 칠흑이 눈앞에 팽팽히 펼쳐져 있을 뿐이었다. 플래시가 켜진 휴대폰을 들어 올리려고 한 순간, 세령이 그의 팔목을 붙잡았다. 그녀의 악력이 점점 강해졌다.

집 내부를 가득 메운 스산한 공기가 긴장감으로 둔갑하기 시작했다. 이리저리 빗발치는 빗소리 속에서 알 수 없는 고양이의 울음소리와 두꺼비의 울음소리가 일제히 들려온다.

별안간 번개가 쳤다. 주변이 번쩍이며 집 안 내부를 밝혔다. 그 즉시 아윤의 찢어지는 비명이 천둥소리와 함께 울려 퍼졌다. 그녀는 또다시 정신을 잃고 말았다.

번개가 쳤을 때, 세령과 도결의 눈에 들어온 것은 거실 벽면이었다. 찰나의 순간, 벽면에 여성이 양팔을 쭉 벌린 채, 못에 박힌 듯 매달려 있는 것을 보았다. 옷이 피로 물들어 있었으며 갈라진 배에서 뭔가가 흘러나오고 있었다. 그 모습이 십자가에 못 박힌 예수 그리스도를 연상케 했다.

참혹한 광경을 눈에 담자마자 세령의 머릿속에서 과거가 그려지기 시작했다.

무당이 본인의 목에 미용 가위를 찌르기 직전이었다. 손에 힘이 풀리며 가위가 바닥으로 떨어졌다. 무당은 곧 뭔가를 깨달은 듯 재빨리 가위를 주워 자신의 심장을 찔렀다. 윽 하는 소리가 사라지고 무당이 가위를 뽑아내자, 피가 분사되었다. 유현의 몸과 얼굴에 피가 튀었다. 무당은 화장실 바닥에 힘없이 고꾸라졌다.

“만신의 몸을 가졌다 하여 지상계로 현현할 잉태의 그릇으로 삼으려 했으나, 이리 지옥에 가기를 택하다니.”

악령이 유현의 입을 빌려 말했다.

그렇다. 악귀는 지상으로 올라오기 위해 솜씨 좋은 무당의 몸을 그릇 삼으려는 것이었다. 무당에게 겁을 줘, 마음속으로 비집고 들어갈 틈 혹은 통로를 만들려고 했으나, 아윤의 모친은 그러한 악령의 속셈을 일찌감치 깨닫고 스스로 목숨을 끊었다.

이윽고 악귀는 분풀이하듯 무당의 몸을 던지고, 짓뭉개고, 부수고, 찢었다. 아윤이 정신을 차리고 일어났을 땐, 이미 너무 늦은 후였다.

세령이 환시에서 빠져나온 직후, 도결을 쳐다보며 입을 열었다.

“일단 신고를……..”

돌연 세령의 몸이 공중으로 붕 떴다. 이윽고 맹렬한 속도로 날아가더니 벽면의 괘종시계와 충돌했다.

세령이 어둠 속으로 사라지고, 당황한 도결에게 생각할 틈을 주지 않으려는 듯 곧바로 오른편에서 유현이 떠올랐다. 섬찟한 기척에 도결이 고개를 돌렸다. 악령의 얼굴을 한 유현이 기괴한 몸짓으로 다가온다.

도결은 뒷걸음질 쳤다. 손에 든 가방에서 성경과 묵주를 꺼내면서.

어느덧 무당의 시체가 매달린 벽면에 등이 맞부딪혔다.

묵주를 꽉 쥔 손이 새하얘져 있었다.

"……네 이름을 안다."

도결은 두려움을 감추듯 무표정으로 가방을 바닥에 내려놓으며 말했다. 이에 그것은 소름 끼치는 미소로 반응했다. 거실의 칠흑 속에서 그것의 세 눈이 노랗게 빛나고 있었다. 이윽고 육중한 목소리가 거실 전체를 울렸다.

"일천구백구십구년 팔월 십일일, 일곱 살이었던 네놈이 불쌍한 어미를 죽음으로 내몰고, 아비에게 미움받았던 것을 안다. 네 까짓 놈을 구하겠다고 물에 뛰어든 어미는 폐가 찢기는 고통 속에서 죽었다."

도결의 동공이 요동쳤다. 그럼에도 그는 해야 할 것을 알고 있었다.

"성부 성자와 성령의 이름으로……."

"아들."

칠흑 속에서 들려온 목소리에 도결의 음성이 끊겼다. 소름 돋게도 어머니의 목소리였기 때문이다. 그것은 도결의 어머니를 흉내 내고 있었다.

"너 때문에 엄마가 많이 아팠어. 물속에서 널 먼저 뭍으로 보내고, 엄마는 허우적대다가 물에 빠져서 죽었어. 왜 엄마만 죽었어? 왜? 왜 나만 죽었어? 왜? 왜?"

“성부 성자와 성령의 이름으로. 아멘.”

“왜? 왜? 왜? 왜? 왜? 왜? 왜? 왜?”

귀가 찢길 만큼 큰 목소리가 계속해서 도결의 정신을 깨부수었다.

“천상 군대의 영광스러운 지휘자이신 성 미카엘 대천사여, 권세와 폭력과의 싸움에서 저희를 보호하시며.”

“왜애? 왜? 왜? 나만 죽었어? 왜? 왜? 왜? 왜애애?”

“이 암흑 세계의 지배자들과 하늘 아래에 있는 악신들과의 싸움에서 저희를 보호하소서. 하느님의 모습대로 창조되고, 사탄의 압제에서 비싼 값을 치르고 빼내신 인간을 도우러 오소서. 성교회는 당신을 수호자로 공경하고, 하느님께서는 구해 내신 영혼들을…….”

“지옥으로 인도하기 위해서, 내게 맡기셨다아아아.”

그것이 도결을 방해하려는 듯 기도문을 멋대로 바꿔 읊기 시작했다.

“천상 기쁨으로 인도하기 위해서, 당신에게 맡기셨나이다. 성 미카엘 대천사여, 평화의 하느님께서 사탄의 세력을 저희 발 아래 섬멸하여, 사탄이 더는…….”

“인간을 지배하도록, 또 교회를 해치도록.”

지옥에서부터 올라온 목소리에 도결은 눈을 질끈 감았다.

“지배하지 못하고, 또 교회를 해치지 못하도록 간구하여 주소서. 주님의 자비가 빨리 저희 위에 내리도록, 저희의 기도를 지존하신 분의 대전에 전달해 주소서. 마귀와 사탄에 불과한 용과 늙은 뱀을 붙들어, 쇠사슬로 묶어 심연 속에 빠뜨리고, 백성들을 더 이상 유혹하지 못하게 하소서.”

그는 천천히 눈을 떴다. 얼굴과 몸이 땀으로 흥건했다. 땀방울이 바닥으로 떨어지는 소리가 연신 울려 퍼졌다.

그런데…… 눈앞에 서 있던 **그것이 사라졌다**.

도결은 침을 꼴깍 삼켰다.

정적이 계속된다.

그 정적을 끝내려는 듯 도결이 강렬한 목소리로 또박또박 내뱉기 시작했다.

“주 예수 그리스도의 이름으로 명한다. 바엘.”

그때, 발 아래쪽에서 기척이 느껴졌다. 이윽고 뭔가가 쑤욱 하고 올라오더니 도결의 목을 강하게 쥐었다.

정신을 차렸을 때, 그의 눈앞엔 혐오스러운 유현의 얼굴이 떠올라 있었다. 창백한 얼굴과 동물의 눈, 찢어진 피부와 이곳저곳에 솟아오른 송곳니.

바엘은 도결의 목을 꽉 잡고, 공중으로 띄워 올렸다.

“그 몸에서…… 당장…….”

목이 졸린 탓에 목소리가 나오질 않았다. 유현은 도결을 비웃었다. 도결의 얼굴이 보랏빛으로 변해 갔다.

도결이 있는 힘껏 팔을 쳐 내려 해 보지만, 꿈쩍도 하지 않았다. 믿을 수 없는 힘이었다.

결국 도결의 몸이 힘없이 축 처졌다.

그 순간이었다.

유현의 얼굴이 일그러졌다. 뜨겁게 달궈 둔 쇠를 살갗에 지지는 듯한 소리가 들림과 동시에 남녀 할 것 없이 몇십 명의 비명이 집 전체를 떠나가라 울렸다.

유현이 도결의 목을 놓았다. 도결이 바닥으로 떨어졌다. 그 과정에서 발목이 꺾이고 말았다. 그는 캑캑거리며 숨을 가다듬었다.

이후, 무슨 일이 일어난 건가, 고개를 들어 보니 고통에 신음하고 있는 유현 뒤로 세령이 우두커니 서 있었다. 그녀는 겁에 질린 표정을 짓고 있었다. 그런 그녀의 손에 아주 작고 둥그런 모양의 물병이 들려 있었다. 해당 물병 속엔 성유가 들어 있었는데 그것을 유현에게 뿌린 것이었다.

상황을 이해할 틈도 없이 도결은 재빨리 유현의 몸에 올라타 이마에 묵주를 가져다 댔다. 괴이한 비명과 두꺼비의 울음소리가 빙의된 유현의 입속에서 터져 나왔다.

"세령 씨!"

도결의 부름에 세령은 다리를 절뚝거리며 그의 곁으로 재빨리 움직였다. 이윽고 도결에게 성유를 건넸다. 도결은 성유를 손끝에 묻힌 다음, 유현의 이마에 십자성호를 그었다.

"성부 성자와 성령의 이름으로. 아멘."

그 순간, 유현이 몸을 일으켜 세웠다. 도결은 알 수 없는 힘에 의해 뒤로 밀려났다. 유현이 팔을 쭉 뻗었다. 그러자 도결이 벽면을 향해 계속해서 밀려나기 시작한다. 저항하려 애쓰지만, 몸이 말을 듣질 않았다. 조금만 더 밀려나면 벽에 등이 부딪히고 만다. 그 벽엔 못이 여럿 박혀 있었다. 이대로라면 척추가 못에 관통당해 심각한 상처를 입을 터였다.

보고만 있을 수 없었던 세령이 유현에게 달려들었다. 유현이 넘어지자, 세령은 자신의 목에 매달고 있던 개신교 십자가 목걸이를 뜯어 유현의 뺨에 가져다 댔다. 그 즉시 뺨에서 시커먼 연기가 피어오르더니 그을린 냄새가 퍼져 갔다. 유현의 얼굴이 또다시 일그러졌고, 을씨년스럽게 변한 마을 전체에 그것의 비명이 울려 퍼졌다.

곧이어 악마가 말하길.

"이천십이년 구월 삼일, 네년은 어미와 아비에게 버림을 받았구나."

그것이 더러운 목소리로 내뱉자 세령의 얼굴에 당혹스러움이 떠올랐다. 그와 같이 몸이 굳고 말았다.

"이천십이년 이월 이십육일, 엄마! 아파요! 잘못했어요! 앞으로 안 그럴게요!"

악마는 어린 세령의 목소리를 흉내 냈다. 소름이 끼쳤다. 세령의 동공이 공포에 물들었다. 이윽고 좋지 않은 기억을 떠올린 그녀의 턱과 손이 덜덜 떨렸다.

"이천십이년 삼월 칠일, 야 이 새끼야! 류세령! 너 안 나와!"

이번엔 아빠의 호통이다. 세령이 화들짝 놀라고, 기겁했다. 그녀는 어린아이가 된 듯 겁에 질려서는 과호흡이 오기 직전이었다.

"이천십이년 오월 십구일, 씨바아아아아아알! 네가 뭔데 밥을 처남겨어어!"

악귀의 잇새로 엄마의 절규가 흘러나온다. 즉각적으로 세령은 경기를 일으켰다. 호흡이 거칠어지고, 눈두덩이가 파르르 떨렸다.

"어미와 아비가 널 구타한 것은 전적으로 네 잘못이다. 네가 못난 탓이지. 그리하여 버림을 받은 것이다. 못난 네년은 지옥으로 떨어져야 하느니라."

"아니야……. 아니야……. 그럴 리 없어……."

결국 악귀에 동요하고 만 세령이 십자가를 떼고 말았다.

그 순간이었다.

"안 됩니다!"

도결의 다급한 외침이 등 뒤를 쫓았다. 화들짝 놀란 세령이 뒤를 돌아보았다. 도결이 달려오고 있었다.

"컥!"

그 순간, 세령의 입에서 피가 뿜어져 나왔다. 곧이어 복부에서 작열통이 나타났다. 무슨 일이 벌어진 건지 확인하기 위해 다시 고개를 돌려 복부를 내려다보았다. 좌하 복부에 손만 한 크기의 십자고상이 비스듬히 박혀 들어가 있었다. 해당 십자고상은 도결의 구마 도구였다.

악마는 십자고상을 곧바로 뽑아냈다. 어둠 속으로 창백한 손과 팔이 스윽 사라졌다.

살면서 처음 맛보는 강도의 통증에 세령의 정신이 아득해지기 시작했다.

찔린 부위에 손을 가져다 댄다. 손이 순식간에 피로 물든다.

"세령 씨! 괜찮으십니까?"

도결이 황급히 그녀의 상태를 확인했다. 세령의 손이 격렬히 떨리고 있었다.

당장 지혈을 해야 한다. 그리 판단한즉, 도결은 허리띠를 풀어 상처 위에 대각선 방향으로 두른 다음, 꽉 묶었다. 세령이 통증에 신음했다. 온몸이 식은땀으로 가득했고, 몹시 어지러웠다.

도결은 세령에게 초기 쇼크 반응이 왔다는 것을 단박에 파악했다. 그는 세령을 바닥에 눕혔다. 출혈을 줄이기 위해 세령의 양 무릎을 굽힌 상태로 세웠다. 그러자 출혈이 눈에 띄게 줄어들기 시작했다.

"이대로 움직이지 마세요."

도결이 자리에서 일어났다. 그러곤 주변을 둘러본다.

비바람이 더욱 거세진다. 깨진 창문으로 다량의 비가 후드득 쏟아져 들어왔다. 설상가상으로 휴대폰의 전원도 꺼지고 말았다. 그믐이기 때문에 새벽녘의 달빛마저 없다.

어디 있나.

그것은 어디 있나.

또다시 긴장감이 온몸을 옭아매었다. 이미 너무 많은 땀을 흘린 탓에 탈수 증세가 발현되고 있었다. 어지러웠고, 귀가 광광 울리는 것 같았다. 극도의 불안감과 긴장 상태가 지속되었기 때문일까, 그의 정신은 심각한 스트레스 축적으로 곧 붕괴되기 직전이었다.

음침한 기운이 가득 떠다니는 가운데, 또다시 세 눈동자가 눈앞에 떠올랐다.

"밥이 넘어가니?"

잠시 뒤, 알 수 없는 목소리가 앞쪽에서 날아들었다.

"왜……? 왜? 앗! 왜 그래, 여보."

세 명의 목소리다. 여자 둘에 남자 하나.

"속상해서 그래, 속상해서. 모의 테스트 평균 또 2등급이라잖아. 과외 쌤이 의대는 역시 힘들 것 같다고……. 야, 너는 어떻게 된 게, 1등급대로 가 본 적이 없니? 네가 엄마 마음을 알기나 해? 공부는 못하면서 엄마가 용돈도 줘, 옷도 사 줘, 밥도 줘, 엄마는 모든 걸 다 해 주는데. 넌 어떻게 효도 한 번을 못 하니? 응?"

도대체 무슨 말일까?

"대답을 해. 대답을 하라고! 응? 미안해……. 미안한 것도 아는 년이 이러니까 더 기가 차네. 기껏 캠프 보내 줬더니 가서 뭘 배웠길래 이딴 식이야? 처울지 말고, 들어가서 공부나 해. 미친 년……, 지한테 쏟은 돈이 얼만데. 하여간……."

시간이 없다. 도결은 재빨리 기도문을 외웠다.

"주 예수 그리스도의 이름으로……."

"네놈 스스로 모든 영혼을 구하려는 것은 과한 욕심이다."

별안간 기도문을 망치려는 기색으로 악마의 음성이 달려들었다.

"주 예수 그리스도의 이름으로 명한다. 바엘, 그 몸에서 당장 나와라."

벽색 어둠을 울리는 두 존재의 목소리가 서로를 지워 내기 위해 달려들기 시작했다.

"네놈들이 섬기는 거짓 군주는 네놈들에게 관심이 없다. 거짓 군주는 네놈들이 성실하고, 순수하고, 착하다고 생각하는 영을 일찍 데려가지 않느냐. 나는 네놈들에게 불로불사를 이룩하여 줄 수 있다."

"하느님은 우리를 사랑하신다. 그리하여 그리스도를 보내셨고, 우릴 구원의 길로 이끌었다. 그리스도께서는 뱀의 머리를 짓밟으셨고, 그리하여 너희의 우두머리는 꼬리만 남게 되었다. 하느님이 두렵지 않은가? 아버지를 향한 우리의 믿음이 그리 얇아 보이는 것이냐? 하느님의 이름으로 명한다. 바엘, 지옥으로 돌아…….”

꺾이지 않는 믿음의 목소리가 계속해서 어둠을 밀어내려 하자 악마는 라틴어로 도결을 홀리기 시작했다.

“Per linguam tuam abiectam murmurantem…… Ego Rex Orientis sum.(네놈의 미천한 혀로 읊조리는 자, 짐은 동쪽의 왕이다.) Corpus tuum fide repletum est; ipsum corpus ego auferam.(네 몸뚱어리는 믿음으로 가득 차 있으니, 짐이 빼앗아 주겠다.) Illam fidem ad me converte.(그 믿음을 나에게로 돌리라.)”

악마의 라틴어 속엔 고대 히브리어가 섞여 들어가 있었는데, 도결은 히브리어를 전혀 몰랐으므로 라틴어를 제외한 음성은 귀에 전혀 들어오지 않았다.

“나는 진실된 신이신, 하느님만을 믿는다. 거짓된 군주는 네놈이다. 하느님의 아들 예수 그리스도께서 사탄의 머리를, 뱀의 머리를 짓밟은 것과 같이 네놈의 머리 또한 깨질 것이다. 하느님의 이름으로 명한다. 바엘, 지옥으로 돌아가라.”

도결의 목소리가 사라진 직후, 번개가 번쩍였다.

밝아진 집 안 내부. 저 멀리 서 있는 유현의 뒤로 검은 형체가 보였다. 검은 형체는 인간의 형상이었는데, 약 3m쯤 되어 보이는 거구였다. 상상조차 할 수 없는 위압감이 도결의 어깨를 짓눌렸다.

다시 주위가 깜깜해지고, 천둥소리가 강렬히 지반을 울렸을 때, 도결은 직감했다.

홈캠 영상 속에 있던 존재가 여기서도 똑같이 모습을 드러냈다.

악마다. 저것은 하느님을 대적하는 자, 아버지의 반대편에 선 자다.

묵주를 꽉 쥐었다. 살갗이 으슬으슬 떨려 오고 있었다.

아스라한 곳에서

두꺼비의 울음소리가.

아스라한 곳에서

고양이의 듣기 싫은 울음소리가.

거센 빗소리와 함께.

냉랭한 바람에 실려 온다.

"하늘에 계신 우리 아버지, 아버지의 이름이 거룩히 빛나시며 아버지의 나라가 오시며 아버지의 뜻이 하늘에서와 같이 땅에서도 이루어지소서."

도결은 마지막을 직감했다. 이름을 알아도 구마 의식이 먹혀 들지 않는 악령은 처음이었다. 그것은 눈앞의 악마가 여태껏 만나 온 악마들과는 차원이 다른 힘을 지녔다는 것을 표명하는 것이었다.

불현듯 배 신부의 말이 떠올랐다.

"사칩 상태가 가능한 존재는 우리 힘으로 없앨 수 있는 존재가 아니야."

그의 말이 맞았다. 부마자였던 유현이 성물에 반응하지 않았던 것은 바엘이 사칩 상태에 들었기 때문이었다. 그러한 존재를 사제와 일반 신도가 무찌를 수 있을 리 만무했다.

그러니까.

처음부터……, 처음부터…… 잘못된 것이었다.

배 신부의 말대로다.

건드리면 안 될 것을 건들고 말았다.

바엘은 도결의 몸을 원하고 있다. 사제의 몸이라면 대부분의 악마는 꺼린다. 그러나 눈앞의 존재는 고위급 악마로, 믿음으로 다져진 사제의 몸을 차지해 그 믿음을 사탄에게로 돌리고, 인간계로 강림할 속셈이었다.

한 번 악에게 넘어간 사제의 몸은 되돌리기가 몹시 힘들다. 그뿐만 아니라 사제는 영적 세계와 연결되어 있기 때문에 바엘 자신의 힘을 증폭시키기가 수월할 것이다. 간단히 말해 도결의 몸은 만신 무당 몸의 탁월한 대체제였다.

그렇다 하면 이 재앙을 끝낼 방법은 오로지 하나였다. 도결 자신이 바엘을 받아들인 뒤, 외진 곳에서 스스로 목숨을 끊는 신적 자기희생, 즉, 순교를 통해 바엘을 내쫓는 것이었다.

어느덧 유현은 등 뒤의 악마와 함께 도결의 코앞까지 다가와 있었다. 도결은 눈을 감았다. 유현이 양손으로 도결의 목을 감쌌다. 그녀의 손등을 검은 것이 뒤덮는다. 그에 따라 악력이 점차 강해진다.

"Kohen Tame.(더러운 사제 놈.)"

뱀의 울음소리 같은 고대 히브리어를 포함한 저세상의 짐승 울음소리가 일제히 귓전으로 달려들었다.

도결은 바엘을 받아들이기 위해 마음의 빈틈, 즉, 통로를 만들었다. 어머니를 죽음으로 몰았다는 죄책감. 자신을 미워했던 아버지에 대한 증오. 과거를 떠올려 감정을 폭발시켰다. 곧이어 자기도 모르는 사이에 눈물이 흘러나와 뺨을 적셨다.

세상의 기운이 멀어지고, 머릿속으로 불경한 것들이 떠오른다. 모든 일의 시작점인 유현의 가족이 어떻게 무너졌는지, 서현이 어떻게 죽었는지 등이 머릿속에서 혼란스럽게 휘몰아쳤다.

그뿐만 아니라 그는 유현이 바엘에게 완전히 빙의된 시점 또한 볼 수 있었다.

몇 주 전.

경석과의 통화를 끊고 난 후, 유현은 어둑한 현관에서 일어났다. 찰나의 움직임으로 현관 전등이 밝게 켜졌다. 동시에 어디선가 엄청난 악취가 밀려들었다. 그 근원지가 현관문 뒤라는 것을 깨닫고, 외시경에 안면을 들이밀었다.

뭔가가 보인다.

뭔가가…….

"히익!"

심장이 쿵 내려앉았다. 유현은 세차게 내지를 뻔한 비명을 간신히 집어삼켰다.

그 작은 구멍으로 보인 것은…… 사람이라 일컬을 수 없을 정도로 부패한 모습의 여동생 서현이었다.

"언니…….'

"서, 서현아…….'

유현은 더 이상 참을 수 없었다. 죄책감이 마음을 완전히 집어삼켰다.

그녀는 결국 현관문을 열고 말았다.

"서현아…….'

이유현은 류세령을 만나기 전부터 바엘에게 빙의되었던 것이었다. 절대로 열어선 안 될 문을 열고 말았기 때문에. 바엘은 유현의 혼을 아주 깊은 곳, 감지할 수 없을 정도로 깊은 곳에 가두고, 이제껏 유현인 척 흉내를 낸 것이다.

유현을 처음 만났을 당시, 세령이 느꼈던 악취는 발버둥 치는 유현의 혼을 바엘이 막아내는 과정 중 생긴 흠집 같은 것이 아니었을까. 바엘은 결국 유현의 혼을 완벽한 심연으로 끌어내렸다.

그렇다면 세령의 추측이 맞았다. 유현이 부마자일 것이라는 그녀의 직감도.

내 죽음은 누군가를 믿지 못했기 때문에 발생한 일종의 벌이다. 도결은 그렇게 생각했다. 또한 바엘이 몸으로 들어온 이후에도 잠깐은 절대로 정신을 잃으면 안 되리라. 스스로 목숨을 끊어야 하니 말이다.

곧 도결의 의식이 끊어졌다. 그런 그에게 얼굴을 들이밀던 유현이 다음 순간, 들려온 의문의 목소리에 멈칫했다.

"언니……."

유현은 자기도 모르게 소리가 난 쪽으로 고개를 돌렸다. 그곳에 세령이 위태롭게 서 있었다.

"언니……, 그만해……."

세령이 눈물을 흘리며 말했다. 그녀의 손가락에 서현의 반지가 끼워져 있었다.

"언니…… 언니 때문이 아니야……. 내가……."

어찌 된 영문인지 바엘의 시야에 세령이 서현과 겹쳐 보이기 시작한다. 그런즉, 도결의 목을 조르던 손에 힘이 풀렸다. 도결이 바닥에 쓰러졌다.

세령은 울상을 지었다. 보고 싶었던 가족을, 이젠 볼 수 없을 것만 같았던 가족을 마주한 아이처럼 슬프면서도 기쁜 표정을.

"내가 괜한 짓을 해서……. 그곳에 가면 안 됐어. 이제야 기억

나. 불빛을 따라갔는데, 거기에 여러 사람이 있었어. 원으로 한 사람을 둘러싸고 있었는데, 그 사람 말이야, 몸이 결박되어 있었어. 기분이 이상해서 도망가려고 했는데, 수풀에 걸려 넘어지는 바람에 들키고 말았어. 그 사람들이 나를 발견하곤 원래 결박해 두었던 사람 대신 나를 결박해서 사당 안에 가뒀어. 사당 밖에선 낮은 노랫소리가 들렸고, 아무리 문을 두드려도 열어 주지 않았어. 아무리 문을 두드려도 안 열어 줬어. 아무리 문을 두드려도……."

세령의 입에서 흘러나오는 서현의 서글픈 울음소리가 깊은 물속에 잠들어 있는 유현의 고막까지 닿았다. 아주 희미하게 들려온다. 그것이 서현의 목소리임을 알아차린 유현은 뭍으로 빠져나오려는 듯 눈을 뜨고, 필사적으로 몸을 움직였다.

"그러다 정신을 잃었어. 정신을 차렸을 땐 학교 앞에 서 있었고. 이제껏 숨겨 왔지만, 나는 엄마랑 아빠를 불행하게 만들어 달라고 항상 빌었어. 신이 됐든 악마가 됐든 누가 됐든 아무나 그걸 이루어 주면 좋겠다고……. 엄마랑 아빠가 불행해지면 나랑 언니가 행복해질 줄 알았어. 지금, 언니랑 같이 있는 그게 내 마음의 틈을 비집고 들어왔나 봐. 미안해, 언니……. 다 내 잘못이야. 용서해 줘……. 내가 그런 나쁜 마음을 가져서, 마음의 빈 틈을 만들어서 쟤한테 홀린 거야. 그래서 언니를 힘들게 만들었어. 언니, 제발 용서해 줘."

세령의 입을 통해서 주위를 물들이는 서현의 목소리에 유현이 몸을 부들부들 떨었고, 눈알은 미친 듯이 회전했다. 세령이 서현의 영혼과의 공명에서 벗어난 직후에도.

곧 악마와 유현의 내적 충돌이 정신을 차린 세령의 눈에도 들어오기 시작했다. 유현의 얼굴이 정상적으로 돌아오려 하고 있었다.

"언니……."

지금뿐이다. 지금만 그녀를 구할 수 있다. 서현의 혼은 이미 몸에서 빠져나간 상태였지만, 세령은 필사적으로 연기했다. 복부의 통증 따위는 잊어버린 지 오래였다.

"안에 있어?"

그러나 바엘은 일말의 희망조차 없애려는 듯 바닥에 떨어진 유리 조각을 쥐었다. 얼마나 힘을 세게 준 건지 유현의 손가락에서 피가 뚝뚝 떨어졌다. 유현의 얼굴은 또다시 혐오스러운 형태로 뒤바뀌었다.

"네년은 더러운 눈을 지녔구나."

세령은 전의를 상실할 것만 같았다. 곧바로 몸 이곳저곳에서 통증이 나타나기 시작했다. 뭔가가 몸 전체를 힘껏 짓누르는 기분이었다. 상상을 초월할 정도의 통증에 도무지 말을 내뱉을 수가 없었다. 뼈가 으스러질 것만 같다.

이대로 끝이다.

세령은 필사적으로 개신교 사도신경을 외웠다.

"……하나님 아버지를 내가 믿사오며……."

곳곳에서 들리는 빗소리가 귓가에서 메아리쳤다. 시야는 핑 돌았고, 목이 꽉 막혔다. 마지막을 암시하듯 번개가 번쩍였다. 동시에 우두커니 서 있는 유현과 그 뒤의 검은 형체가 보였다.

다시 어둠이 찾아온 순간, **꺼림칙한 소리**가 음습한 공기를 타고 날려왔다.

세령의 몸이 굳었다.

방금 그건…….

무슨 소리일까?

그녀의 궁금증을 해소해 주기라도 하려는 듯 또다시 번개가 번쩍였다.

세령은 눈을 휘둥그레 떴다.

찰나의 순간, 본 것은 믿을 수 없는 광경이었다.

유현이 손에 들고 있던 유리 조각을 자신의 목에 박아 넣은 것이었다. 그것을 깨달았음에도 칠흑은 또다시 주변을 뒤덮었다.

"유현…… 씨……?"

세령이 마지막 힘을 쥐어짜 내 눈앞의 심연 속으로 목소리를 내던졌다.

바람이 집 안을 맴돌며 괴기스러운 풍향을 그려 냈다.

그 풍향이 사라지고, 뭔가가 바닥에 넘어진 듯 둔탁한 소음이 집 전체를 울렸다.

장대비는 순식간에 끊겼으며, 두꺼비와 고양이의 울음소리도 멎었다.

그때, 갑작스러운 굉음이 들렸다. 현관문이 활짝 열리며 벽과 충돌한 것이었다. 그러나 현관문 근처에서 사람의 기척 따위는 느껴지지 않았다.

뭔가가…… 그곳으로 순식간에 빠져나간 듯한 기운이 맴돌고 있을 뿐이었다.

잠시 뒤, 머리 위, 천장의 등이 깜빡거리다가 울금 빛으로 켜졌다.

저 앞에 쓰러져 있는 유현. 붉은 핏발 가득한 그녀의 눈에서 눈물이 흘러나왔다.

그러한 일련의 연쇄 작용은 모든 일의 종언을 의미하고 있었다.

에필로그

약 2개월 뒤.

온 거리가 쌓인 눈으로 가득했다. 햇볕에 번들거리는 바다보다도 눈부신 풍경이었다. 얼마만큼 걸었을까, 류세령의 눈앞에 익숙한 실루엣이 나타났다.

"세령아!"

경석이었다. 그가 반갑게 손을 흔들었다.

묘고 마을에서의 일이 있은 지 약 한 달이 지났을 무렵, 경석이 기적적으로 의식을 되찾았다. 그러나 그는 근 1년간의 모든 기억을 잃은 상태였다. 이유현과 이서현이라는 이름을 들어도 마귀 살인 사건을 간신히 떠올릴 뿐, 그들이 누군지 전혀 몰랐다. 두 사람이 고인이 된 시점에서 세령에게 경석의 기억 상실은 사무치도록 씁쓸할 수밖에 없었다. 물론 세령은 그에게 지금까지 있었던 일을 알리지 않았다. 그저 좋은 사람들이었다고만, 안타까운 사람들이었다고만 일러 뒀을 뿐이었다.

그믐의 영향으로 영 능력이 증폭되었을 때, 세령의 몸에 서현의 영혼이 깃들었다. 물론 그것을 위한 매개로 서현의 영적 조각이 서린 반지를 이용했다. 지금도 세령은 그 방법이 정답이었다고 생각하지는 않았다. 조금만 더 빨리 사제들을 설득했더라면 유현, 아윤의 모친, 다수의 무당과 법사를 살렸을지도 모른다. 다만, 국도 추돌 사고로 한 젊은 여성 무당만이 목숨을 건졌다는 건 불행 중 다행인 소식이었다.

정신을 빼앗긴 채 깊은 곳에 잠들어 있던 유현을 깨운 것은 서현의 목소리였다. 서현의 목소리를 듣자마자 유현의 의식은 바엘에게서 벗어나려 했다. 결국 그녀는 빈틈을 찾아냈고, 스스로 육신에 상처를 내 목숨을 끊었다. 순교는 신적 개입이기 때문에 바엘은 유현이 즉사하자마자 안개처럼 분산되었고, 실체 없이 불안정한 상태로 지옥으로 돌아갔을 테다. 그게 아니라면 바엘의 실체는 강제로 멀어진 상태이기 때문에 아무런 능력 없이 지금도 공기처럼 현세를 맴돌고 있을 수도 있다.

아이러니하게도 유현은 서현으로 인해 바엘에게 빙의되었고, 서현으로 인해 정신을 되찾았다. 그만큼 그녀는…… 동생을 위한 삶을 살고 싶어 했는지도 모른다. 동생을 구하지 못했다는 죄책감이 자기 자신을 좀먹고 있다는 것도 모른 채로 말이다.

세령은 요 며칠간 진지하게 고민했다. 만약 자신이 유현과 같은 상황 속에 있었더라면…… 그때, 현관문을 열지 않을 수 있었을까? 문을 열지 않고 버틸 수 있었을까? 무너져 내리지 않을 수 있었을까?

세령은 여전히 실감할 수 없었다. 그저 꿈 같은 일의 연속이었다. 그러나 몸 이곳저곳의 상처는 멋대로 현실을 읊어 대고 있었다.

이렇게나 끔찍한 일이 어딘가에서 또다시 발생하고 있을지 모르는데도 지금의 풍경은 너무나 아름답다. 세상이 폭력으로 얼룩져 있다는 것을 믿을 수 없을 만큼.

누군가는 악마를 믿지 않는다. 마귀, 요괴, 괴이, 도깨비 등도.

대개 그러한 사람은 '사람'을 '악의 근원'으로 보고 있을 가능성이 높다.

악마보다도 더한 짓을 벌일 수 있는 것은 오로지 '사람'뿐이다.

세령은 영적 존재를 믿었지만, 악한 사람 또한 악마와 별반 다를 것이 없다는 것에는 전적으로 동의했다.

결국 그들이 원흉이 되어 악한 존재를 불러들이는 것이다.

폭력은 앞으로도 사라지지 않을 것이다.

형태는 변할 수 있겠지만.

폭력은 어떠한 형태로든 살아남을 것이다.

그러니 사람의 마음을 비집고 들어오는 악한 존재들 역시 사라지지 않으리라.

그러나 조금이라도, 아주 조금이라도 좋으니 도움이 필요한 사람들을 더 이상 무시하지 않았으면 좋겠다.

남의 일이라고는 하지만, 누군가는 그들을 돕기 위해 최선을 다하고 있다.

세령의 머릿속에서 문득 도결과 무당들, 양부모님의 얼굴이 차례로 떠올랐다. 잠시 뒤, 시야에 경석의 얼굴이 들어왔다. 그 또한 유현을 돕고 싶어 했다. 지금은 자신이 그런 마음을 지니고 있었다는 사실조차 모르겠지만 말이다.

얼마 전, 그녀는 도결의 연락을 받았다.

절차와 규율을 어기고 구마 의식을 강행한 것에 대해 사제직을 내려놓는 등의 강한 징계를 받으려 했으나, 피해 규모가 커지는 것을 막았다는 사실과 상황이 긴급했다는 사실이 세령과 아윤을 통해 증명되어 한 달 직무 정지 처분으로 징계 수위가 낮아지게 되었다.

도결은 한층 밝아진 목소리로 세령에게 안부를 물었다. 세령은 당분간 사무소를 쉬고 본가에서 지내고 있다고 말했다. 도결은 틈틈이 회개하며 신학 공부에 매진하고 있다고 했다. 그는 이번 사건으로 인해 자신의 부족함을 뼈저리게 느꼈다고 전했다. 또한 곤란한 일이 있으면 언제든 본인에게 전화 주라는 등 간단히 이야기를 나누었다.

세령은 경석과 함께 금화 추모 공원으로 향했다. 시간이 맞는 날에 함께 추모 공원에 가자고 약속했었는데, 그날이 바로 오늘이었다.

약 40분 뒤, 차량을 주차장에 세운 다음 두 사람은 봉안당을 향해 걸었다. 한겨울인 바깥에 비해 건물 내부는 따뜻하고 아늑한 기운으로 팽배했다.

B관에 도착하자마자 세령은 익숙하다는 듯이 봉안당의 구석 지점으로 걸어갔다. 그곳에 수많은 유골함이 있었다. 세령은 가로 행 끝부분 두 자리의 안치단을 유심히 쳐다보았다. 뒤따라 도착한 경석의 눈을 휘갈긴 것은 두 안치단 속, 유골함에 적힌 이름들이었다.

† 성도 이서현 / † 성도 이유현

안치단 안에 있는 소형 액자 사진을 보았다. 두 사람 모두 활짝 웃고 있었다. 얼굴도, 미소도 몹시 닮아 있었다. 모르는 사람이 보아도 자매라고 생각할 만큼.

경석은 어쩐지 아무런 말도 꺼낼 수 없었다. 세령이 몰래 눈물을 훔치는 것을 눈치챘기 때문이었다. 경석이 고개를 돌렸을 때, 세령은 이미 등을 보이고 있었다. 그녀는 천장을 쳐다본 채, 몸 둘 바를 몰라 하며 계속해서 한숨을 내쉬었다.

곧 세령이 다시 뒤돌았다. 세령의 눈시울이 하얀 얼굴과 대비되게 새빨갛게 변해 있었다. 코끝도 마찬가지였다. 추위 때문에 그런 것일까, 경석이 착각에 빠질 정도였다.

세령은 안치단의 유리막에 작은 조화를 붙였다. 서현의 유리막엔 흰 안개꽃을, 유현의 유리막엔 백장미 한 송이를 붙였다. 세령은 밝은 표정을 지으며 입을 열었다.

"기자님, 안개꽃의 꽃말이 뭔지 아세요? 순수한 마음과 사랑이래요."

"……그래? 그럼, 백장미는……?"

경석의 물음에 세령은 침묵했다. 그리고 몇 초 뒤, 그녀가 옅게 미소 지으며 떨리는 목소리로 말했다.

" '우리 다시 만날 수 있을까요?'라고……."

세령의 뺨에 속수무책으로 눈물이 흘러내리고 있었다.

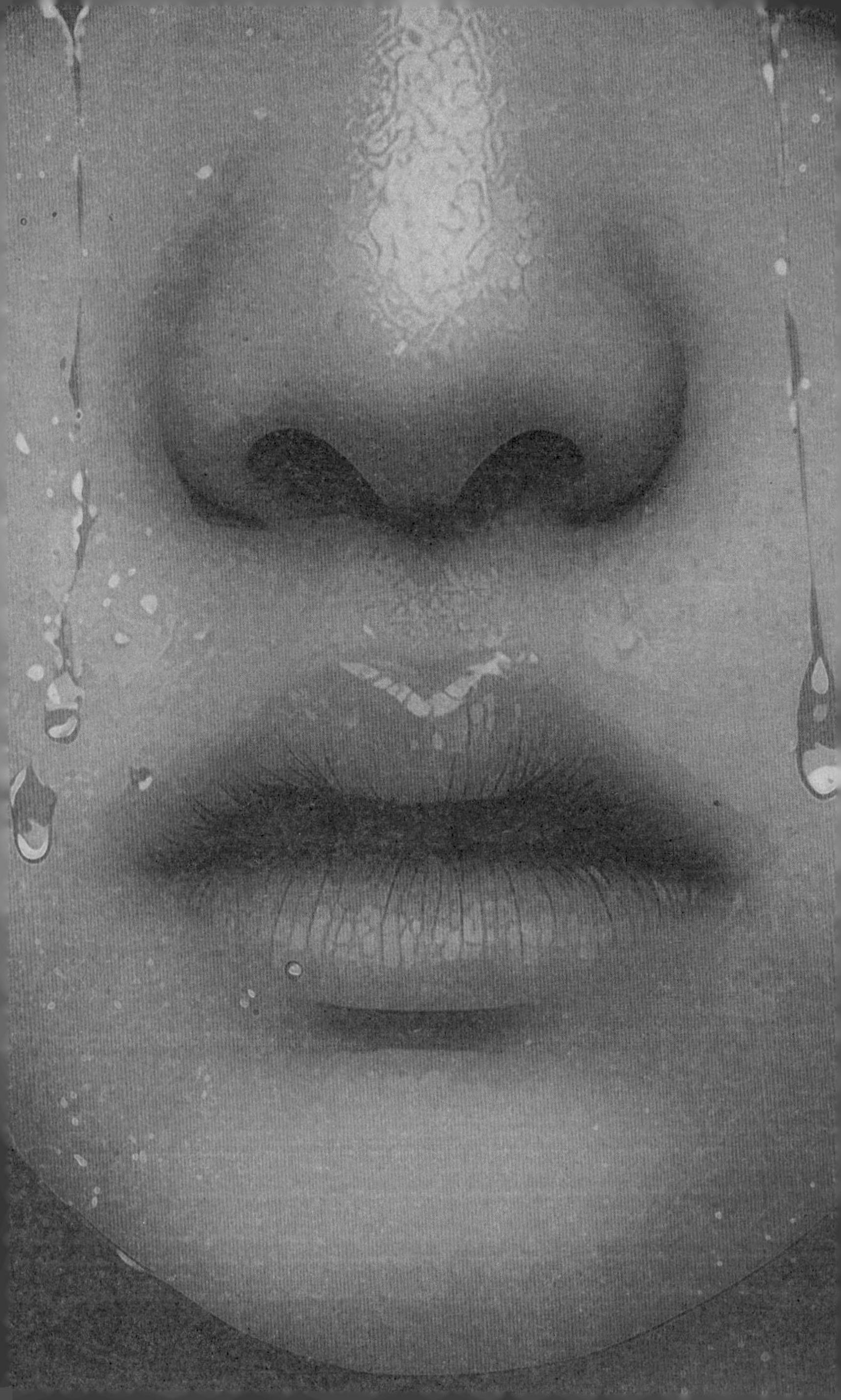

　　　　　*　　　*　　　*

　몇 개월 뒤, 세령은 평소처럼 사무실로 출근해 업무를 보았다. 떠올리고 싶지 않은 작년의 사건은 점차 기억에서 사라져 가고 있었다. 커튼의 넓은 틈 사이, 창문을 투과한 옅은 햇살이 사무실 바닥을 물들였다.

　몹시 불길한 일이 일어나기 직전엔 이따금 기이할 정도로 평화로울 때가 있다. 물론 세령은 지금의 평화로움과 따뜻한 정적을 폭풍전야라고 생각하고 싶진 않았다. 그래서인지 근래엔 묘한 느낌이 들어도 애써 무시하기 일쑤였다.

　세령은 저번 주에 해결했던 간단한 사건을 기록하기 위해 노트북 자판을 두드렸다. 이윽고 수첩을 꺼내 좋은 필치로 글을 적기 시작했다. 그러다 문득 그녀는 미상의 위화감을 느꼈다. 위화감의 출처는 다름 아닌 본인의 손이었다. 아무런 이유도 없이 샤프펜슬을 쥔 손이 덜덜 떨리고 있었다. 처음엔 미약하게 흔들리는가 싶더니 이내 큰 떨림으로 변해 샤프펜슬을 손에서 떨어뜨리고 말았다.

　"왜 이래?"

　왼손으로 오른손을 감싸자 떨림이 멈추었다.

　그때였다.

　예상치 못한 소리가 고막을 때렸다.

툭, 툭, 툭.

빗방울이 창문을 때려 대는 소리였다.

세령은 자리에서 일어나 커튼을 완전히 걷고 창밖을 바라봤다. 조금 전의 햇살은 그저 환상에 지나지 않는다는 듯 상공은 비구름에 뒤덮여 있었다. 도시의 풍경이 축축한 어스름으로 물들어 있었다.

풍경을 보고 있는데, 갑작스레 누군가가 머리를 가격한 듯한 두통이 파문처럼 일었다.

이어서 저 멀리, 아득한 곳에서부터 발걸음 소리가 들리기 시작한다.

발걸음 소리가 가까워질수록 두통이 점차 강렬해진다.

거세진 빗소리와 창문을 흔드는 바람의 비명에 손끝과 발끝 또한 저려 온다.

폭풍이 다가온다.

세령이 뒤로 돌아 사무실 문을 쳐다보았다.

심상치 않은 일이…… 다가온다.

곧이어 사무실 문이 열리고, 누군가가 세령에게 인사를 건넸다.

"안녕하세요. 혹시 의뢰 상담 가능할까요?"

세령의 이야기는 계속됩니다.

바엘의 집

초판 1쇄 인쇄 2026년 3월 18일
초판 1쇄 발행 2026년 3월 18일

지은이 이다모
편집 주자덕
윤문 및 교정 김미숙
발행인 주자덕
인쇄 미래피엔피
펴낸 곳 아프로스미디어
출판등록 제 2016-000073호
주소 서울특별시 성동구 금호로 173, 101동 904호
전화 02-6352-5133
팩스 02-6455-5891
홈페이지 www.aphrosmedia.com
전자우편 spitz70@aphrosmedia.com
ISBN 979-11-89770-71-6 (03810)